失忆者

余以键◎著

中国友谊出版公司

图书在版编目（CIP）数据

失忆者 / 余以键著. — 北京：中国友谊出版公司，2017.9
ISBN 978-7-5057-4162-1

Ⅰ. ①失… Ⅱ. ①余… Ⅲ. ①长篇小说—中国—当代
Ⅳ. ①I247.5

中国版本图书馆CIP数据核字（2017）第196104号

书名　失忆者
作者　余以键
出版　中国友谊出版公司
发行　中国友谊出版公司
经销　新华书店
印刷　三河市冀华印务有限公司
规格　635×965毫米　16开
　　　15印张　225千字
版次　2017年9月第1版
印次　2017年9月第1次印刷
书号　ISBN 978-7-5057-4162-1
定价　35.00元
地址　北京市朝阳区西坝河南里17号楼
邮编　100028
电话　（010）64668676

目录

CONTENTS

第一章

缘起：远去的蓝可儿

我是一个讲故事的人，首先要声明的是，本故事感到很真实，那就说明它虚拟成功了。现在大家已经知道，所谓真实的东西，往往有伪装、遮蔽或变形，而只有虚拟才能如河外星系的迷离之光，照亮我们内心藏匿的图像和遥远的疼痛。

故事开始的场景是电梯，一个 21 岁的女子慌张地跑进电梯，她弯腰按下所有楼层的按钮，然后紧贴电梯的侧壁站着。她似乎在逃避什么，然而电梯门一直未关上，她伸头往门外看，随后出了电梯，她站在电梯门外向右侧的走廊手舞足蹈，动作与表情均很诡异。接下来，她从电梯门的外左侧消失在录像画面中。这就是著名的华裔女子蓝可儿失踪案，案发时间是 2013 年 1 月 31 日，地点是美国洛杉矶的塞西尔酒店。距失踪 19 天之后，警方在酒店楼顶的水箱中发现了蓝可儿的尸体。警方给出的死因是溺水死亡，原因是躁郁症将蓝可儿送进了楼顶的水箱中。这结论难以服众，蓝可儿事件成为世界上众多的悬案之一。

其实，在蓝可儿跑进电梯的时候，有一个小女孩在走廊深处目睹了这一切。当时，蓝可儿跑过她身边时险些撞倒了她，蓝可儿在慌张中仍不失礼貌地对她说了声“对不起”。小女孩很小，仿佛小人国的来客。她愣在那里，一直到这离奇的一幕结束仍不能动弹。过了好一会儿，一个只露着两只眼睛的蒙面人走近她，厉声催她回房间去，她迈不开步。蒙面人问：“你叫什么名字？”小女孩答：“白云深处。”“是中国人吗？”小女孩点点头。蒙面人一把抱起她说：“我带你去楼顶看看那个大姐姐。”小女孩拼命挣扎，发出一声声恐怖的大叫。这叫声让白云深处从梦中醒来，这是2046年夏季的一个夜里。她今年27岁，按惯例她该最迟今早7点起床，吃完早餐后收拾上班。可是今天她有些睡过头了，她觉得心跳得厉害，显然与一场噩梦有关，可是梦到了什么，她却一点也记不得了。

这时，她听见了母亲的敲门声，她起床去开了房门后，又回到床上，她身体蜷缩的状态和脸上的神情，此刻都很像一个婴儿。

母亲说：“云儿，你怎么没去上班呢？都中午了，要不是你的怪叫声惊动了我，我还以为你不在家呢。”

白云深处用极微弱的声音说：“上班？上什么班？”

“鬼知道你上什么班！”母亲有点发怒地说，“你和我赌气，也不该这样任性，要是报社把你开除了怎么办？”

白云深处一脸茫然地说：“报社？我和它有关系吗？”

母亲的手扬了起来，做出要打女儿的样子。可是这次她没有打出手，举在空中的手慢慢垂下之后，她还后退了一步。是女儿脸上怪异的表情和眼睛中的一片空白，使她心里升起了一种惊悚感。

“云儿，这样吧，”母亲露出少有的妥协状说，“昨天我们争论的事，我就依你算了，你爱怎么做就怎么做。”

昨天，白云深处和母亲吵得天昏地暗，事情的起因是白云深处近期要去参加一个报社组织的活动，主题是“捍卫纸媒体，就是捍卫我们的心灵和身体”。对这个活动，母亲并没有异议。第一，女儿所在的这家报社是全国仅有的三家纸媒体之一，搞一个集会来壮壮声威也有必要。第二，铺天盖地而又无孔不入的电子信息，已经将人变成了愚蠢的信息储存器，变成了信息的垃圾桶。并且，人们的身心负荷和健康正在受到严重的影响。母亲是一家保险公司推销员，公司最近推出的一款“电磁辐射伤害保险”就很有市场。

吵架的原因不在活动本身，而是白云深处要在这个集会上发表一通演讲。演讲就演讲呗，但白云深处还给自己设计了一套奇特的服装。昨天晚上，她先在家演练了一下。她将自己全身脱得精光，只用几张报纸围在胸部和腰间。母亲一看就气炸了肺：“你这报纸，要是破了掉了怎么办？”“那更好，”女儿一脸得意地说，“因我的这个设计，这次集会至少有上万人来捧场！”

母亲一巴掌打了过去，可是这次，她的手腕被女儿抓住了，女儿叫着母亲的大名吼道：“颜姿，你从小打我，告诉你，我已经 27 岁了，从今天起你要再敢动我一根手指头，咱们的母女关系就算玩完了！”

母亲像被闪电击中似的怔了一下，但随即大吼起来：“好呀，你敢打你妈！我都快 50 岁的人了，女儿还打我，我命苦啊！”

白云深处说：“你报警吧。”

母亲哭了起来，一边哭一边叫：“这样活着有什么意思，我还是死了好，我今天晚上就死！”

白云深处她爸从房间里出来了。平时，凡母女俩吵闹，他总是不闻不问，但这次他感觉不出场不行了。他对孩子她妈说：“颜姿，何苦呢，孩子大了，由她去吧。”

孩子她妈的怒气一下子有了能够发泄的对象，她对丈夫吼道：“姓白的，我告诉你，你的女儿你不管教，她还敢打我，你这当爹的狗屎不如！”

“你的女儿”是孩子她妈对丈夫说话时常挂在嘴边的一句话，这其中含着很深的怨气。孩子她妈认为，之所以生了这个女儿，全是丈夫的原因，丈夫的工作常常与电子信息打交道，受辐射影响，他的精子越来越弱。她清楚地知道，怀上这个孩子她和他足足用了一年多时间，没能如她所愿要个男孩，这是早有预料。

昨晚的吵闹不了了之。现在，当母亲看见女儿一脸白痴样的状态时，她害怕了。她说："云儿，昨晚算妈错了还不行？"

白云深处蜷缩在床上说："昨晚你没做什么呀。"

"好，不说昨晚的事了。你起床收拾一下，下午去报社上班吧，现在谋个职可不容易。还有，你的车在修车店已放了半个月，你说过今天要去取车的。"

白云深处茫然地说："我有过车吗？什么车？"

看见女儿一脸认真的样子，母亲的心抖了一下，她心里闪过"XDZP"这个字眼，这是最近流行的一种专门袭击人的大脑的病毒，这病毒由太空成千上万的人造卫星所产生的辐射变异而成，对人类大脑的伤害无法治愈。

母亲出了女儿房间给丈夫打电话，她说："你这个臭电子工程师知不知道，你一辈子折腾的东西把女儿害了！"一通大骂后，她才发觉丈夫的手机处于转接状态。

母亲回到女儿房间说："云儿，你起来吃点东西继续休息吧，记住多喝点水，我要去上班了。"

母亲做出这样从容的安排，是她已决定下午先去医院替女儿咨询咨询。不过这之前她还得与一个保险客户见面，XDZP 病毒的流行，已经让保险客户大增。

母亲再次回家时已近傍晚，因为那个保险客户对烦琐的合同条款提出诸多质疑，她得费尽口舌说服对方。

进屋后，她看见女儿穿着一身性感的衣裙，正坐在梳妆台前化妆。她问："云儿，你要出去吗？"见女儿不搭理她，她便伸手在女儿额头摸了一下。女儿推开她说："你烦不烦啊？"她说："我摸一下你发不发烧，医生说，若是发烧可得去医院。"

女儿的体温似乎正常，母亲的心里重新有了底气，她再次问道："你要去哪里？"

"去酒吧。"

"看你穿成这样，是去勾引男人吧？你要不告诉我去和谁约会，你今晚休想出门！"

白云深处茫然地说："和谁约会呢？啊，我怎么想不起来了……好像是，是蓝可儿。"

"蓝可儿？谁是蓝可儿？"母亲一边问，一边记起了这个名字。这不是发生在2013年的蓝可儿谜案的主角吗？那时她女儿还没出生，她怎么会记得这个名字？

母亲有点崩溃了，她愣在那里，一边看着女儿修眉毛、描眼影，一边苦想着女儿怎么会说出"蓝可儿"这个名字。她终于想起来了，她怀上女儿5个月后便回家全日休息，闲来无事，便翻看各种影片，一部叫作《蓝可儿谜案》的电影吸引了她，可看后吓得不轻，常在夜里被噩梦惊醒。难道是这些影像和情绪打入胎儿的大脑中了吗？女儿这次突然失忆，或许与她怀孕时的这一严重错误有关。

母亲立即上网查询有关失忆的资料，答案让她失望。对失忆目前尚无有效的治疗手段，唯一可做的是，去找心理医生，通过倾诉、倾听、催眠等方式找出失忆的伤害源，从而唤醒失忆者的自我修复功能。

女儿仍在化妆，可她已忘了要去酒吧的事。她对母亲说："你守着我干啥？我要睡觉了。"

母亲小心翼翼地问："你不去酒吧会蓝可儿了？"

女儿放下眉笔说："谁是蓝可儿，我不认识。"

第二章

柯南医生

柯南心理诊所的双扇自动门，其开闭是由人脸识别系统自动控制的。除柯南医生和他的助手外，凡已经签约的来访者（心理咨询界将前来求助的人称为来访者），其人脸图像也都输入了这个系统。柯南医生认为，来访者到达时门自动为他或她开启，让人有一种回家的安全感。安全感，这对来访者至关重要。

这道门的门里门外是两个世界。门外，是一座上千万人的城市，激情和沮丧、荣誉与羞辱、虚伪和绝望等心灵事件密布在人群中；而门内，是一个温馨柔和的小天地。舒适的布艺沙发、躺椅，绿色植物，垂到地板的暖黄色窗帘，还有一小座“雨打芭蕉”的奇特设计，在墙角传来让人心旷神怡的雨滴声。

这就是柯南医生的诊所，此刻他正坐在一把宽大的转椅上，听助手介绍一位最近签约的来访者的简况。不用多说，读者已经猜到这位来访者就是白云深处。助手介绍完她的情况后说：“和她的咨询签约是开始阶段一天做一次，每次一小时。”说到这里，助手抬头看了一眼墙上的电子钟又说道，“她今天做第一次，一小时后她会到达这里。”

墙上的电子钟响着有规律的嘀嗒声，这声音的音量可以调节，是柯南医生给来访者做催眠时的辅助工具之一。用钟摆声做催眠的方式已显古老，早已被催眠师所弃用，可柯南医生的研究结果表明，这种方式的独特作用并没有被以前的催眠师所充分认识和利用。

柯南医生听完助手对白云深处的情况介绍后，表情严肃地坐在那里一言不发。助手是一个 25 岁的女孩，腿长，个子高挑，她正一边读心理学研究生一边给柯南医生做助手。根据以往的经验，她似乎感觉到了什么，便试探性地问道：“柯老师，从这个来访者的情况中，你是否又嗅到了谋杀的气味？”

柯南医生说：“不知道，我现在什么也不知道。”

柯南医生现在的名气很大，并被媒体称为“心理侦探”，是因为他从众多的来访者中，发现了不少心理病患者的伤害源来自十分隐秘的源头。比如，他治疗过一个女学生，来时的表面症状为疑病症。其起因很简单，上课时，有同学突然说她身上有屎臭，回家后，她便认真地洗了澡。第二天，同学们仍说闻到屎臭，她一下子崩溃了，让她妈带她去医院做了各种检查，她深信自己的五脏六腑有正在腐烂的地方。等到检查后，医生说没问题，很健康，她认为这家医院技术不好，又去了大的医院，仍然没查出问题。最后，是一位痔疮科的医生建议她来做心理治疗。当时这女孩去痔疮科就医，医生检查没问题后，女孩仍不肯信，她说同学都说她有屎臭，一定是有痔疮了。好在这位痔疮科医生对心理学略知一二，便建议她来看心理医生了。柯南医生对她的咨询进行了 3 个月，在反复地倾听、提问、催眠等咨询后，真相终于大白。原来，这女孩 3 个月大时，她家隔壁发生了一起谋杀案，尸体在房中发臭了也没人知道，但这异味被她妈和保姆嗅到了。她妈总说有屎臭，让保姆给摇篮中的小女孩洗澡。洗完后，她妈仍说有屎臭，保姆也说是有屎臭，真奇怪了。这“屎臭”的念叨延续了好几天，警察突然对隔壁那家破门而入，她妈这才明白，原来是尸臭。接下来，“尸臭”这个字眼又被她妈和保姆在摇篮边念叨了很多天。这个恐怖的字眼留在了婴儿的大脑中，以致她在少女时因偶然的诱发因素而陷入崩溃。心理病患者说严重也严重，但只要伤害源一找到，病人立即会好一大半。

再说柯南医生的另一个例案。来访者是一个40来岁的男子，已婚，但近年来与妻子分室而居，原因是他睡眠不好，妻子的翻身和说梦话更让他睡不好觉。分室就分室呗，男人每晚还要反锁上房间的门。反锁就反锁呗，他每晚还要起床数次，去检查房门是否已反锁好。毫无疑问，这是一例典型的强迫症。但要找到病因，很难。男子的强迫行为具有防卫性质，但在反复的咨询中，证明男子与妻子的感情良好，与父母、子女以及各种社会关系中，也没发现导致他这种强迫行为的诱因。至于他从婴儿到如今的个人经历中，同样没发现安全受到损伤的事。困惑之中，柯南医生让他已年迈的父母来接受了咨询，真相终于大白。原来，这男子的祖父死于祖母的剪刀之下。他祖父是个花花公子，在外乱搞了很多女人，祖母愤怒之下，趁祖父酒后酣睡时，用剪刀剪断了祖父的命根子，致使祖父因大出血而一命呜呼。这种隔代遗传的信号密码其实并不罕见，男子的强迫症也因此迎刃而解。

柯南医生的著名案例还不少，由于与本故事无关，就不再饶舌了。现在，面对白云深处这个来访者，医生的助手已显露出足够的信心。她说：“从白云深处这个情况看，她妈怀上她时看了《蓝可儿谜案》的电影可能是一个伤害源吧。她在孕中受了惊吓，如今用失忆来清洗这个伤害。”

柯南医生说：“但愿如此。如果是这样，一切就简单了。不过咨询未开始前，我还是只能说不知道，我什么也不知道。”

“我什么也不知道”是柯南医生开诊10年来常挂在嘴边的一句话。他最早是一名神经外科大夫，因对弗洛伊德的潜意识学说及后来的发展成果极端入迷，便转向心理学和精神分析学。他2001年出生，今年已经45岁，身体开始发福，这使得他给人以动作迟缓的感觉。现在这个助手是他从网上征招来的，他需要一个女助手。心理咨询界的人都知道，在对来访者的开始阶段，咨询师会使用一些共情的方法。所谓“共情”，就是充分理解和尊重来访者的感受，这会使一些女性来访者对咨询师产生感情。有的还会做出一些大胆的举动，心理学上将这种现象叫作“移情”。这时，如果有一个女助手在场，哪怕她就是在屏风隔开的另一边，情况也会好一些。快一年了，他对这个叫水车转转的女助手还算满意，来访者的预约登记、大致状况和协议签订等工作由她分担后，他感觉轻松多了。

墙上的电子钟指向上午10点时，诊所的门铃响了，接着是语音提示声：“请按门边的绿色按钮。”门开了，白云深处走了进来，双扇门在她身后自动关闭。

白云深处看看柯南医生说：“昨天签约时，水车转转不是对我说这是人脸识别的自动门吗？怎么完全不认识我了？”

“哦，可能是软件系统出了些毛病。”柯南医生一边说，一边请她在沙发上坐下。

其实，这是柯南医生的有意安排，他是以此模拟电梯开门的感觉，以便观察白云深处进门后的微妙反应。不过此时，他并没发现白云深处对按键开门有任何不安。

水车转转给来访者送来了矿泉水，还在小桌上的瓷盘中放了一沓纸巾。这都是来访者需要的东西，倾诉需要喝水，倾诉一阵子后会哭，默默地流泪、抽泣甚至痛哭，纸巾是必不可少的。

看见水车转转去了屏风的另一边后，柯南医生对来访者说道：“您好，我们聊点什么呢？”

白云深处说：“我失忆了，很多事情都记不得了，不知什么原因。”

“可是，你进门时说，昨天和我的助手签了约，这记忆正常啊，这门是人脸识别的，你也记得。”柯南医生的语调温和，富有磁性。

“也许，见到你，我的失忆就好了。”白云深处愣了一下说。柯南医生发现，他面对的是一张很美的脸，美得绝对超凡脱俗，只是那眼神有些涣散。

“呵呵。”柯南医生也轻松地笑了一下说，“见到我就好了，为什么？”

“因为你是柯南医生啊，”白云深处又很好看地笑了一下，“很久以前有个作家叫柯南·道尔，我很佩服他。”

“哦，名字有点像，这是巧合。”柯南医生说，“看来你对有悬念的东西感兴趣，那么我们就来谈悬念吧。比如蓝可儿事件，你记得吗？”

白云深处摇摇头说：“我不知道什么蓝可儿，听我妈说，那是30多年前发生的事情了，那时我还没出生呢。”

“你哪年出生的？”

“2019年。我妈说怀上我5个多月时她看过《蓝可儿谜案》的电影，她担心我的失忆是受了孕中刺激的影响，所以让我来找你。”

柯南医生微笑着说：“很好，你看你记得不少事情啊。你认为自己失忆了吗？”

“不知道。”白云深处有点茫然地说，“我妈说我失忆了。”

“你很听你妈的话？”

“不听她要打我呀！”

“记得第一次打你的情形吗？”

“时间记不得了。有一次，我刚上小学吧，她把我的脸打肿了，我好几天不好意思去上学。当时她是在大街上打我，有路人说，这女人打孩子这么狠，不是亲生的吧！我妈便和路人吵起来，我吓得去抱她的腿，她一抬腿把我踢到街沿下，我的牙齿也摔掉一颗……”

白云深处哭了起来，柯南医生在桌上抽出纸巾递给她。

接下来，白云深处又谈到了挨打挨骂的事。柯南医生最后问到了她现在的职业，她摇头说还没职业。一小时的时间转眼就到，柯南医生说："好，今天就聊到这里吧。你记得回家的路吗？"她说："我妈在楼下等我。其实我找路一点问题也没有，可她一定要陪着我，说不这样她不放心。"

医生的助手水车转转送白云深处出门后，回转身来对正在默想的柯南医生说："我听她的状况，是阶段性失忆，对吗？她只是对报社这段职业生活失了忆，比起全盘失忆及身份失忆，她还算幸运的。"

柯南医生站起来，伸了伸胳膊夸奖水车转转道："你的进步很快嘛，判断正确，可是，造成她失忆的伤害源在哪里呢？"

按现有的理论，失忆分为器官性和功能性两种。器官性失忆一般由外伤、疾病或用药引起，而功能性失忆则是由心境因素引发。从白云深处咨询前做的体检情况看，她的失忆显然属于后者。

"伤害源？"水车转转想了想说，"她在母体中受到的不良情绪影响和她妈对她的长期暴力，可能都是诱因吧？"

柯南医生说："不知道，我现在什么也不知道。我只是在想，她忘记的为什么恰好是报社这几年的职业生活。如果说，失忆是对精神伤害的一种防卫机制，那么，她在报社的经历中发生过什么，不也值得探究吗？"

第三章

纸衣

公园的草坪上人头攒动。水车转转挤在其中，望着前方那个用木板搭成的讲台。讲台上方的大横幅上写着——“2046 年纸质媒体保卫战演讲会”，人群中不少人举着木牌，木牌上贴着白云深处的照片，他们此起彼伏地高呼：“白云！白云！”演讲会还没开始，被人们称为“纸媒女神”的白云深处已在人们的热烈期待之中。

水车转转是自告奋勇前来观察的。她 18 岁那年当过警察，在缉毒大队，因此做事喜欢现场取证。她 16 岁时还得过武术散打女子全国冠军，因此高中毕业就被警局特招了。不过这工作她干了不到一年，便进大学读心理学去了，原因是不少染毒者的状况，让她对人的精神世界产生了强烈的兴趣。

现在，水车转转在等待着白云深处及报社诸君的出场。她戴着一副墨镜，镜框上的微型摄像头已经开启。她为能协助柯南医生完成这个心理个案而感到兴奋。

这之前，恢复白云深处对报社职业的记忆，柯南医生仅用了三次咨询，这让水车转转大为惊讶。柯南医生让白云深处斜靠在躺椅上，在雨打芭蕉的水滴声中，用自由联想的方式引导她说出一些单词。柯南医生一般情况下不轻易用催眠疗法，他认为用自由联想就够了。这是一种职业自信。在他的引导下，白云深处断断续续说出了不少单词，柯南医生从中发现了一些有价值的东西，如“游泳”“汽车”“办公室”“大胡子”“发稿”“上床”“别绑我”等。柯南医生分析后认为，白云深处在报社工作期间可能发生过性伤害。其中“游泳”“汽车”“办公室”是她的活动范围，“发稿”是她的工作，“上床”和“别绑我”是受伤害的情景，而“大胡子”可能是伤害者。当然，所谓“大胡子”不一定真的长着大胡子，这象征着男人和权威，因此这个伤害者可能是报社领导。

因此，柯南医生决定首先唤起白云深处对报社工作的记忆，让她所受的伤害回到意识中来，尽管这很痛苦，但人的本能是可以清洗这种痛苦的。柯南医生了解到，白云深处是一个狂热的纸媒主义者，还是婚前贞操运动的发起人之一。接下来，当白云深处再次来到诊所时，柯南医生并不和她对话，而是指着桌上的一大沓《世纪导报》对她说：“我们今天做一个小测验，请你把这些报纸一张张地撕碎，撕得越碎越好。”白云深处犹豫着慢慢拿起一张报纸，撕成两半，然后再撕。柯南医生说：“不行，撕的动作要快。这样吧，我和水车转转都来和你一起撕。”三个人一起猛烈地撕起报纸来，“哧哧”的撕纸声通过桌旁的扩音器让人听起来惊心动魄。当碎纸满桌满地时，白云深处突然像喝醉了酒似的满脸通红，她大吼一声：“住手！这是我编的报纸呀！”

白云深处对报社职业的记忆被唤醒了，她捧着碎纸哭得像个泪人。谈起这段时间的失忆，她感到恍若隔世。接下来，她看了下手机上的日期说：“还好，离演讲还有两天。”她将头仰靠在沙发上，长长地舒了一口气。接下来，在谈话中出现了令人意想不到的事，柯南医生发现，她对去报社工作前的事又完全记不得了。比如读的什么大学、什么中学，早年有过什么经历，她都是一问三不知，只是说："别耽误我了，我要回去准备演讲稿了。"她的大脑好像内存极小，想起这段记忆就要挤掉那段记忆，柯南医生还从未遇到过这样的失忆个案。

两天后的晚上，柯南医生在家里观看录像。这是水车转转摄下的公园演讲会的全过程。他之所以需要这个，是想从中发现一些新线索。因为，当一个人情绪激动滔滔不绝的时候，一些潜意识的东西也就夹杂其中了。

医生的妻子很年轻，名叫那厢有礼，医生很喜欢这个名字。此刻她正从厨房出来，摘掉有女仆意味的围裙和头巾后，冲医生嫣然一笑说："你晚上还要工作啊，不是说今晚和我玩扑克吗？"医生说："那厢，我有点要紧事，你先自个儿玩着吧。"

医生在电脑前坐下来，屏幕上出现了公园草坪上的画面。激动的人们，每人都戴着一顶白帽子，这种帽子近来很流行，据说可以防备来自卫星和四面八方的电磁辐射。这些人都穿着统一的T恤衫，上面印着的文字是"保卫纸媒，还我健康"。在草坪的另一边，还有一群抗议此次演讲会的人，和拥护者一样，他们每人手中也举着一个牌子，只是那是电子显示屏，屏幕上交替出现着漫画和标语。标语是"纸媒僵尸，妖言惑众"，漫画是已成为一个老太婆的白云深处，正戴着一副老花眼镜看报纸。为了防止这两群人发生冲突，警察在中间拉上了警戒线。

演讲会开始了。首先上台的是报社老总，她是一个优雅、文气的女人。柯南医生有点意外，这与他对"大胡子"及代表的"男人、权威"的判断不符。这个不到40岁的女人首先向与会者表示感谢，并深深地鞠了一躬。简短的开场白过后，是几位专家、学者的演讲，他们之中有历史学家、环保专家、语言文学专家和生命科学研究专家等，分别来自国内几所著名的大学和民间研究机构。

台下的听众有点骚动，他们举着小木牌开始高喊："白云！白云！"看来，这场演讲的压轴人物白云深处久未出场，让听众有点不耐烦起来。

柯南医生发现，高声呼喊的听众中，多数是2020年后出生的年轻人，医生作为这个世纪00后的人，对这批小青年多少已有点陌生。白云深处终于出场了，她身着用报纸围成的抹胸和短裙，立即引起台下一片骚动。这种装扮在演艺界司空见惯，可白云深处作为带有传统色彩的纸媒主义和婚前贞操运动发起人，其着装一向保守，人们从未见过她除脖子以外的身体肌肤。尽管这样，她那如童话般的天使面容和模特界也无人能比的魔鬼身材，使她以更加神秘的磁力成为千百万人的偶像，作为《世纪导报》的代言人，人们认为是她拯救了纸媒。

这一刻，柯南医生对他的这个病人或者叫来访者有了新的认识。白云深处开始演讲了，她用诗一样的言语开始说道："各位朋友，你们看见我身上的报纸了吗？它有木材的纯正品质，有森林的芬芳气息；同时，它还有着我们伟大祖先所发明的造纸术、印刷术的古老智慧。我们要抛弃它吗？我们要陷在电子污染的泥潭中变得愚不可及吗？你们还记得当太阳升起，我们在露台上喝着咖啡浏览报纸的情景吗？这是人类优雅的记忆和智慧的灵魂之所在……"

这时，台上响起音乐，是一首叫作《回到过去》的乐曲，调子深沉而庄严，白云深处在音乐声中跳起舞来，可是，她跳的是一种痴狂的肚皮舞，和音乐并不相配。她腰间如凝脂般的肌肤和深凹的肚脐显出了强烈的诱惑力，这一下把全场观众都惊呆了，因为她用报纸做成的抹胸和短裙都只遮住前面，背后是完全裸露的，她全身的优美线条和丰满的臀部，仿佛在一瞬间亮瞎了所有人的眼睛。坐在台边的报社老总站了起来，似乎要上台去阻止，但被旁边的人挡住了，台下响起了雷鸣般的掌声和呼叫声……

"宝贝，你不是要工作吗？怎么看起裸体女人来了？"那厢有礼已不知什么时候挤到了电脑旁，这个温柔美丽的妻子似乎有了醋意。

柯南医生转过头说道："你不懂，这也是工作呀。还有，你怎么又叫我'宝贝'，那是我对你的称呼，而你应该叫我'先生'或者'亲爱的'。"

那厢有礼不好意思地垂下眼帘说："好的，先生。"这一刻她的温柔无与伦比。

这就是柯南医生的妻子，她来自一家杰出的智能仿生机器人公司。医生在各种类型的佳丽中娶了她，一年来所领受的幸福也是无与伦比。

演讲会结束了，柯南医生关上电脑坐在那儿沉思。他看见了两个分裂开来的白云深处，一个是天使般优雅的理想主义者，另一个是放荡狂野的女人。如果说用裸露身体来扩大影响力还可以理解，而当她在扭动中再次转过身来时，她眼中浓烈的色情意味靠扮演是不行的，柯南医生一眼就分辨得很清楚，这色情的意味来自她身体深处的真实。

这之前，柯南医生的判断是，白云深处在报社期间发生过超过她神经承受力的性伤害，因此发生了失忆。但从现在了解的情况看，报社老总及高层多数为女性。虽然柯南医生还不至于幼稚到认为性伤害只能来自男性，但从白云深处在自由联想中说出的单词来看，这种伤害来自男性无疑。更让人困惑的是，她记起了报社经历又忘了更早的经历。这种罕见的失忆症，让柯南医生感到前所未有的挑战。他下意识地用手撑起了额头，在台灯的映照下，45岁的他显得有些疲态重重。

"先生，你需要休息了。"那厢有礼的柔声提醒让柯南医生抬起头来。他看见那厢正站在他面前一米开外，她身上的着装和白云深处跳舞时的着装一样，只是抹胸和短裙变成了两块猩红色的丝绸。她对着医生做了几个优雅的舞蹈动作后，突然转过身去，她的背后也是全裸的。那厢有礼有着非常良好的记忆系统，凡医生的习惯、口味、好恶等，她都能迅速吸收、贯彻甚至加以发挥。此刻，她以全裸的背部对着医生时，没有做出狂野的舞蹈动作，而是抬起了双臂，踮起了脚尖，是一个完美的芭蕾造型。她将刚发现的医生对背部全裸的兴趣和以前掌握的医生对芭蕾的喜好结合起来，让医生一时看得有点神魂颠倒。

接下来，那厢有礼坐到了医生的腿上，搂着他的脖子柔声说道："亲爱的，我们该换一个地方了。”

她将医生带进浴室，超大的冲浪浴缸里，微型海浪正在掀动着一层层热气。她伸手给医生宽衣，医生伸手搂住了她的腰肢，她湿热柔滑的肌肤富有弹性。医生发现，她高耸的乳峰已有微微的颤动，这让他开始意乱情迷。

柯南医生需要这样一个伴侣。从业以来，他被成千上万的心理病患者包围着，经常有喘不过气来的感觉。他需要一个心理绝对健康、绝对单纯的妻子。如果说，人的心理疾患都是地狱的某一层，他需要从这些暗室中归来时，有一个明净的小小的后院或天堂。

这时，浴室里响起了电子语音提示：“柯南医生，有电话找您。”医生伸手按亮了墙上一个小小的显示屏，画面上出现了白云深处的母亲，她说：“柯南医生，这么晚了还打搅你，不好意思。因我女儿的情况很严重，我想明天上午来单独找你谈一小时，费用照计，不知你能否安排？”

柯南医生考虑了一下，然后说：“好的，明天上午10点见。”

第四章

被偷换的记忆

白云深处的母亲颜姿来到诊所的时候，柯南医生正在接电话，是一个抑郁症患者打来的。她经过近半年的咨询，感觉好了许多，打电话来请柯南医生吃晚饭，一为表示感谢，二来想交个朋友。柯南医生婉言谢绝了她，并说："做了朋友，你的抑郁症再出现反复，我就没法帮你了。咨询师不能和来访者做朋友，这是行规，其中的道理你上网查查就明白了。"接完电话，柯南医生对坐在沙发上的颜姿表示了一下歉意，然后以咨询师的经典开场白说道："我们聊点什么呢？"

"白云出大乱子了……"颜姿刚忧心忡忡地说出这句话，眼泪就已经出来了。她接过医生递来的纸巾擦了擦接着说道，"昨天报社的演讲会，她的放荡行为把我家祖宗18代的脸都丢尽了。这还不算，到晚上也不回家，只给我一个电话说，妈，我要去酒吧，可能会很晚才回家。我问她和什么人去酒吧，她很怪异地笑了一声后说，一个人不能去酒吧吗？天哪，这哪是我的女儿？养她27年了，我的女儿不是这样的。城市这么大，我没法找她，到半夜时我急得哭了，给她打手机，只听见闹哄哄的，还没说话信号就断了。再打过去，语音提示机主不方便接电话。她大约是凌晨4点回的家，推门进来就一股酒气。这真是见鬼了，我的女儿从来不喝酒的。要在从前，我会冲上去和她拼命，可这次事情太严重了，她爸事先劝我道，女儿回来不能打骂，只能心平气和地谈。我说我做不到，她爸说由他来谈。我避开了，听见她爸在问，云儿你怎么去酒吧了？她说作为音乐学院的毕业生，酒吧正是找灵感的地方。她爸说云儿你啥时读过音乐学院，你不是北大中文专业毕业的吗？她说什么北大，我没上过。天哪，她的脑壳完全乱套了，医生，你一定得想法救我的女儿啊……”

柯南医生平静地听着颜姿的述说，多年的职业经验，已使他养成了对人的任何精神异象不惊不诧的态度。他像是无意地随口问道：“她的睡眠还好吗？”颜姿说：“和她爸说完话后，她进房间就睡了，一点声息也没有，到我来你这里时，她还睡得像死猪呢。”

柯南医生的眉头不易察觉地皱了一下，“立即就睡”这不符合他头脑一闪而过的关于躁狂症的判断。

“现在我担心的是，”颜姿又接着说道，“昨天晚上，这个烂女子不知和什么流氓在一起，真不如生下来就溺死了她！”

柯南医生注意到，颜姿的语言暴力很严重。他注视着这个已经开始发胖的女人，她说话时一只脚的脚尖一直在上下踏动，有时还无意识地转脸看一下侧面，这些都表明这是一个极没有安全感的女人。

“你的父母还好吗？”柯南医生突然提出一个好像与当下不相干的问题。

颜姿愣了一下说：“我爸去世好几年了，我妈现在住在养老院，80岁的人了，已糊涂得很，老让养老院的管理员帮她打电话，要让她的儿子来看她。她就我这么一个女儿，哪来的儿子呢？人老糊涂了，真没意思！”

“你和你妈的关系怎么样？”

“关系？唉！”颜姿叹了口气说，“她这么老了都还想杀我，你说关系怎么样？上次我去养老院看她，一边聊天一边给她削水果，她突然抢过水果刀捏在手里，很凶狠地看着我，吓得我腿都软了。我说你要干啥，要杀了我吗？她说我杀不动你了，我自杀还不行吗？养老院的管理员跑过来抢下她手中的刀说，你女儿这么孝顺，老太太你别想不开啊。唉，我们这一代真是命苦！我是1997年出生的，当时被称为90后，我们这一代独生子女现在给父母养老，连一个帮手也没有啊。”

颜姿已经是声泪俱下。柯南医生等她的抽泣平息后又平静地问道：“白云深处是2019年出生的吧，当时早就可以生二胎了，你为什么没多要个孩子？”

“其实我有过三个孩子。”颜姿仰起脸来说道，“白云有过姐姐的，生下来没几天就死了。白云之后我还怀上过一个，还没做胎儿鉴定就流产了，真可惜，那肯定是个男孩。再下来，我就再没有怀上过，医院骗我说是我的子宫有什么问题，其实是白云她爸的精子不行了，他常年与电磁辐射打交道，这样的男人肯定废了。要是我多有个孩子的话，白云现在也不会把我气成这样了，一脚把她踢出门去又怎样，就当没生过她……”

柯南医生做了个深呼吸，他又看见了人的经历和命运的代际重复。尤其是不幸的经历，在人的无意识中一代又一代地重演。要阻止这种链接，必须靠其中某一代人的觉醒，而心理医生就是让人挣脱这种恶性链条的帮手。

一个小时的时间转眼就到，颜姿临走时擦干眼泪说：“柯南医生，我女儿的病，就拜托你了。”医生说：“我会尽力的。不过记住我对你说的话，这事还需要你的协助，就是对白云，你得尊重她、爱她。”

颜姿似懂非懂地点了点头。

颜姿走后，水车转转对医生说：“柯老师，我已经明白了，白云深处的叛逆行为，其实是在反抗她妈，对不对？”

柯南医生笑呵呵地说：“水车，你进步很大嘛。”接着，也许是为了找到一刻轻松，他又对水车转转说道，“你姓水名车，不很好了嘛，加个‘转转’什么意思？”

水车转转把头一歪说：“为什么要有意思，没有意思，就是一种意思嘛。”

柯南医生大笑起来：“哦，很精彩，有意思是人的意识，没有意思是人的无意识，两者加起来就是一个完整的人。那么，白云深处用叛逆来反抗她母亲，是意识驱动还是无意识的呢？”

水车转转说：“如果她不是故意的，那就是无意识在起作用。”

“那么，反抗就反抗呗，她为什么会失忆？”

“她的无意识要让她忘掉过去。”

“好，”柯南医生对交流来了兴趣，“忘掉过去或失忆是无意识对神经系统的一种自我保护，但根据已有的个案，它应该有一次超强的伤害触发，可是到目前，我们还并未发现这个证据啊！”

水车转转摊开双手说：“柯老师，这就看你的了。”

白云深处的咨询时间，从到报社上班后改到了下午 4 点，是柯南医生在每天下午接待的第三个来访者。因此，当白云深处到达的时候，柯南医生真的有点累了。他注意到她今天是一身黑色着装，黑色的长筒丝袜，轻薄的透视连身裙，诱人的吊袜带隐约可见。这与之前出现在这里的她判若两人。

柯南医生装作没有注意到这些，仍然安静地开口说道：“今天和我聊点什么呢？”

白云深处说：“没什么聊的了，我只是想问，我已到报社上班，我的失忆症是不是已经好了？”

“我不知道。”柯南医生说，“我只是想问你一下，你热爱文字工作，是否与你在北大中文专业的学习有关？”

“什么北大？”白云深处说，“我是中央音乐学院声乐专业毕业的。”

"可你的个人资料记载，你读的是北大。"

"嘻嘻，"白云深处好玩地笑了笑说，"那一定是资料搞错了。"

"你读小学时，有一次乘地铁把笔记本电脑丢了，那是怎么回事？"

"没有这事，"白云深处说，"我读小学时一直被寄养在乡下的亲戚家，在内蒙古吧，那里没有地铁。"

说完这话，白云深处站起身来说道："对不起，我要去趟洗手间。"

柯南医生指了指侧面的一条走廊说："往里走，右边。"

白云深处回来后，仰靠在沙发上说："别老说过去了，我们聊点别的吧。"

柯南医生不说话，等待着她继续往下说。

白云深处指着柯南医生座椅旁边的一根金属手杖说："嘻嘻，医生，你也玩这种导航手杖啊，据说它比导盲犬还灵敏得多。"

"是的，"医生说，"我有点眼疾，在阳光下视线不太好，有了它就方便多了。"

其实，白云深处不知道，柯南医生的这根手杖不仅能导航，它还是医生的工作助手呢。手杖内装有人的异常情绪感应系统，如来访者中出现自杀倾向或有暴力攻击意图，手杖上均会亮起一颗小小的红色警示灯。

改变了话题，白云深处显然轻松多了，这从她的坐姿就可以看得出来。她身体后靠，让两条被薄裙覆盖的大腿显得很显眼。她又说："柯南医生，你的名气很大呀，网上关于你的信息铺天盖地的，国外最权威的精神分析刊物最近又发表了你的论文。你的感觉一定很好吧？"

这样一来，咨询和被咨询的位置颠倒过来了。

柯南医生心里非常明白，从白云深处上洗手间开始，她的性意识已经开始躁动，这会给咨询带来困难。因此，他果断地打断了白云深处的话题，而是直接说道："我们还是来谈你的失忆吧，你不是为这个问题到诊所来的吗？"

“嘻嘻，我已经好了。”白云深处回答时带有调皮女孩的意味。

柯南医生站起身说：“如果是这样，我们的咨询可以提前终止了。”

“不，不，”白云深处一时显得有些慌乱，“让我想想，让我想想，我当初是为什么来找你呢？哦，我妈怀上我时看了《蓝可儿谜案》的电影，那些恐怖情绪是否对还是胎儿的我造成了伤害？对，这个问题还没搞清楚呢。”

柯南医生重新坐下来，对已经坐得笔直的白云深处说：“这样吧，你先在这里画一些画。”

柯南医生拍了拍手，屏风另一边的水车转转便拿来了一沓白纸，还有一堆彩色笔，放在小桌上。

白云深处说：“画什么呢？可是我不会画画呀。”

柯南医生说：“随心所欲，想画什么就画什么，画得好不好都没关系。”

白云深处拿起笔，时快时慢地在好几张纸上画满了图像。时间已到，临走时柯南医生对她说：“根据我们的协议，我每半年有两周时间度假，这期间得中断咨询。明天我就开始休假了，我们两周后再见。”

白云深处说：“我现在是每天都想见到你，但现在只好听你的安排了。”

白云深处走后，柯南医生和水车转转围在木桌边，研究起白云深处所画的图画来。

第一张纸上画的是一个长方形，边框用的双线条，框内画有长短不一的曲线，用的是绿色画笔。看来她确实不会画画，因而在方框边上用文字写了“游泳池”三个字。看来，框内的曲线就是水波了。泳池旁边，还有几朵用红笔画的小花。

第二张图，是用蓝色笔画的一艘轮船，粗线条只画出船的轮廓，船身上写着“海上乐园”四个字，船下画着一条大鲸鱼，还有一些小鱼。

第三张图是用黑笔画的一个老式烟斗，像是两百年前英国绅士用的那种，烟斗下方画着好几条曲线，曲线下方有一条小船。根据第一张图她用曲线表示水波的思路看，这是一条沉在水下的小船。

三张图看完后，水车转转困惑地说：“柯老师，这是什么意思？看不懂啊。”

柯南医生沉默不语。这几张图既与白云深处的报社无关，也与她的家庭无关，什么意思，医生此刻也只能说：“我不知道，我现在什么也不知道。”

不过，这中间有巧合。白云深处在自由联想中曾经说出过“游泳池”这个词。看来，这是一个重要线索。另外，烟斗与她说过的“大胡子”也有内在联系。

至于第三个巧合，就让柯南医生有点吃惊了，他和水车转转一天后去度假要乘坐的游轮正好叫“海上乐园”，这种巧合难道是什么预兆吗？

第五章

“海上乐园”号游轮

海南三亚，“海上乐园”号游轮正停泊在码头上。在上船的游客中，出现了柯南医生和水车转转的身影。柯南医生头戴白色宽檐帽，手握一根导航手杖，那风范，有点老式侦探的味儿。水车转转没戴帽子，因为她不太相信电磁辐射真有那么厉害。她身着牛仔裤和 T 恤衫，颀长的身材有点像一个女排球队员。一边走，她一边对柯南医生说：“我打电话问过白云深处的母亲了，她说白云深处从来没有坐过游轮。”见医生没吭声，水车转转又补充道，“她画‘海上乐园’游轮，也许是在网上看见的。”

游轮起航后，有海鸥在船尾追逐。柯南医生靠在船舷边看着这景色，长长地舒了一口气。

大海的景色，看久了其实很单调。柯南医生和水车转转很快就回到了房间。这是头等舱的一个套间，除了两个带有卫生间的独立房间外，还有一个客厅。透过大幅落地窗，大海和天空的蓝尽收眼底。

有人敲门，水车转转去开门后，门口站着两个穿着黑色西装的男子，其中一人说：“船长来看望你们了。”说完这话后，两人便分站两侧，船长随即出现，是一个身材高大的中年男子，他穿着深色风衣，里面白色衬衣的领子很挺括。

也许这是住头等舱客人应该受到的礼遇吧，船长进门后便说："欢迎二位乘坐'海上乐园'游轮，我是船长，你们来这里，请尽情享用本游轮给你们提供的全部欢乐。"

柯南医生说："好的，谢谢关照，你真是一个好船长。"

"你过奖了，"船长说，"做船长就该这样，我带着你们去领略大海，还有众多的岛屿和陌生的国度。当然，如果出现风险，我也会指挥游轮化险为夷。比如飓风、海啸，甚至是在航行期间突发的核战争，我都会保证你们的安全。"

"核战争？"柯南医生显然对船长的谈话来了兴趣。

"柯南医生，"船长叫出了医生的名字，"我在游客资料中发现了令人尊敬的你，十分荣幸。你认为核战争不可能突然发生吗？事实上是，世界上有史以来的战争都是突发的。上一分钟的太平盛世往往被下一分钟的炸弹所击碎。我在多年的航海经历中，已经在心中圈定了一些可以避难的岛屿，到时候我会将你们带向那里，在那里成立一个部落继续生存。这就是船长的责任，没有深思远虑的船长不是好船长。"

水车转转走过去和船长握手，并十分真诚地说："遇上你这样的船长，是我们的荣幸。"

船长将头转向柯南医生说："这位女士是……"

"是我的助手。"

"哦，好漂亮的助手，"船长说，"晚上我请你们喝一杯。要知道，夜晚时坐在酒吧听大海，可是很享受啊！"

船长走后，柯南医生对水车转转说："这船长有点儿妄想症，你不觉得吗？"

水车转转说："柯老师，你别老以专业的眼光看人嘛。其实这船长挺不错的，他的话虽说有点玄，但也不是绝对不会发生。”

“嗯，”柯南医生看着水车转转说，“一个人说什么不很重要，怎么说很重要。同时，怎么听也很重要。水车，你缺乏安全感啊。”

水车转转愣了一下，低下头后沉默不语。过了好一会儿她才说：“柯老师，你只是在简历上了解我，其实我有很多话要和你谈的，只是还没想好在什么时候谈。”

柯南医生温和地一笑说：“悉听尊便。”

这略带调侃的轻松语气让水车转转抿嘴笑了一下。

当天晚上，去酒吧赴船长之约的时间到了，柯南医生有点晕船反应，为了不失礼貌，就由水车转转一人去赴约了。医生吃了点晕船药就坐在客厅里休息，他头脑里想着白云深处画出这艘她并未坐过的船，其中包含着什么隐意？大海已经在落地窗外消失了，只有满天星斗的海上星空。这样的星空美极了，对于现在的天文学家来说，这些星星都很真实，但是，千年万年后的科学家，也许会发现这些星星仅仅是人类的精神幻象而已。

手机来电提示打断了柯南医生的冥想，他拿起手机，屏幕上出现了那厢有礼的面容。她好看地眨了眨睫毛说：“亲爱的，你在船上还好吗？我想告诉你的是，我很想念你。闲得无聊，我便看了一部电影，叫作《蓝可儿谜案》，看后我很害怕，好想你陪着我啊。我本想下楼去散步的，可是我不敢去了，因为上下楼都要乘电梯，我真不知该怎么办才好。”

柯南医生笑了，他说：“宝贝，我也想你。别害怕，告诉你一个方法吧，现在就鼓起勇气去坐电梯，上上下下进进出出一共连续10次，你的害怕就消除了。”

那厢有礼想了想说：“这是脱敏疗法吗？”

“宝贝，你真聪明，”柯南医生深感意外地说，“你怎么会知道这些？”

那厢有礼说：“我读过你的笔记，上面写有脱敏疗法，再结合你刚才说的方法，一对照，就连接上了。好的，我现在就照你说的去做。亲爱的，你要早点休息，记住，换下的袜子要放进洗涤筐里，晚安！”

“晚安。”柯南医生放下手机，海上星空迷离，只有爱才让人不再孤独。

第二天将近中午，水车转转才起床走出房间。她打了个哈欠对正在看海的柯南医生说：“不好意思，昨晚和船长聊得太尽兴了，天快亮了才回房间。”

柯南医生看着她说：“嗯，很好。”

语言的歧义真是多种多样，水车转转明白，柯南医生所说的“很好”，是“暂且这样”或“再说吧”的意思。

海上寂寞，游轮上的休闲娱乐场所很多，有电影院、酒吧、游泳馆、网球场等。下午时分，柯南医生和水车转转出现在泳池里。之所以选择这里，一是因为他们都喜欢游泳，二是因为白云深处的画里有泳池，柯南医生想到这里来找找解悬释疑的灵感。

游泳馆里人不多，泳池边坐着一个穿泳裤戴墨镜的男子，是泳池的管理员兼救生员。水车转转说：“这小子戴墨镜什么意思？”柯南医生说：“防阳光呗。”“不，看女人！”水车转转说完后哈哈大笑，然后一个猛子跳进水中游起自由泳来。水车转转当过警察，知道墨镜的多种用途这不奇怪。

上岸后，池边是一长排空着的躺椅，柯南医生和水车转转刚裹着浴巾躺下，那个戴墨镜的男子就走了过来对柯南医生说：“先生，不好意思，你能换一张躺椅吗？”

“为什么？”柯南医生感到莫名其妙。

“这把躺椅是有人留着的，不好意思，你挪一挪吧。”

柯南医生只好挪到水车转转另一侧的躺椅上。他说：“什么意思，这都是空椅，还有人要留着那一张？”水车转转说：“我看是那小子故意找我们的碴儿。”两人说完后都闭目养神起来，不一会儿，水车转转发觉旁边有动静，睁眼一看，是那墨镜小子正用一条毛巾擦拭她身旁的那张空椅，从椅背、坐垫到椅脚，他擦得很认真。什么意思？嫌柯南医生刚才把那躺椅坐脏了？柯南医生也侧脸看见了这一幕，便对水车转转挤了下眼睛，表示不可理喻。

随后，两人在躺椅上聊起天来。

柯南医生问："昨晚，你和船长在酒吧聊些什么呢？"

"聊得可多了，"水车转转有些兴奋地说，"聊得最多的是海盗。他给我讲了很多关于海盗的故事，可精彩了。海盗往往都有一个部落做基地，出海前要搞祭奠，杀牛，把牛血涂在旗帜上，男女都全裸，身上只佩戴些兽类鱼类的饰物，酋长将手往空中一举，全体人山呼海啸。哦，这些故事讲得我都想做一个酋长夫人了。船长说，他做船长只是权宜之计，一旦这世界有变，他就要做海盗、做酋长。"

"哦，有意思，"柯南医生说，"我们无意中坐上了一艘梦想之船。"

水车转转并不理会柯南医生话中的双关含义，正想接着讲海盗，却被旁边擦拭椅子的动静打扰了。她记得，在他们聊天的这半小时左右的时间里，墨镜男子已经是第三次来擦拭那张躺椅了。也许，他一整天都这样做，因为在池中游泳时，水车转转就发现他数次离开监护岗位，很可能就是来干这活了。

墨镜男子这次擦拭完毕后，去了不远处的一间屋子，很快，他给柯南医生和水车转转送来了矿泉水，并说："很抱歉，我只顾忙，你们坐这么久了也忘了给你们送水了。"

"没关系。"柯南医生说，"该怎样称呼你呢？"

他说："我叫水手听大海，名字有点长，就叫我水手吧。"

柯南医生说："哦，你和我这位同事还算同一个家门呢。到船上工作多久了？"

水手摘下墨镜，是一个面容清秀的男子，他说："上船快 7 年了。"

"那把躺椅是给谁留着的呢？"柯南医生又问。

“哦哦，”水手有点慌乱地说，“是一位女士，她以前就坐这里。”

“以前是多久？”柯南医生穷追不舍。

水手不再回答，只是喃喃地说：“她会来的，她会来的。”

回房的路上，柯南医生说：“看见了吗？这个强迫症个案多有意思。”

水车转转说：“不只是强迫症，这里面有爱情故事呢。看来，我们坐上了一艘很有故事的游轮。”

柯南医生突然一拍额头说：“白云深处在自由联想时提到泳池，画画时画到泳池，难道与爱情有关吗？”

“但是她没坐过这游轮呀。”水车转转困惑地说，“不过，柯老师，这事我可以向你邀个功了。为了防止白云深处的母亲记忆有误，或者是白云深处曾经坐过这游轮没人知道，我通过船长已检索了这船五年来的乘客记录，没有白云深处的名字。你知道，为防备恐袭，乘客订票一直是实行实名制的。”

柯南医生说：“你做得不错。我也不会真认为白云深处坐过这船。因为来访者画的画，意思是拐了好几个弯的，是一种象征，也是她潜意识的一种投射。只是我发现了一些巧合的意味，什么意思？我现在什么也不知道，慢慢来吧。”

大海碧蓝，这艘大吨位的豪华游轮正破浪前行，以海上城堡的姿态显示着人类的骄傲。不过在观测卫星的视角下，这大家伙最多只能如一片飘摇的树叶，这船和船上的人，都没有自认为的那样强大。

明天早上，“海上乐园”号将停靠在印尼巴厘岛。水车转转在喝咖啡时对柯南医生说：“明天可以上岛去玩一天，船长说了，会给我们安排一个导游，名叫水手听大海，真巧，我们已经提前认识了这个有强迫症的小子。”

柯南医生“嗯”了一声，只是认真地用小勺搅动着杯里的咖啡，并自言自语地说：“咖啡色，好像是红与黑的掺和吧。”

大海无处不在，咖啡厅的窗外也是一片蔚蓝……

第六章

精神病院

精神病院的走廊上，一辆手推车正将一个女病人从治疗室推向病房。女病人躺得笔直，身上盖着被单。手推车在走廊尽头横了过来，将病人推进了侧面的病房。

走廊中段，医生伸手拦住了正欲跟进病房的几个人，是三女二男。医生说：“你们不能进病房去了，她现在需要休息。我们去办公室，我还有情况要了解呢。”

医生办公室宽敞明亮。医生坐下来，打开桌上的电脑看了一下后问：“谁是白云深处的妈妈？”

和其他人一起坐在长椅上的颜姿说：“是我。”

医生说：“你再讲讲白云深处想自杀的情况。”

颜姿说：“昨晚上我就发觉她不对头。她几乎一夜没睡，还在房间唱歌。快中午起床后，她说想出去散步，我拦不住她，便只好陪着她去。路过一座大桥时，她突然停了下来，趴在桥栏上看下面的河水。我说你看什么呀，我们回家去吧。她说看见水，好亲切呀，我要跳下去。我吓坏了，赶紧拦住她，可她的一条腿已经跨上了桥栏。我拉着她大喊救命，幸好有好几个路人跑了过来协助我。把她拉下来后，她仍然拼命挣扎，并且神情恍惚，我赶紧打医疗急救电话了。”

医生一边听一边点头。从胸牌上看，这位中年医生叫谷子，是一位主治医生，他眼镜片后的沉着眼神给人以信任感。

“病人以前有过异常状态吗？”谷医生继续问道。

“以前她发生过失忆，一直在柯南医生那里做咨询。前天她还去过诊所，回来后对我说接下来要停诊两周，因柯南医生休假了。她说没关系，她已经好多了。我听后也很放心，没想到会出这事。”

“柯南医生？”谷医生说，“他是我多年前的同事，当时他在神经外科，是一位好医生。这太好了，他休假回来后我会和他沟通，对治疗会有很大帮助，你们就放心好了。”

这时，坐在颜姿身旁的女人站起来，走过去向医生伸出手，一边握手一边说：“你好，谷子医生，我是《世纪导报》总编辑文曲星，白云深处是我们报社的核心成员，也是报纸的形象代表。所以，关于她住院一事，请医院不要接受任何媒体的采访。现在网络媒体正在对我们这家纸媒展开攻击，我们不希望这件事成为对方的爆料。”

谷医生呵呵一笑说：“文总你就放心好了，尽管我们并不关心媒体的争斗，但保护病人的隐私从来就是医院的责任。我们不会向外透露病人的任何个人信息的。”

文总说：“不过还有一点，医院不透露，会有人千方百计来打探的。”说到这里，文总指了指她身边的两个壮汉又接着说，“所以，我们已和保安公司签约，由他们来负责白云深处住院期间不受打扰。他们会 24 小时守在病房外，拒绝除家属和报社以外的人探望，这事还请医院支持。”

一般说来，有无关人员坐在病房外，医院是不能接受的。不过从前有演艺界明星住院，就出现过这种先例，所以谷医生说，这事可以做，但报社得去医院办公室签个约。文总表示，签约没问题。

事情办妥，颜姿也略感欣喜，没想到女儿在报社这么受重视。

柯南医生度假归来，大海的余味因白云深处的住院而顿时烟消云散。他在诊所的皮椅上沉重地坐下，看着靠在桌边的那根电子手杖发愣。是的，对白云深处的自杀情绪，这手杖里的人的异常情绪感应系统从没发出过警示，并且，以他从业 20 年的经验，白云深处绝对没出现过任何自杀倾向的指标。这是怎么回事？但无论如何，来访者出现了自杀行为而咨询师没事先察觉到，这对任何医生来说都是失职。水车转转在度假的最后两天患上了重感冒，回来后还需休息几天。如果她此时在场，看见无比沮丧的柯南医生一定会觉得很可怜。

柯南医生直奔精神病院而去。尽管这已超出了咨询合约中医生应承担的责任和义务，但一种强烈的歉疚感让他一定要这样做。

在住院区的走廊尽头，两个大汉拦住了柯南医生说："先生，这病房不接受外来探望，况且，这病房里住的也不是你说的什么白云深处。"

柯南医生说："没错，她母亲说的就是这个病房。我是医生，你们别拦我。"

"嘿嘿，医生？"一个壮汉说，"是网络狗仔队的吧？快走，这里绝对没有你要找的人。"

柯南医生莫名其妙地看着这两条汉子，只好反身去医生办公室了。

柯南医生在办公室与谷子医生意外见面，两个老同事又是握手又是拍肩的，很亲热。

谷子医生说："到今天，白云深处已经入院 12 天了，她恢复得很好。饮食正常，每餐主食的摄入量在 100 克左右，睡眠正常，情绪基本稳定，认知能力恢复得更好，昨天还和我谈起精神治疗中的人文精神来了。她现在正闹着要出院呢。"

柯南医生说："从这些指标看，是可以出院了。"

“不，”谷子医生说，“她的自杀倾向还没解决。昨天傍晚我去她病房时，看见她桌上放着一堆水果，而她手中拿着一把水果刀，正翻来覆去地看那刀，我收走刀后她还满不高兴。这事让我对她的病情得重新审视。”

“怎么会有水果刀？”柯南医生说，“任何利器等危险品都不能带进精神病人的病房，这规定是怎么执行的？”

柯南医生的话明显在指责院方了。谷子医生辩解道：“你没看见，这白云深处有特殊照顾啊，所有来探望她的人和物品都由他们的人检查。当然，院方忽视了这些保安没有精神治疗的专业知识，看见家属或报社的人提着水果来探望，自然就放行了。探望的人也是想得周到，水果里配一把水果刀，吃起来才方便。”

柯南医生心里一沉，不再说话。他心里已经明白，这水果和水果刀一定是白云深处她妈送来的。因为颜姿曾讲过，她有一次去养老院看她妈，她妈抢过水果刀就说要自杀。这种事在精神分析学上极为复杂，究竟是当事者想自杀，还是送水果和水果刀的人在潜意识里想谋杀，要分辨清楚是十分困难的事。

见柯南医生不语，谷子医生问道：“怎么，你还是认为她可以出院了吗？”

柯南医生说：“这不是我的权限了，出不出院还得听我们谷专家的。”

谷子医生大笑着说：“哦，大名鼎鼎的柯南医生来调侃我这个小医生了。不过，从我的职责和对病人负责的原则出发，她至少还得留院继续服药治疗一段时间。”

服药治疗？柯南医生非常清楚，抑制她的自杀倾向修复她的精神分裂状态，也只有先依靠伟大的化学和生物学来发挥作用了。

柯南医生说：“对继续治疗我没有异议。不过，我可以探望一下我的这位来访者吗？”

谷子医生做出一个欣然的手势说：“当然可以。你这个来访者可是世上少有的美人啊，绝对集清纯和放荡狂野于一身，这种冲突之美在女人中是罕见的。”

“哦，我的朋友，你什么时候研究起美学来了？”

谷子医生大笑。柯南医生在调侃后心里动了一下，“冲突之美”这个词触动了他专业意识中的某一点，不过这究竟意味着什么，用他的常用语来说，还只能是“现在我什么也不知道”。

病房里很安静，白云深处正在酣睡中。她的一头黑发散乱在枕头边，薄薄的白被单勾勒出她凹凸有致的身体。

谷子医生抬起手腕看了一下表说：“哦，她刚服了药。”

柯南医生走近床边，看着这张如童话公主的面容，闭合的眼皮正微微地颤动着。如果她正做梦的话，真不知道她梦见了什么。

离开医院，柯南医生进入电梯后，接着进来一个年轻女子。她看见他按下负二层停车场的按钮后，略为迟疑了一下，才按下一层的按钮。电梯从 37 层开始下行，其间年轻女子一直在看手机，手指在屏幕上滑动，不知道在查看还是在发送信息。

地下停车场有点像迷宫，光线也不太好，不过柯南医生手中的导航手杖让他很快就找到了他的车。他坐上车，按下了启动按钮，在这一瞬间，他从后视镜中发现了车后有一个男子，正用手机对着他的车尾，看样子是在拍照。这时这辆自动驾驶的车已经驶上了车道。

转眼之间，这辆车已汇入了城市如蚁群般的车流中。自动驾驶的好处是，柯南医生可以一手抱胸一手托着下巴思考。随即，他伸手给这辆车的行驶指令加上了密码锁。这样，即使有人绑架他，也没人动得了这车。绑架案在这座城市时有发生，刚才有人偷拍他的车牌，这让他不得不加以防范。

汽车这时已驶上了一座六层立交桥的最高处，给人有上了云端的感觉。柯南医生侧脸看去，与他并行的一辆车内，一对情侣正拥抱在一起接吻。这曾是无人驾驶汽车的宣传广告画面，不少小青年还真的照本宣科了。科技正日新月异，只有人的精神仍受着古老基因的掌控，要解开它的任何一道密码都比“芝麻开门”还难。

这天晚上，柯南医生在电脑上将白云深处的全部资料重新细看了一遍，从阶段性失忆到失忆转换；从提倡纸媒和婚前贞操到公然在诊所发出性暗示；从躁狂或者是躁郁到投河自杀，这中间的逻辑隐含着怎样的真相？

柯南医生站起来，在室内踱起步来。这时，那厢有礼已坐到了电脑前，她知道医生凡出现这种状态，就是遇上了难题。她努力地看着电脑上的资料，想以她特殊的链接和联想能力给先生帮上一点忙。

过了好一会儿，柯南医生走到她背后，将双手放在她的肩上说：“宝贝，你从中发现了什么呢？”

那厢有礼仰起脸来，沮丧地说道：“先生，很抱歉……”

那厢有礼现在的习惯是，凡工作状态，她叫他先生，而休息时则叫他“亲爱的”。

柯南医生“呵呵”地笑着说：“宝贝，别抱歉，要破解这些东西，我也还没头绪呢。”

那厢有礼说：“先生，你会有办法的。你教给我的脱敏疗法就很有效，我一口气连续乘了 10 次电梯，再想到蓝可儿时，就真的不害怕了。”

“蓝可儿？”柯南医生一下子触动了什么。躁郁症，溺死在水箱，这是警方当时的结论。而白云深处跳桥时说的话是“看见水好亲切啊”。而水这个概念，她还以画泳池的方式表现过。难道是蓝可儿死的方式在无意识中掌控了她？而母亲的印象和情绪对胎儿的影响，是否在她 27 岁时才表现出来，这无论在生物学和精神分析学上，都是一点儿证据也没有的悬念。

“亲爱的，别想了。”那厢有礼这时站起来，用双手捂住他的脸颊说，“我们该休息了。”

第七章

死在海里的女人

柯南医生坐在诊所里，正研究着胎儿受影响后的各种个案。这时，诊所的门自动开启，水车转转走了进来。

“感冒好了？”柯南医生问道。

“好了！”水车转转挺精神地说，“虚惊一场，我还以为是中了那荒岛上的什么怪异病毒呢。”

柯南医生笑着说：“你看，学心理学的人，也会得疑心病呀。”

说到那荒岛，水车转转至今还历历在目。游轮航行途中，船长放下了一条救生艇，问水车转转想不想去附近的一座小岛看看。出于好奇，水车转转欣然前往。救生艇由水手听大海驾驶，在波浪凶猛的大海中像冲浪一样地前进。上了小岛后，只见灌木丛生，藤蔓缠树，是一座植被茂盛的岛屿。船长敞开喉咙，对着丛林深处“哦——哦——”地大喊了几声，草丛中一阵晃动，跑出一只半大的白狮来。水车转转吓得失声尖叫，船长说：“别怕，它是我未来的坐骑呢。”船长一边说一边打开拉上岛来的一条编织袋，从中拎出了几块羊肉扔向白狮。白狮一边吃一边还抬头看船长，好像是表示感谢。船长说，这头白狮是他托人从非洲买来在这里放生的。

接下来，三个人坐在岛边看海水。船长说，老规矩，咱们裸泳一会儿就回游轮去。转眼之间，船长和水手听大海已脱得精光。水车转转愣住了，不知怎么做才好。船长说："怎么，你不参加吗？"水车转转说："我、我还不习惯这样。"船长突然将脸一沉说："至少在此刻，你是这里的岛民，是岛民就得听我的！"水车转转吓坏了，在这远离人类的荒凉之处，她只能照船长的指令行事。三个人都赤条条地进入海水中。还好，船长对她并没有任何非礼的举动。他尽情地在海里游着，突然一个猛子扎入水中，转眼之间，他双手举着一条大鱼浮出水面。他大声地说："你们看，守着这岛，人是不会挨饿的。"

回游轮时，大海似乎平静了许多。船长突然让这小艇减慢了速度。他说："这片海域有亡灵，我们得向她致意。"水车转转问道："她是谁？"船长说："一个女人，多年前从游轮上岛后，消失在这片海域。"

水车转转的这些经历，都被柯南医生录入了医案资料中。他为这些看似与眼下的个案无关的资料单独建了个文件夹。以他的经验，一些看似无关的信息，说不定在某个时候就派上了用场。

水车转转也打开了电脑，她调出了一张咨询协议后对柯南医生说："柯老师，度假前我曾经签了一个约，还没来得及讲来访者的基本情况。他叫午夜归来，是个大二男生，20岁。要咨询的问题一栏现在是空白，因为他不愿意对我讲。他暂定先咨询10次，每次一小时。今天就开始，在你下午的来访者中排在最后一名，是下午5点至6点。"

柯南医生只"嗯"了一声，继续研究关于胎儿受影响的有关资料。来访者来来去去他已习以为常。

下午5点，这个大二男生准时来到诊所。柯南医生仍以"我们聊点什么呢"作开场白后，这个来访者低下头久久不说话。柯南医生也不催问，只是耐心等待。

过了一会儿，男生抬起头来，怯怯地说："我长期偷看我姐洗澡，我知道不该这样，可是又忍不住……"

"长期，是多久？"

"大概有、有7年了吧。"

柯南医生迅速在心中勾勒出一个内向、腼腆、不善于与人交流的男孩形象，他从幼年到学生阶段，都无法与人建立很亲密的关系。同时，他应该还有非常严厉的父母，他除了做功课之外的活动也长期受到严格的限制。

然而，柯南医生以惯有经验对偷窥这种性异常做出的判断，很快就排除。这个叫午夜归来的男生正如他名字中的含义一样，他的行动自由在父母那里从没受到过太多的限制，他活泼、好动，并且从小就不缺伙伴和朋友。与异性交往他也不腼腆害羞，上大学两年，他已换过三个女友。

柯南医生来了精神，这是他对异常个案的职业敏感。他说："能分别谈谈你的女友吗？"

"第一个是她追的我，"午夜归来说，"我们好了大约三周时间，也就是在学校外的河边散散步，拉拉手，后来就拜拜了。"

"为什么拜拜？"

"她给人感觉太小了，还像个中学生。"

"后来呢？"

"后来的两个女生，都是我追的她们。这两个人其实很相像，我说的不是脸盘，而是身材都相近，是那种很成熟的类型。"

"哦。"柯南医生点了点头。这种性取向，对男性而言，属正常范畴。不过柯南医生接着问道："为什么分手呢？"

"因为开房，"午夜归来说，"两个女生都是因为和我去酒店开房以后，第二天就分手了。"

"为什么？是她们不赞成开房吗？"

“不，”午夜归来低下头，喃喃地说，“是她们发现我不能做那事，太废物了。”

“哦，”柯南医生舒了口气说，“这你应该去医院看男科呀。”

“看过很多次了。”午夜归来说，“服了各种药，没有效果。那里的医生才指点我，说也许应该去做心理咨询的。”

柯南医生说：“是的，你做出了正确的选择。”

这时，墙上的电子钟发出了报时声，咨询时间结束了，柯南医生站起来说：“今天就聊到这里吧，我们下次见。”

午夜归来说了声“谢谢”，便忧心忡忡地离开了诊所。

柯南医生挥动手臂做起了身体运动。到现在他已经很明白，这归根结底是一个简单的个案，对下一步的咨询他已经胸有成竹。

水车转转走过来，发表了和医生感受相同的看法。她说：“我觉得这个来访者用不了几次咨询就能有效果。对于性障碍的男孩，我在当警察时见过一些，他们有的因吸毒导致性障碍，有的因性障碍导致吸毒。这个男生知道找心理医生，真是他的幸运。”

柯南医生说：“这不意外，现在心理学已经越来越普及了嘛。”

该下班了，水车转转开始收拾水杯、纸篓等东西，柯南医生也动手关闭电脑。他现在心里想着的还是白云深处这个个案。很明显，她身上有着多重矛盾和伤害。胎儿期受到的影响，母亲的长期暴力，以及医生推测的性伤害，而她失忆的模式，在医案中尚未发现先例。柯南医生已意识到，将有一个长程治疗在等待着他，他将陪伴着来访者一起走过这漫长的艰难路途。

这时，柯南医生的手机响了，屏幕上出现了颜姿的面容。她姣好的面容让人确信她年轻时曾是一个大美女，然而，她在将美貌传递给女儿的同时，却用她长期的语言暴力和行为暴力，给了女儿无数压抑和伤痛，致使女儿做出一些变异的反抗。

柯南医生接通了电话，颜姿说："柯医生，我想见你，我现在就在你诊所门外。"

"什么事？"

"我刚去医院看了女儿，谷医生把我训了一顿，说我不该在水果里放水果刀。这太冤枉人了，水果皮有农药，不削皮我能让女儿吃吗？我和他吵起来了，他那里人多，还有护士帮嘴，我怎能吵得过他……"

颜姿一边说一边发出哭声，柯南医生皱了皱眉头说："你违反了医院的规定，谷医生说你是对的。好了，就这样，我现在不可以见你，因这事与我的职责无关。"

对心理医生而言，在来访者的约定时间之外，除紧急情况外，是不接受额外打扰的。家属更不可以。如若不然，咨询师一天 24 小时都休想安宁。另外，让来访者或家属产生过度的依赖感，也不利于咨询的进行。

颜姿带着哭腔说："那我找你做咨询还不行？我付费啊。谷医生骂我说，我的毛病很大，应该去看心理医生。"

柯南医生说："做咨询是另一回事，你不是已经做过一次了吗？你应该知道这事得先预约的，并签订协议，不可以说来就来的。并且，签协议是双方的意愿，我认为你现在不适合找我，要咨询应找别的医生。因为你女儿在这做较长期的咨询，我再继续给你做的话，你们两人之间会产生背叛感，这样咨询就很难做了。"

颜姿似懂非懂地叹了一口气说："好吧，我回去想想。"

水车转转在办公室已经等得不耐烦了，因为她急着下班。船长说今晚要发一部关于非洲部落的纪录片给她看，说是精彩极了。所以，门外的颜姿一走，她便拎起手提包对柯南医生说："我们也走吧，你今天也很累了。"

门打开，门外站着两个男子，穿着同样的黑色西服，系着条纹领带。其中一个人向医生伸出手说："您好，柯南医生。"

“你是……”柯南医生大感意外。

“我们进办公室谈。”其中一人一边说一边已跨进屋去，另一人几乎是半推着柯南医生回到了座椅上。

水车转转警惕地看着这两个身份不明的人，从他们的面容和打扮上，迅速地捕捉着可能的信息。

柯南医生的手杖上，上端某一格显示窗已亮起了一小点红灯，这是室内的人中有暴力攻击情绪的提示。医生将手杖斜靠在自己身旁，如果这手杖倒地后一分钟内仍没立起来的话，就会自动向警方的报警系统发出准确位置的求救信号。同时，手杖上的摄像头会录下整个现场。

来人显然并没有注意到这根手杖，普通的导航手杖呗，视力不好的人或玩新潮的人都会带上它。这就是人的习惯思维，来人并不知道这手杖是德国心理研究所的最新产品，他们心中隐藏的暴力情绪已经暴露无遗。

两个男子坐了下来，其中一人说：“柯南医生，找你很不容易啊，是你的车牌号帮了我们的忙。别紧张，我们今天来，可是给你带来了一件大好事。”

柯南医生说：“找我是需要预约的，你们知道吗？所以，现在我请二位立即出去！”

柯南医生站起来，对来人做了一个请走的手势。

第八章

魂不守舍

7 天以后，诊所内的一个小房间，已出院的白云深处正在看影片，是《蓝可儿谜案》。她转过头去，对陪着她的水车转转说：“不再看了行不行？我已看腻了，从早上到下午，多少遍了？”

水车转转说：“柯南医生定下的时间还没到呢。继续看吧，尤其是蓝可儿沉在水箱中的画面，你要定格下来，看到不耐烦为止。你要知道，胎儿时受到的情绪影响有多深，现在要让这些情绪全部还原，还原在你这个成年的意识中，用意识来消化掉那个无意识的阴影。”

白云深处继续看影片，一边看一边流泪，最后伏在桌上痛哭起来。水车转转除了给她纸巾外，并不做出任何安慰，这就是治疗。

诊室内，柯南医生正在对午夜归来这个大二男生做咨询。他说：“怎么样，偷窥的状况有改变没有？”

午夜归来说：“停了好几天，可昨晚忍不住又看了。不过只看了一小会儿，因呕吐得太厉害，就停下来了。接着仍然是失眠、焦虑，但不知道焦虑什么。”

呕吐，是柯南医生开出的治疗方案。对心理医生而言，是从来不用是非道理看问题的。比如，你怎能偷窥你姐姐洗澡呢？你连这种伦理道德都没有，你还算是一个大学生吗？你在偷窥时还自慰，把身体也毁了，以后娶不到老婆怎么办？你必须立即改正这个恶劣行为。以上当然是门外汉的认识，如果道理能够解决人的精神意识问题，天下就没有心理医生这种职业了。

而柯南医生对他说的话是："没关系，你先试着减轻自己的焦虑。知道不该这样做又要做，这是你焦虑的来源。你要承认自己是一个有性心理障碍的人，而你只是天下有这种障碍的人中的一个。"

看见午夜归来点头，柯南医生又让他去医院开一种服后会剧烈呕吐的药物。午夜归来是在自己家的浴室安装了摄像头，每次姐姐洗澡时，他便在自己的房间里观看。柯南医生要他每次打开视频时，同时服下一粒这药片。接下来，他会在呕吐中观看他忍不住非看不可的东西。这样，翻江倒海的难受感和他偷窥的愉悦感混杂在一起，以此来逐步改变他的某种神经元。因为久而久之，他的神经识别系统会自动将偷窥和强烈的难受联系在一起。

到了这次咨询，午夜归来的症状已明显减轻，至少由每天都偷窥减少为三天来只看了一次，并且由于呕吐也没有自慰了。

不过，正如水车转转所说，她当缉毒警察时常发现，有的人是因吸毒导致性功能障碍，有的人却是因性功能障碍引起吸毒。那么照此类推，午夜归来是因性障碍导致偷窥，还是偷窥并自慰后造成性障碍？他的偷窥有7年时间，也就是说，他的第一次偷窥发生在13岁那年，照常理判断，他的性障碍应该是由长期偷窥并自慰造成的。

剩下的问题是，是什么造成了他的第一次偷窥，以及他为何将这一行为保持了7年之久？

这个个案让柯南医生的感觉几经起伏，一会儿觉得简单，一会儿觉得极为复杂。这也是心理医生的常态，总之只能陪伴着来访者走下去，可能很快就柳暗花明，也可能走了很久之后，才发现是一片幽谷迷雾。

据了解，午夜归来的姐姐比他大 8 岁，也就是说，他 13 岁第一次偷窥时，他姐姐已经 21 岁了。了解到这点后，柯南医生问道："谈谈你第一次偷窥的情形吧。"

午夜归来低下头，想了一会儿说："那是一个夏天，我暑假旅游回来后，当晚无意中看见姐姐正从浴室出来，我一下子就被吸引了……"

柯南医生打断他的话说："具体来说，吸引你的是什么？"

午夜归来努力地回想着说："是、是她的胸部，我姐姐胸部很大，她裹着浴巾，胸部露出了一半。"

"在这之前你看见过姐姐这样的情形吗？注意过她的胸部没有？"

"我姐姐洗了澡后都这样出来，但我以前看见时没注意过她的胸部。可是那一次，我的心跳得很厉害，我低下头不敢再看。失眠了几晚之后，我就悄悄在浴室里装了摄像头。"

一个少年的性冲动，会在突然之间爆发吗？并且敢顶着内心的谴责和被发现的风险，做出这种无比大胆的事来？

柯南医生问道："在这之前，你还因为冲动，做出过另外的事吗？比如，和同学打赌游到大河的对岸去，或者在女老师上楼梯时，在下面偷瞄她的裙底，等等。我只是举个例，总之是因冲动而大胆行事。"

午夜归来回想了好一会儿才说："没有。我其实是一个很守规矩的孩子，这话是我老师对我妈讲的。"

这时，白云深处从里间出来，墙上的电子钟也正好发出咨询时间到的报时。柯南医生对午夜归来说："好，今天就到这里吧。"

午夜归来站起来，一转身看见白云深处时，他突然愣住了。他满脸通红，额上已出了汗。

"怎么，你们认识吗？"柯南医生说。

白云深处摇摇头，对这个男生的呆若木鸡感到莫名其妙。柯南医生走到午夜归来面前，再次问道："你认识她？"

午夜归来这才如梦初醒似的摇摇头，并且认真地说："不认识。我刚才只是一阵头晕，可能是坐久了吧。没事，我出去走走就好了。"

午夜归来走后，白云深处大惑不解地说："这人怎么了，他做出神道道的样子来吓人呀？"

柯南医生说："没事，来访者有的会伴有一时的幻觉，白云你就别放在心上了。"

随后，柯南医生询问了白云深处今天的感受，然后说："很好，你会一步步走向健康的。"

这时，白云深处看见了柯南医生手腕上贴着的膏药，便问这是怎么了。水车转转望了一眼医生，在得到目光允许后说："白云，这事与你有关，就讲给你听听吧。"

7天前刚下班的时候，闯进诊所来的两个男子，原来是一家猎头公司的人。他们直接对柯南医生说，找到你，是请你协助一件事，当然也不会让你白干，事成后，公司会给你两百万元报酬，这个数额不算小吧。

柯南医生说："什么事？"

"是这样的，"一个男子说道，"有一家影视公司想将白云深处招到旗下，这家公司极为看好她，认为她能创造比日本著名影星更大的价值。这家公司找过她多次，她不同意，并且连一点松口的意思都没有，他们又找过她父母，找过她报社的领导，都说这事只能她本人才能做主，找我们没用。没有办法了，他们找到我们猎头公司。你知道，找到我们的都是难办的事，可我们就是干这行的，我们专办办不到的事。我们查到了和白云深处有关的所有社会关系，我们确信现在只有你能协助我们办成此事。别推托了，因为她现在只听你的，你要办这事易如反掌。并且，这对她本人也是好事呀，三级片有什么，人们都爱看嘛，像日本女星那样大红大紫，你和我们猎头公司都成全一件大好事呀。”

原来如此。柯南医生说：“好了，你们未经同意闯入我的诊室，并且我也以最大的耐心听你说了要说的话，这事就结束了，请你们赶快离开。我要留给你们的话是，你们猎头公司连一点起码的常识也没有，要医生对病人做治疗之外的事，这几乎就是犯罪。好了，请你们立即离开。”

“要是我们不走呢？”一个男子变了声调说道，“按常识办事，我们的饭碗就没有了。你认真想想，答应了有好处，不答应后果很严重！”

这个男子一边说，一边将手机递到柯南医生面前：“这是你家的位置，没错吧。”

“你要威胁我？”柯南医生没法控制愤怒了，一挥手将他的手机打到地上。

另一个男子一跃而起，一把抓住柯南医生的手，然后当胸一拳，将医生击倒在沙发上，手杖倒在了地上，无声无息的，没人注意它。

几乎在同一瞬间，击打医生的男子突然“哎哟”一声，向后一仰便直挺挺地倒在了地上。水车转转的一脚凌空飞腿直接击中他的下巴及喉咙处，简直称得上是一脚定乾坤。

正在地上拾手机的男子回过神来，他举起一只拳头逼向水车转转，另一只手掏出了一把刀来。他用带着寒气的尖刀指着水车转转喝道：“哪来的娘们，还不快给我跪下！”

水车转转做出专业的双拳护胸动作，嘴角却有一丝笑意。那男子被这种抵抗激怒了，大吼一声便举刀扑了过来。水车转转闪电般地一抬手，刀已经到了她的手中。与此同时，她一闪身用脚下绊并同时以手肘回击对方后脖颈的招数，这男子便一个狗吃屎扑倒在地上，好一会儿也没爬起来，估计是满嘴带血牙齿落地。

这时，警察到来，先铐住两个狼狈的家伙后，再做现场笔录。临走时，一个戴着白手套的警察一边将那把尖刀放进盒子，一边对柯南医生说："你们报警很及时，不错。"

柯南医生这才看到倒在地上的手杖，他走过去拎起它，并用手抚了抚，像是抚尘，又像是赞赏。

这个突发事件让白云深处听得惊心动魄，她几乎有点仰视地看着水车转转说："真没想到，你还有这般功夫！"

柯南医生说："你不知道，她曾是全国的武术散打女子冠军呢。那两个小子要早知道这个，也许就不敢来了。"

"哦，棒极了！"白云深处说，"不过，你们接下来还是要防范着点。以我在报社掌握的情况，有的猎头公司与黑社会有染，你看这公司派出的两个人，连一点起码的职业素质也没有。这之前，那家海外的影视公司和这家猎头公司都先后找过我，我拒绝了，他们也没有办法。他们一点儿也不敢伤我，因为伤了我，他们要的货就完蛋了。"

柯南医生和水车转转都大笑起来。

该下班了。走到门口时，白云深处又说："刚才那个男生看到我就傻了，我心里总觉得很不安。"

柯南医生说："没事，他是我的来访者，我会慢慢处理他的异常情绪的。"

柯南医生这次没说"幻觉"这个词，因为他其实还无法判断，午夜归来看见白云深处时的异常状态，究竟是否与什么幻觉有关。

还是那句话：我不知道，我现在什么也不知道。

第九章
银河系俱乐部

柯南医生回到家，那厢有礼对他说："亲爱的，记得今天是什么日子吗？"

他说："是周末。"

那厢有礼说："今晚你陪我去俱乐部吧，我已有好几个周末没去了，一些朋友一定都想念我了。"

那厢有礼要去的地方叫银河系俱乐部，是专为生活在这个城市的智能机器人开设的。据统计，仿生智能机器人在这个城市已达上千人，他们也需要有专门的聚会休闲场所。俱乐部规定，机器人来此必须由主人接送。尽管这些机器人走在街上已无人能识别出真假，并且操作自动汽车绝无问题，但由于以前发生过机器人失踪案，所以俱乐部出台了主人接送的规定。

天刚黑，城市华灯初上，柯南医生和那厢有礼已手挽手地跨进了俱乐部的大门。进门是一个免费的咖啡厅，是专为接送机器人的主人准备的，主人们必须到此留步，在这里等待活动结束。俱乐部是机器人的独立空间，就像同乡会一样，外乡人是不可以加入的。

柯南医生在咖啡桌前坐下，那厢有礼俯身在他的脸上吻了一下说：“亲爱的，你先在这里休息吧，脑子里可别再想你的个案了，今天是周末，休息好，拜拜！”

那厢有礼向里走去，在进入一道电子控制门时，还回过头来对柯南医生抛出一个甜甜的飞吻。

俱乐部大厅里幻光迷离，一首叫作《银河系之梦》的乐曲正在明明暗暗中回旋。来这里的机器人身份各异，有太太、女仆、护士、接待员、工业操作手、防爆排险员等。

那厢有礼在一个小圆桌旁坐下，她对着人影幢幢的大厅，从额头发出信息：我的朋友，你们在哪里？很快，有二女一男出现在圆桌旁，几个人亲热地拉手致意，然后围着圆桌坐下。

那厢有礼在这里有不少熟识的朋友，今晚，看来只到了这三个人。三个人中两个女的分别是女仆和护士。男的是一名深海潜水员。

女仆叫乖乖小妹，她坐下来便对那厢有礼说：“好几个月没见到你了，忙什么呢？”那厢有礼说：“我家先生近来工作很紧张，我得多陪着他。小妹你呢，过得还好吗？”

小妹说：“还行吧，只是我家男女主人老吵架，我除了做事外，还经常担任调解员，这让人有点儿心烦。”

“吵架？”那厢有礼对这一行为有点儿陌生，“夫妻之间还吵架？为什么呢？”

“其实事情很小，”小妹说，“男主人的手机里存了一个女人的不少照片，被妻子发现了，这样就吵个不停。照片上的女人叫白云深处，是一家报社的形象大使。那些照片多数是她的头像，不过其中有一张她背部全裸的照片，就为了这女主人气得摔了他的手机。”

这时，那个叫作月亮光光的护士说话了：“这个女主人可能是有躁狂症，”她说，“应该去看医生。”

那厢有礼有点惊讶地对月亮光光说：“以前只知道你是护士，给病人端水送药换被单什么的，没想到你还懂得不少。”

月亮光光说：“我在精神病院工作嘛。小妹说的那个白云深处，我见过的，她前段时间在住院，我觉得这个人很神秘，因为我有一次进病房时听见她说梦话，说的是‘我死在海里了’，我听了有点害怕，就赶快出去了。”

小妹说：“我不知道，死了的女人是不是就叫狐狸精啊，我不懂，是听见女主人骂男主人的话就是‘你被狐狸精迷住了，要死就早点死吧，我也好早早再嫁人’。男主人也不示弱，他说‘你想离婚就明说，离了好，太烦人了，离了我就把乖乖小妹娶了，比你强得多’。唉，这两人越吵越不像话。”

桌上唯一的男人不说话，只是听。这个深海潜水员叫极速鲨鱼，因常去海上工作，来这里的次数不多，而且，他本身就是一个不爱说话的人。

那厢有礼被小妹的话逗笑了。她说：“那个男主人说要娶你，他不知道你做不了太太吗？”

小妹说：“他知道啊，不过他说，他可以带着我回制造公司去改换系统。我说那何必呢，公司有不少做太太的机器人，你重新选一个不就行了。他说你在这里很长时间了，人是讲感情的，我不愿你离开，宁愿带你去换系统。”

那厢有礼说：“你家男主人是在舍近求远，与其这样麻烦，不如把手机里的女人照片删了，这样女主人不就安心了吗？”

乖乖小妹说：“人类的事，可能没这样简单。”

这时，在俱乐部外围的免费咖啡厅里，柯南医生正在看报纸，是白云深处所在报社出版的《世纪导报》。柯南医生的这一举动引起了周围不少人的好奇，哟，现在还居然有人在看报纸！好奇的人中，有人忍不住用手机对着手拿报纸的医生拍照。柯南医生心平气和地看报，他对趋时趋众的集体心理和个人的异常心理，都怀着同样的理解和尊重。

邻桌的一个男子转过身来问柯南医生道："先生，冒昧问一句，你是纸媒主义者吗？"

柯南医生半开玩笑地答道："呵呵！我是观察主义者。"

那男子愣了一下说："有这种主义吗？"说完，他和医生两人都相视大笑起来。

柯南医生继续看报，他看见了一篇"白云深处看世界"的专栏文章，标题是《论女性贞操的历史图腾及女性命运的变迁》。这篇文章很长，他粗粗地浏览了一下，发现白云深处对学术知识的记忆力和思辨能力都堪称优秀。他翻开了报纸的另一个版面，一则女性婚前贞操演讲会及时装表演的广告引起了他的注意。广告显示，这场演讲会将于三天后举行，由白云深处做主持人。演讲结束后，会展示一种由国内顶尖模特演示的最新女性时装，这种时装的惊人之处在于，它配备了一种由最新科技创造的纽扣，叫作"天使纽扣"。女性穿上时装前，先将自己的指纹信息输入纽扣中，这样，除穿衣者本人外，任何人的手要想解开这纽扣，会立即被纽扣发出的激光束击倒。虽不会让人丧命，但被击倒者瘫在地上一小时内是无法动弹的。

这则广告让柯南医生会心地笑了一下。比起几十年前，女性用胡椒喷剂防身，时间真是让一切都日新月异啊。

这时，一个优雅的中年女人走到柯南医生桌旁说："您好！柯南医生，在这里见到您很高兴。"

来人正是《世纪导报》总编辑文曲星，她向柯南医生做了自我介绍后又说："你不介意我和你拼个桌吧？"

柯南医生对她做了个"请坐"的手势。

文总是注意到有人看报而发现柯南医生的。她先向柯南医生询问了一下对报纸的看法，接着又问到了白云深处的咨询情况。柯南医生对此只回答了六个字——“进展还算顺利”。不能向外透露来访者的任何情况，这是心理医生的纪律。

这样一来，他们便开始闲聊了。柯南医生问道：“文总是陪伴你的什么人来这里？”

“女仆。”文总说，“我在报社工作很忙，回家后若再有家务的话，就太烦人了。”

柯南医生点头说道：“这样好，你和你先生都可以得到充分休息。”

“我没有先生。”文总坦然地说，“可是我有伴侣，我是女同，我相信这是一种健康的生活方式。”

柯南医生对此并不诧异，因为现在女同或男同公开自己的身份，已经是十分普遍的事。因此他只对文总说道：“我要祝福你了。”

这时，俱乐部大厅里的灯光已经变得五颜六色起来，激光装置使大厅里一会儿像草原，一会又像大海。《银河系之梦》的音乐已经被一首舞曲代替，这首舞曲叫《我也有一颗温柔的心》。

那厢有礼所在的圆桌，女仆乖乖小妹和护士月亮光光已经被男舞伴请走了。那个叫极速鲨鱼的深海潜水员站起来，对那厢有礼做出一个优雅的邀请动作。那厢有礼欣然起身，两人进入舞池。

极速鲨鱼的个子高大，他将一只手轻轻地搭在那厢有礼的腰上，两人的舞步还算协调。但是这是个不爱说话的家伙，只是微闭着眼睛跳舞，好像在体会《我也有一颗温柔的心》这首曲子。

那厢有礼不习惯这样，只好不断地主动和他说话。

“你经常出海吗？”

“嗯。”

“都做些什么？”

“多了，铺电缆、捞沉船、搜寻失踪的人，总之，水下的事，什么都干。”

“哦，有意思，讲些有趣的事来听吧。”

“没什么有趣的事，工作呗。”

“说说吧，比如你在海底搜寻失踪的人，找到了吗？”

“有的找到了，虽然是遗体。有的没找到，大海将他们带走了。”

“这些人为什么会掉进海里去？讲一件你印象最深的事好吗？”

极速鲨鱼回想了好一会儿，才在舞曲的回旋声中开口讲道：“有一次，大约7年前吧，‘海上乐园’号游轮发生过女游客失踪的事件，这女人是从一个岛上失踪的。我到达游轮时已是早晨，我从直升机上下来，在底舱做潜水时的准备时，听见有人悄悄议论，说是船长要杀这女人，她便吓得跳海了。也有人说别乱说，船长怎么会杀她呢，这女人上船第二天，船长就喜欢上她了，所以这女人或许因别的原因跳海。”

极速鲨鱼很少一口气讲这么多话，可见这事对他印象很深。他继续讲道：“我进入了海中，在可能的海域内，从几米到几十米展开分层次的搜寻，到最后也一无所获。只是找到了一件衣物，上船后一看，是一条女人用的披巾，这种猩红色的披巾配在女士肩上一定很好看。我把它交给船长，他接过这披巾时表情凝重。这就是结局，这女人被大海带走了。”

“这女人漂亮吗？”那厢有礼好奇地问。

极速鲨鱼笑着说：“没捞到人，我怎么知道她漂不漂亮。不过听船上的人说，这女人长相一般，可是有一副好像专为诱惑男人而生的好身材。”

这时，舞曲已停了下来。极速鲨鱼陪那厢有礼回到座位上。那厢有礼说：“今天玩得很开心，还要谢谢你给我讲了一个悲惨的故事，人类的这些悲惨命运让我很同情。”

说完，那厢有礼拎起提包说：“要散场了，我先走一步，我的先生还在外面等我呢。”

那厢有礼说了声“拜拜”后便起身离去，极速鲨鱼望着她的背影说：“祝你幸福。”

第十章

神秘少女

诊所的电子钟指向下午 5 点一刻，柯南医生站起来，在室内踱着步子说：“午夜归来看来是回避了。”

在咨询中，在咨询阶段未结束前，来访者在不打招呼的前提下突然中止，被称为回避。发生这样的情况原因很多，比如即将触及敏感问题或致命伤痛，来访者产生了恐惧心理，或是因来访者生活中发生了突然变故等。

水车转转看着柯南医生说：“会不会是他已经克服了偷窥，觉得可以不再来咨询了？”

“会这样吗？”柯南医生反问道。

水车转转迟疑了一下，认真地摇了摇头。是的，以她已有的专业知识，靠药物呕吐使偷窥伴随着厌恶感这种行为疗法，只是治疗他性异常的第一步，要觉醒和成长，前面的路还很长。

“哦，我想起来了，”水车转转突然说道，“上次咨询结束时，午夜归来看见白云深处的状态，柯老师你记得吧，那状态很怪异，一定是有某种不为人知的东西，使他再也不愿来诊所了。”

“这倒有可能。”柯南医生点点头，又在屋内踱起步来。从已经确认的情况看，白云深处和午夜归来从不认识也从未谋过面，但午夜归来失魂落魄的状态，用美女出现是无法解释的。另外，那厢有礼从俱乐部带回的信息，也让他陷入困惑。有护士听见白云深处住院时说梦话“我死在海里了”，而“海上乐园”号游轮真的发生过女人跳海自杀的事，更巧的是，白云深处在画画时画过这艘游轮。而除了她自己确认没坐过游轮外，水车转转还为此从各个方面做过调查，同样确认她无此经历。难道，在冥冥空间里，一些互不相关的事物真会发生神秘的感应或连接。

白云深处目前的状况是，通过精神病院的治疗，她的自杀念头暂时清除。柯南医生又用清除她胎儿期影响的方式，巩固了这个治疗成果。然而，她的失忆问题仍然非常严重，现在仍是对五年以前的事一无所知，并坚持她是在内蒙古的乡下一直读完了小学和初中。实际上，在读大学之前她从未离开过这个城市，更没有什么姑父姑母在内蒙古乡下，她的父母对她的说法无比震惊。

今天上午，为了激发她的记忆，柯南医生对她说道：“谈谈你的初恋吧。”

坐在诊所的白云深处有点神思飞扬起来，她慢慢地说：“我不知道那叫不叫初恋，可那是我第一次接触到异性。初二的时候，放暑假，我在草原上看一些蒙古青年骑马，我很想学，可他们说女孩子别学那个，挺危险的。得不到他们的支持，我就一个人跑到外边来观看。这天，一个蒙古青年将马停在我的身旁说：小妹妹你去哪里，我带你一程。我说我在闲逛，我想学骑马，不知你能不能教我。他说：哦，是这样。我和他说话的时候，已发现他的眼光在我的胸部扫过了好几次。我是个发育很早的女孩，到初二时已发觉所有的衣服已太小了。这青年看了我几眼后说，学骑马可不容易，这样吧，我搭上你一块儿骑，你先熟悉熟悉马背上的感觉。我高兴极了，便让他把我扶到了马背上。这匹高大的马小步跑动起来，他一手拉缰绳，一手搂着几乎就在他怀中的我。我感觉到他的手在抚摸着我的胸部，但骑马的兴奋感压过了我的某种惊慌。他说，你是高中生吧，我嗯了一声，只是感受马上的新奇。就这样，我和他在马背上有了好几次经历，到后来他的手伸进我的衣服里时，我已一点儿也不惊慌了。听见他赞美我的身材，我有点骄傲。可是他始终不让我单独骑马，说是摔伤了他负不起这责。这让我很失望，便不再找他了。我已坚信我能找到一个真正教我骑马的人。不久后，草原上有一次骑马比赛，有一个很帅的蒙古青年获得了冠军，我决定让他教我骑马。两天后，我在一个水塘边遇见了他，他正将马牵到那里饮水呢。我走过去和他说话，很快就如愿以偿。他将我扶上马背，然后牵着缰绳在前面牵着马走。我说能快一点吗，他回头望了一眼高高在上的我，那眼神充满赞赏。他说得慢慢来。走了一段路后，他让马快了一些，他牵着马在前面小跑着。再后来，我们在一片很深的草丛中停了下来，他扶我下马休息，看见他为我跑得满头大汗，我有些得意。我们在草丛中坐下，草就将我们完全淹没了。他开始抚摩我，我没有拒绝，还突然搂住了他的脖子，一直到他脱了我的衣服后，我才有点害怕地说不，同时望了一眼四周。他说别怕，这里没人来的。这时的草原很深很安静，只有那匹马在一旁偶尔发出一声鼻息。就这样，我从一个女孩成为一个女人。再后来，这青年去外地了，我在草原上再也没见到过他。”

白云深处的讲述让柯南医生很震惊。在她失忆的空白里，居然冒出一段这样莫名其妙的经历。是她的幻想吗？从她讲述中的真切细节和那个少女的微妙心理来看，又没有幻想性质的朦胧感。那么，这个现在来强行占领她空白记忆的少女是谁？“是谁”的含义是指，在精神分析中该怎样来确定“她”的性质。

柯南医生的经验受到了挑战。在这种情况下，唯有倾听，在倾听中发现。于是他在听完白云深处的讲述后，并不追究讲述的真伪，只是说：

“哦，一个很生动的初恋故事，继续讲，还有哪些印象很深的事呢？”

白云深处受到了鼓励，用手抚了下头发继续讲起来：“那个青年消失以后，我每天望着草原都很忧伤。暑假结束后，我发现我们那位体育老师长得很像那个青年，只是他对学生很严厉，指挥我们运动时带着很强的权威感。有一天最后一节课是体育，他让我们在校外练长跑。当跑到很远的地方时，我突然摔倒了，而同学们并没有注意到我，都开始反身往回跑了。体育老师发现我孤零零地躺在草地上，便走过来问了一下情况，然后蹲下来看我的腿，他说是扭伤或抽筋，他试着给我按摩一下，看看有没有作用。他给我按摩起来，我感到脚踝有点痛，但本来只能弯曲的腿可以慢慢伸直了。一个很严厉又权威的男人，此时竟然蹲在地上给我按摩，这让我有点得意。他的手从小腿慢慢按摩到我的大腿，我无意识地哼了一声，将对着他的腿伸得更直了……”

听到这里，柯南医生的心里动了一下。他记起了白云深处有一次在这里咨询时，穿着半透明的裙子和吊带式长筒黑丝袜，咨询中她去了趟洗手间，回来后便身体后仰坐成了一个有点放肆的姿态，并且将两条大腿对着他伸得很直。

而此时，坐在柯南医生对面的白云深处还原成了一个淑女。她穿着一身带职业装性质的西服套裙，正在她的记忆空白里填充着一个神秘少女的故事。

她继续讲道：“那天，这个体育老师给我按摩了很久，或者是我感觉到很久。后来他站起身说，行了，你站起来试试。我动也不动地说，不行，还痛。他只得又蹲下来给我按摩，我喜欢看他稍微有点怯怯不安的样子，尤其是他的手往我的大腿上面移动时，那手都有点发抖。我要不忍住就笑出声来了。最后，他坚决地站起来说，行了，我们回学校去吧。从那以后，他看见我总有点怯意，我也敢逃他的课了，同学们做操或跑步时，我可以先回寝室去玩手机，也没人来追究我。我还自拍了一张两条光腿的照片发到他的手机上，照片的上沿可以看见丁字裤的一部分。接下来，我再见到他时，他会惊慌失措地低头就逃，完全是老鼠见到猫的感觉。于是，我有段时间用了‘草原上的猫’做网名。不久后，父母把我接回城里去了，我在内蒙古的生活也就结束了。”

听白云深处讲到这里，柯南医生已基本排除了这些讲述的幻想性质。因在女孩的幻想中，与公主、王子、天堂有关的描述或象征是一定存在的。而白云深处的讲述，更符合一个真实少女的性萌动，从接受到把玩的心路历程。排除了幻想，给人的感觉只能是，这个神秘少女就存在于白云深处的生命内部，这可是精神分析学的难题。

于是，柯南医生以显得真假不分的态度，对白云深处提出了不少询问，比如，你在内蒙古乡下的地名、读书的学校名、两个蒙古青年和体育老师的名字，等等。然而，白云深处对这些提问只是摇头说：“时间这样久了，我记不得了。”

这天晚上，柯南医生在家里再次研究起这个复杂的个案来。从失忆到篡改记忆，这样的个案柯南医生并不是没有遇到过，可以前的个案与白云深处的情形差异很大。比如多年前，柯南医生曾治疗过一个中年男子，他的情况是长期焦虑、失眠，属抑郁症性质。追究原因，是妻子的死一直压在他的心上。妻子怎么死的？他失忆了。经过一段时间咨询治疗后，他回忆起来了，妻子是死于一次车祸。当时，他开着车和妻子一起去郊外的一个地方，在一处偏僻路段，他车上的通信系统传来了警方的指示，说是警方正在追捕一辆载有毒品的黑色轿车，并告知了车牌号。警方说那辆车现在正迎着他开来，要他协助拦截。于是，当发现这辆车时他勇敢地迎了过去，本想逼停对方，结果却迎头撞上了。妻子死了，他也受了重伤。这就是那个男子找回来的记忆。当然，柯南医生在诊治中很快发现这是一段被篡改的记忆，真实的情形是，这个男子在车上和妻子吵架，一怒之下疯狂地将车开向路边的山崖。心理学上的记忆篡改与说谎话是两码事，当事者真心实意认为记忆是真的，这是潜意识对当事者的一种自我保护。

然而，白云深处的状况与常见的情形完全不同，在她篡改的记忆中，草原故事是潜意识对她的什么保护呢？完全看不出来。更复杂的是，在她头脑中存在的“死”和“水”这两个概念，如果说先期与她在胎中所受影响有关，那么到了后来，这个概念更多地与“海上乐园”号游轮和跳海死去的女人有关了。而后者是一个真实的事件，如果她想把自己置换成一个事件的主角，其动因何在呢？

夜已经很深了，柯南医生突然从一系列的片段中找出了一些有关联的东西，这就是草原上的赛马冠军、体育老师和白云深处说的“大胡子”，画出的烟斗，这些都是男人和权威的象征。如果再加上与跳海女人有关的船长，这个逻辑就更分明了。

然而，找到了某种逻辑，要打开白云深处潜意识中的迷雾，前面的路还很长。

柯南医生站起来，举臂打了一个哈欠。这时，那厢有礼正从厨房那边过来，她将一碗亲手熬制的汤汁递给他说：“亲爱的，你太累了。”

柯南医生感激地看着她说：“谢谢！人要是都像你，可就没有这些麻烦事了。”

第十一章

天使纽扣

精神病院，谷子医生正在打电话。他说："柯南医生，我这里有个女病人，已经治疗两个多月了，情况已大为改善。她提出想找你做住院期间的咨询治疗，这样可以恢复得更快。"

"嗯，"柯南医生犹豫地说，"我太忙了，恐怕挤不出时间了。"

谷子医生说："老朋友，你帮我一把吧，这样可加速我的治疗效果。"

柯南医生只好同意了。心理医生和精神科医生在病人的不同阶段相互协助，这也是天经地义的。

柯南医生乘地铁前往。他的车坏了，这种无人驾驶汽车出点小毛病也很气人。他的车问题出在变道感应上。本来，在可以变道的路段上，车会按设定的速度自动变道，可他的车突然没有了这种反应，经常跟在一辆大型集装箱车的后面慢慢地走，而旁边空着的车道它视而不见，没办法，只好把它送修车店了。

柯南医生很久没乘过地铁了，进了车厢，才体会到什么叫拥挤。他挤到车厢中段才站定，这里意外地显得舒朗一点。在他旁边半步之遥站着一个年轻女人，她一身黑色衣裙，其款式有点像17世纪的修女装。她的衣服上缀着好几颗银白色的纽扣。柯南医生一眼便看出来了，这正是叫作“天使纽扣”的东西。没想到，这种时装从宣传到面市，来得这样迅速。

前几天，在公园举行的“天使纽扣”暨“天使时装”展示会，水车转转又戴着那副摄像墨镜去录下了整个过程。因为白云深处是这个活动的主持人，水车转转认为能给柯南医生提供有关白云深处更多的资料，对咨询分析总会有帮助。其实，柯南医生并没说过让她去做这事，但当过警察的她，总是对证据看得很重。

那天，主持人白云深处就穿着这种修女式服装。不过，可别把这种服装想得太古老，它是修女装和现代女性装的巧妙结合，穿在身上给人一种女性的神秘之美。尤其是那种月光颜色的纽扣点缀其中，给人以某种梦幻感。这种服装的面世，是女性婚前贞操运动的一个里程碑。它保持了女性的美，同时强调了这种美的神秘和不可侵犯。因为，纽扣中的激光束装置，便是斩向那邪恶的女神之剑。要解开这纽扣，它只认女主人那可爱的指纹。

以上文字，基本上来自主持人白云深处的开场白。柯南医生在家里观看这场活动的录像时，时装表演的场面把那厢有礼也吸引住了。模特们展示了“天使时装”的上百款衣裙，接下来是内衣展示。设计师为此显示了更加丰富的想象力。各型抹胸、胸罩和内裤，最特别的地方是，其穿脱的开合处，都以“天使纽扣”做连接。

不过，这场展示会上也出现过一次小小的骚动。观众中突然有人举起了电子显示牌，上面是白云深处背部全裸的照片，照片下方的文字是：这才是我们的白云深处！当然，这几个捣乱者很快被活动的保安人员请出了会场。

此刻，这个穿着现代修女装的女人出现在地铁上，真给人一种时光可以穿越的感觉。她注意到了柯南医生的目光，便冲着他略带得意地一笑，好像在说，怎么样，你们男人该守规矩了吧？

地铁经过一个大站时，下了很多人，车厢宽松起来。柯南医生和修女装女人并排坐到座位上。车厢很安静，所有的人都在玩手机，只有柯南医生和身边的女人除外。这个女人似乎发现了知音，她侧脸向柯南医生问道："你怎么不玩手机？"柯南医生引用了早年的一句流行语，开玩笑答道："天将降大任于是人也，必先关其微信，摔其手机。"这个女子笑了，从提包里拿出一个信封给柯南医生说："我送你一件小礼物，欢迎你加入写信运动。"

写信运动是当下各种保守主义运动中的一种，由邮局最早倡导。为此，邮局印制了精美的信封和邮笺，还正在筹划用马车送信。只是由于城市交通部门的强烈反对，邮局已定制好的古典马车尚在仓库里等待时机。

这时，突然有一队人从前面的车厢走了过来，是一队比基尼模特，正在宣传一种情趣内衣。乘客们都放下手机注视起她们来，但一片白花花的身体让人有点不敢直视。设计师的想象力已经使情趣内衣的发展达到了令人匪夷所思的程度。从模特们递给乘客的优惠购衣卡上，柯南医生看见了"梦幻是真"的宣传语。

梦幻是真，柯南医生下意识想到的是"我死在海里了"，这是白云深处在医院的睡梦中说的话。看来，他从事的破解梦幻的职业比商业设计师创造梦幻的职业困难得多。

在医学院站，柯南医生下了车，那个修女装女人也在此站下车。不过，这个年轻女人比握着手杖的柯南医生走得快，一转眼便从出站口消失了。

精神病院医生办公室，谷子医生正在给几个病人家属做治疗沟通。看见柯南医生进门时，他站起来说道："哦，有劳你了。不过你得先等一等。"

柯南医生说："没关系，你先忙吧。"

柯南医生来到了走廊上，到走廊中段的护士站时站了下来。一个护士正伏在桌前做护理记录，发觉来人时她回过头来，温和地一笑说：“柯南医生，您好！”柯南医生也认出了她，正是他以前来看望白云深处时，在病房里出现过的护士。她叫月亮光光，她的眼睛特别柔和而温暖。

他和她聊起来，其中特别提到了白云深处的那句梦话。他问：“她说那句梦话是在什么时候？”她想了想说：“半夜过后，那夜雨下得特别大，在屋里都能听见哗哗的雨声。我便去她的病房查看，她睡得很沉，在我刚要离开的时候，听见她说‘我死在海里了’那句梦话。”

这时，谷子医生已经走了过来。他对柯南医生说：“对不起，让你久等了。这个要你做住院咨询的病人，基本情况是这样的，哦，我们还是去办公室谈吧。”

这个女病人名叫向外看，30 多岁。具体病情是，近一年来，常常在凌晨 4 点一刻左右醒来，并感到恐惧，发出惊叫，让睡在一旁的丈夫感到莫名其妙。至于为什么恐惧和惊叫，病人自己讲不出任何原因。在治疗中，她慢慢想起来的恐惧原因是，醒来时看见正在熟睡的丈夫就害怕，为什么，进一步的原因又没有了。经了解，她和丈夫关系良好，丈夫是一个极温柔的人，夫妻间几乎从没吵过架。谷子医生将她定性为惊恐症，经用药治疗后，病情有很大改善。但是，她对自己的惊恐仍然困惑，因此想找柯南医生做心理咨询。

听完病情介绍后，柯南医生便由谷子医生陪着去了病房。向外看这个女病人正住在白云深处住过的那间病房，进门时，柯南医生意外地看见了地铁上那个修女装女人正坐在床边和病人说话。

看见医生进来，修女装女人便站了起来，并跟谷子医生打招呼。谷子医生向柯南医生介绍道：“哦，这是病人的妹妹，叫向内看，她常来看她姐姐。”同时，谷子医生为向内看介绍了柯南医生。

向内看对着柯南医生点头笑着说：“真巧，我们已提前认识了。”

柯南医生同向外看这个女病人做了简短的交流，并约定了每周一次的咨询时间，见面就算结束了，第一次正式咨询将在两天后开始。

回到医生办公室，谷子医生对柯南医生说道：“你注意到这个病人的妹妹没有，她可是白云深处的粉丝呢。你看她那着装，是保守主义的拥护者，和白云深处一样。”

“白云深处，”柯南医生问道，“她保守吗？”

谷子医生说：“她是你的来访者，你应该比我更了解她。至于是否保守，我讲一件小事吧，你来做判断。”

白云深处住院期间，有一次谷子医生来给她打针，当时她正穿着住院的条纹衣裤睡在床上，看见要打针了，便坐起来挽起衣袖，谷子医生说，这是肌肉注射，要打臀部。一听这话，她说你找护士来吧，我不愿在你的面前褪下裤子。她的这个要求让谷子医生很吃惊，说实话，他没遇上过这样的病人。谷子医生说，负责你的护士是机器人，对这种注射不一定掌握得好。她仍执意不肯，最后，谷子医生只得找别的护士来给她做了注射。

听了谷子医生的讲述，柯南医生说：“嗯，这也许叫保守，不过也可归类为偏执人格。”

谷子医生不同意这分析，他说：“以我的观察，她说不上偏执，只是保守而已。”

柯南医生说：“也许是这样吧，我想也还不能确定，得再看看。”

电梯门外，穿着现代修女装的向内看站在那里。电梯门开了，她并没有进去，显然是在等什么人。从电梯里出来的两个护士好奇地看着她，一个护士说：“哟，这就是天使时装吧，真漂亮。”这时，又有几个护士围了上来，她们的议论纷纷让向内看有点不好意思。

“哦，这是复古，有意思。”

“什么复古啊？这是超现代。”

“你们都没说对，这是宗教精神在拯救人类。”

“嗯，深刻。不过我们的病人可别穿这种衣服，不然谁敢给她换衣呀。”

这时，柯南医生向电梯走来，向内看立即跑了过来，和他说起话来。好奇的护士们也就散开了。

向内看说：“柯南医生，认识您很荣幸，治疗我姐姐的惊恐症就拜托您了。我想说的是，在咨询中如果您想了解更多的情况，可以和我联系。我在地铁里给您的信封里有我的联系方式。”

柯南医生看着这个透着神秘之美的女人说：“好的，如有需要时我会联系你的。”

第十二章

空椅子

白云深处坐在诊所里，柯南医生对她说："现在你转过身去，看一段视频之后我们再聊。"

墙上的大屏幕上，出现了北京大学的场景，这是白云深处就读的地方。画面慢慢地移动着，学校大门、林荫道、教学楼、未名湖、图书馆、学生宿舍楼……画面缓缓地推近、拉远、横移，并伴随着一段轻柔而引人回忆的音乐。

柯南医生今天这样做，是建立在一系列比较确定的推论上所采取的方法。首先，白云深处对 5 年前的事失忆，应该从离现在最近的地方唤起。另外，不管失忆如何玄乎，柯南医生仍然相信失忆是潜意识的自我保护这一原理。由此推论，白云深处对童年一无所知，对小学和中学的记忆做了无意识的篡改，只能表明这几个阶段她受到的伤害最深。从她妈对她的辱骂和耳光来看，那个阶段也是她最无力反抗的时期。到了大学，脱离了家庭，她所受的伤害相对轻多了。因此，尽管她的记忆也被篡改为读的音乐学院，但要恢复这个阶段的记忆，相对应该容易一些。

白云深处一言不发地看着录像，表情有点欣赏的意味。柯南医生问道："看出这是什么地方吗？"她说："北京大学呗。""你在那里读过书吗？""没有，我读的是中央音乐学院。""为什么读音乐学院？""我喜欢柴可夫斯基，在内蒙古乡下第一次听到他的音乐时就很震撼。"

柯南医生不再说话，他不愿意她那些被篡改的记忆这时又出来捣乱。他停下了录像，在电脑键盘上另外按下一个按键后，屏幕上出现了一张照片，是她和一群同学的合影，这张照片显然拍于一次运动会之后，每个同学的运动衫上都印着"北京大学"四个字。

柯南医生说："给我指指，照片中哪一个是你。"

白云深处笑了，也许觉得问题过于简单吧，她说："前排左边第三个呗。"

柯南医生此时并不急于要她找回记忆，而是以鼓励的口吻说："不错，你一眼就认出自己来了。这样的照片，水车转转在北大的资料库中为你找出了不少，到晚上她会都发到你的微信上。不过你得做一件事，就是在睡觉前，躺上床以后，你得将这些照片慢慢地看上几遍，有什么感受，我们下次再聊。"

柯南医生这样做，是心理医生的普遍做法，这就是咨询师从不对一件事说"是"与"否"，要说，由来访者自己说出。之所以要她睡觉前看这些照片，是因为这个时候人的意识中的阻抗力最弱，记忆的通道也最容易打通。

柯南医生的方法迅速取得了成功。当白云深处再次出现在诊所时，她泪流满面地说她记起了她读的是北京大学，并对她说过的音乐学院感到莫名其妙。

不过，柯南医生对这一次小小的突破并没有太多欣喜。因为他知道，在找回她记忆的路上，尤其是那些被篡改的记忆横在路上，就如山体塌方将道路淹没。一切得慢慢来，现在先巩固她的大学记忆吧。

柯南医生问道：“你读大学时，好像身体不大好？”

柯南医生提出这个问题，是他从她大学时期的照片上发现的，白云深处那时是一个身体瘦弱的女生。在绝对漂亮的面容中，隐藏着一丝病意。而平平的身材，在异性眼中是不会引起注意的那一种。倒是她被篡改的记忆中那个早熟的少女，与她现在的魔鬼身材还能吻合上。

“不，我身体很好！”白云深处说，“除了偶尔伤风感冒，我那时就没生过什么病。”

“嗯，”柯南医生改变话题又问道，“你选中文专业，是从小喜欢吗？”

白云深处笑了笑说：“说不上喜欢。因为考大学时，我妈给我定了三个专业方向，一是国际金融，二是电子信息，三是法律专业。这就好，知道了她的意图，我只要在这三个专业外随便选一个什么就可以了，选中文专业是即兴而为。”

“哦，这是你对你妈的第一次反抗吗？”

“记不得是不是第一次了，但肯定是最重大的一次反抗。我妈气得想要跳楼，但我坚持读了中文专业，我胜利了。”

柯南医生一边听一边点头，这符合常见的规律，一个受父母压抑的孩子，其强烈反抗行为多数是在进大学时出现。

“不过，我妈最近有点变化。”白云深处接着说道，“有天晚上，我妈突然对我说，云儿啊，妈以前对你太粗暴了，我现在向你道歉。她这话让我很诧异，难道太阳从西边出来了？她解释道，她近来找了一个心理医生在做咨询，是医生要她这样做的。她跟心理医生说都过去的事了，再来道歉有必要吗？医生说，道歉在任何时候都不会晚，于是她照医生的话做了。说了道歉后她见我没反应，她又愤怒了，说你还要我怎么样？你这个贱……我知道她想骂‘贱货’，可她把最后一个字忍住了。我说我要睡觉了，便打发她出了我的房间。”

柯南医生说：“你妈妈去找医生，这是很好的转变，并且她还忍住了骂你的最后一个字，这都是转变。你心里压了太多愤怒和哀伤，现在能再讲讲吗，尤其是小时候的事。”

柯南医生这样引导，并不只是让来访者有情绪宣泄的渠道，同时也是在诱发她的记忆复苏。

白云深处说：“早前的事我记不得了，总之，我妈很暴力，最近几年还常常张口就骂，只是不敢轻易动手打人了……”

白云深处说到这里停下来，并低下头，不一会儿便有了低低的抽泣声。

柯南医生静静地坐着，除了给她纸巾外并不说话。眼泪是心理咨询中十分重要的伴随者，对这种伴随要给予足够的尊重。

过了好一会儿，白云深处才抬起头来说：“我妈在道歉时还告诉我，她和我爸不该让我叫白云深处这个名字，因为在我之前他们有一个孩子，没出生前就取名叫白云深处。这孩子算是我的姐姐吧，刚出生没几天就死了。后来有了我，他们就叫我白云深处。我妈说她的心理医生让她给我讲明这件事。为什么要讲，那医生没多做解释。这名字的由来我是第一次知道，当时有点头脑空白的感觉，到半夜时便哭得想死。我不知道我父母是更爱我姐姐，还是想让我也和姐姐一样早死早好……”

说到这里，白云深处号啕大哭起来。

诊室里很安静，墙角那雨打芭蕉的水滴声被来访者的哭声淹没了。这时，柯南医生的手杖上端亮起了一盏小黄灯，这是附近有人有自杀情绪的电子感应。这使柯南医生确信，多重伤害中的每一种，都有可能导致白云深处出现自杀冲动。上次是关于她在胎中的影响，关于水，现在是关于她姐姐。以柯南医生的经验，来访者出现这种她自己都没意识到的情绪时，必须给予有分量的清理。

待白云深处止住哭声后，柯南医生对她说：“今天的咨询，我们得延长半小时或一小时，你同意吗？”

“为什么？”

“我想让你对你姐姐说些话，另外，你姐姐也许会对你说一些什么。”

“啊！这可能吗？”白云深处瞪大了眼睛问道。

柯南医生说：“一切都是模拟，但在模拟中有真实的内心。”

水车转转搬来了一把木椅子，放在屋子中央。白云深处与这把空椅子对面而坐，中间隔着约一米的距离。柯南医生坐在白云深处侧面。

室内灯光暗了一些，给人以某种朦胧感，有一束橘黄色的光刚好打在那把空椅子上。

白云深处正面注视着那把椅子，静默了好一会儿后，她听见柯南医生说道：“白云深处，你要想象你姐姐正坐在你对面。她出生于2017年，比你大两岁。她现在很想听到你的声音，想听你说话，她已经等了很久了。”

白云深处愣愣地看着那把椅子，慢慢地，有泪水无声地流淌下来。她用略带嘶哑的声音叫了一声“姐姐”后说道：“姐姐你走得太早了，要是你活着多好，我也不会这样孤单了。”

“妹妹，其实我真想留下来，和你一起长大，那多好。”这声音来自侧面的柯南医生，又像是来自空椅子处，“妹妹，我知道妈妈的脾气很暴烈，要是有我在，我宁愿那些打骂都由我来承受，因为我是姐姐，我要保护你。”

白云深处“呜”的一声哭了起来，一边哭一边说：“姐姐，我的好姐姐，我想知道真有天堂吗？你在那里已长成什么模样了，仙女一样的吧。”

“妹妹，我正在对面看着你呢。我们长得很相像，因为我们是姐妹，感觉到你的个子比我高一点，一般妹妹都这样。我很快乐，我也要看着你快乐。”

“姐姐，爸妈把你的名字给了我，你知道吗？”

“我知道。爸妈爱我，也爱你。但我们是两个人，完完全全独立的两个人。我的名字已叫天堂的白云，但谁都知道我们是姐妹。妹妹，我爱你！”

“姐姐，我也爱你！”

接下来，白云深处向姐姐谈起了自己的状况，爸妈的状况。对自己，她说在报社工作，是纸媒主义和婚前贞操运动的参与者；对爸爸，她说他仍飘在电子信息的云端，还认为他当初该找一个机器人当老婆也许更合适；对妈妈，她说她正在看心理医生，医生说她把从我外婆那里受到的打骂都用在我身上了。

最后，姐妹俩深情告别，那束橘黄色的光在空椅子上轻轻晃动，仿佛姐姐正要起身。白云深处已泣不成声。她表示要在网上给姐姐建个墓地，她将定时向墓地献花……

诊室里的灯光恢复了明亮，除了白云深处越来越轻的抽泣声，四周一片宁静。

白云深处抬起头说：“我爱我姐姐。”

柯南医生点头说：“是的。”

“我已经想好了，网上的墓地就叫‘天堂的白云’墓地。”

“很好。”柯南医生又欣然地点头。看得出来，两个血缘相承的个体已经各自独立了。她们得各自承担自己的命运，不再将宿命的阴影投射给对方。如果说她们之间还有什么连接，那就是爱，爱永远是人类心灵的良药。

这就是空椅子疗法。尽管这方法在心理治疗中早已司空见惯，但它迅速直抵人的心灵的独特效力，至今仍为心理医生所重视。

柯南医生手杖上的小黄灯已经熄灭了，他轻轻地舒了一口气。由胎中影响和同名的姐姐所发出的自杀诱因，在白云深处身上已得到初步清理。尽管在她失忆的深处，仍然有伸手不见五指的感觉，但人只要活着，一切总会有办法。

此时，水车转转正把那把空椅子搬回另一房间。她无端的感觉是，这把椅子好像比搬来时轻了许多。

第十三章

〇〇后酒吧

柯南医生坐在酒吧里，他的宽沿大帽子放在桌边，手杖挂在椅背上。坐在他对面的水车转转正好奇地探望着四周，然后看着柯南医生说："我第一次来这种老式酒吧，有意思。"

现在的酒吧一家比一家新潮，但多数都是为年轻人设计的。而本世纪00后这代人，大多已过不惑之年，为他们服务的酒吧，全城仅此一家。当然还有两家更老旧的，分别是"九〇后酒吧"和"八〇后酒吧"，为上个世纪的人服务了，在现在年轻人眼中，那两家酒吧基本上算出土文物。

对心理医生而言，休闲是必需的，不然会被抑郁啦、强迫啦、变态啦等人类的精神异象压得喘不过气来。搞得不好，在众多负能量的投射下，自己也要去找医生了。心理医生的休闲方式很多，打高尔夫、打网球、游泳、散步等。柯南医生喜欢坐酒吧，而对于2001年出生的他来说，坐在这家酒吧里有一种亲切感。

酒吧的设计沿用了世纪初的风格，有一处陈列橱窗里还展示着当时最流行的苹果手机和笔记本电脑等东西，供00后的人观览怀旧。

对于本世纪20后的水车转转来说，这里显然不是她的过去。她之所以要执意陪着柯南医生来这里，是对他的安全有点不放心。自从那次黑社会性质的猎头公司到诊所捣乱后，她便把老师的安全放在了心上。

酒吧里播放的音乐和歌曲，也都是本世纪最初十来年流行的东西，让来这里的00后们恍若回到童年或少年时代。酒吧大厅里还有一个小舞台，时不时地会有一些小演出。今晚，那舞台上方拉出的横幅是——亲爱的，我收到你的信了！

水车转转望了一眼横幅后，问柯南医生道：“柯老师你用笔写过信吗？你看，写信主义者都宣传到这里了。”

柯南医生笑了笑说：“写信？我爷爷奶奶写过。”

当然，现在要人写信并投向邮箱，已无法找爷爷奶奶们了。而00后这批人正在变老，是最可能被煽动怀旧的人群。虽然他们童年包括他们的父母都与寄信无缘，但爷爷奶奶的记忆多少还在他们的大脑中留有痕迹。

柯南医生慢慢地品着红酒，听着音乐和周围的朦胧喧哗声，体会着一种难得的轻松。直到小舞台上有了动静，他才睁开了微闭的眼睛。

这是由写信主义者们所组织的一台小演出。有歌舞、诗朗诵、小品等表演。其中的诗朗诵者是一位60多岁的老人，头发已经花白，这个上世纪的80后用他的男中音朗诵了一首很动人的诗，其中有这样的句子——

我的妈妈是个知青
我的爸爸是个农垦战士
从乡村到边疆
有一辆邮车传递着他们的书信
这一封封书信写出了一个春天
我在春天里出生

这首诗获得了热烈的掌声。

接下来，是女声独唱，歌名叫《亲爱的，我收到你的信了》，演唱者一登台，柯南医生意外地发现她正是向内看。不过今天她没穿那套黑色的修女装，而是一袭漂亮的孔雀蓝晚礼服，从胸前一排银白色的纽扣来看，这晚装仍是天使时装的系列之一。

向内看站在台上，先挥手向酒吧内几个方向的观众打招呼，然后说："我要演唱的这首歌，是根据我的一段亲身经历编写的，在演唱前，我先把这个小故事分享给大家。"

酒吧内安静下来，只有轻缓的背景音乐，似乎在给她的讲述作铺垫。

"我的家在内蒙古一个偏远的乡下，我在那里长大。读中学时，我那一带突然发生了网络信号大面积中断的事件。一连很多天，手机、电脑都死掉了。学校也无法上课，有人想起黑板和粉笔来，但这种老古董不是说要就有的。于是，我们的体育课增加了，体育老师不嫌累反而很高兴。因为这之前有女生用手机发过不雅照给他，现在网络瘫痪了，他也暂时免去了骚扰。

"可是，我成了这次网络中断的受害者。因为我正与城市里一个男孩在网恋。我焦急万分，不知道这网何时能恢复。有人说是信号基站出了问题，有人说是受太阳黑子或宇宙射线的影响，通网卫星可能受损了。我急得想哭，但我和所有人一样都感到从未有过的无能为力。

"在网络中断的第 5 天，奇迹发生了。那天黄昏，突然有一匹快马跑过草原，在我家门口停下后，马背上下来一个穿快递员服装的男子高喊道：向内看，收信！我完全傻了，但很快反应过来，是我的男友给我写信来了。那封信他写了三页，没有信笺，是用 A4 打印纸写的。我一边读一边哭，然后把这封也许是我一生唯一的信珍藏了起来。

"这就是我的亲身经历，现在，我给大家演唱这首歌——《亲爱的，我收到你的信了》！"

向内看的讲述让柯南医生非常震惊，以至于她声情并茂的演唱也没引起他太多注意，他脑子中想着的是那个体育老师遇见的尴尬事，这细节与白云深处的自述完全相同。一段被篡改的莫名其妙的记忆会与真实事件一致，是巧合吗？不知道。柯南医生决定要和向内看好好聊聊她在内蒙古乡下的经历。

演出结束，酒吧里恢复了原有的状态。敏锐的水车转转也觉察到了关于内蒙古乡下的事，她问柯南医生："需要找向内看过来坐坐吗？"他点点头，水车转转便起身向吧台方向走去。

在吧台侧面的走廊上，向内看正和一个男人说话，水车转转只好站在附近等待。从他们的谈话中，听得出这个男人是一个书信收藏家，已收藏了不少名人的手写书信。向内看不算名人，可她的特殊经历，让她手中的那封信有了价值。收藏家的出价从 5000 增加到 50000，可向内看只是摇摇头说："不是钱的问题，你别纠缠我了，这封信我是永不出售的。"

水车转转将向内看引到了桌前。她看见柯南医生时很高兴，坐下后便问起她姐姐的病情来。柯南医生说："你知道，这种场合咨询师是不能谈起来访者情况的。"

他们随即闲聊起来。柯南医生看着向内看说："你谈到中学时有女生给体育老师发不雅照，那是怎么回事？"

"你对这事感兴趣吗？"向内看有点不解地说，"这事很简单，那个女生上体育课时扭伤了腿，体育老师便给她按摩，当时是练长跑，在学校外面，他们两人等了很久才回校来，这引起了同学们的议论。后来这个女生说，体育老师是个有贼心没贼胆的男人，于是进一步发不雅照去招惹他。"

"哦，"柯南医生没让自己的震惊显露出来，仍然平静地问，"这个女生叫什么名字？"

柯南医生这样问时，已经知道这个女孩不会叫白云深处。因为白云深处现在算是一个公众人物了，而向内看虽说不认识她，但是她的粉丝，如果白云深处是她的中学同学，她早就会说出口了。

“这个女孩叫袁圆圆，”向内看说，“别看她名字很传统，可人却是很野的女生。她好像是个孤儿，被寄养在姑母家。她曾在私下悄悄对我讲过，她和这里的蒙古族男人做过那种事，就在光天化日的草原上。”

“嗯，”柯南医生又问道，“这个女生漂亮吗？”

“不，长相一般。”向内看说，“不过她的身材奇好，又早熟，在全校女生中无人能比。另外，她的嘴唇很厚，有人说难看，有人说性感，无论如何，她一定很招惹男人是大家公认的。”

向内看讲完这些后，有点惶然地看着柯南医生，她不明白他为何对这个女生问了这么多。不过很快转念一想，心理医生嘛，对有点特别的人感兴趣也许成了职业习惯。

正在这时，一个中年胖女人来到桌前，她递给柯南医生一张卡片说：“先生您好！欢迎您加入我们00后的微信群，我们本城的00后已经有很多人加入了。当人慢慢变老的时候，您会感到相识相知是多么重要。另外，微信群里现在正有一个通知，您进群后可以先看一看。事情很简单，我们群里的一个朋友即将去世，他已经让家属联系好了美国的人体冷冻科研中心，决定临终接受冷冻，50年后再解冻复活。他将是我们本城00后接受冷冻的第7个人，到时我们将在他的身体运到美国前为他举行一个小小的欢送仪式，欢迎您来参加。”

柯南医生看了看放在桌上的卡片，对胖女人点点头说：“好的，不过我得考虑一下，因为我的工作实在太忙。”

看见胖女人去了邻桌，向内看伸了一下舌头说道：“这些00后的想法太老土了。依我们20后的人看来，要等50年太难熬了。我们很多人的想法是，不要等临终，到了50多岁吧，就买一张去外星的航票，在外面逛上一年，当然地球上是已过百年了，然后我们再回来，人不但一点儿没老，据说还更年轻了。”

柯南医生笑着说：“你这想法不错。”

向内看说："不是我想出来的办法，最早是袁圆圆那个中学女生说给我听的。她说她最怕的事情就是死，所以早早就产生了这个想法。我当时还很奇怪，对她说我们还正读中学，你怎么就想到对付死亡的事呢。她说她也不知道为什么，想到草原上有狼群就产生不要被狼咬死的念头，看见大江大河就会想到被淹死，并且想到这些时很恐惧。"

柯南医生"嗯"了一声后，没再说话。向内看讲出的那个草原女生的死亡恐惧，是白云深处被篡改的记忆中没有出现的，或许是她还来不及讲到。无论如何，这同一个人的真实故事，是怎么强行进入了白云深处的记忆空白呢？柯南医生并不是第一次治疗失忆者了，但白云深处的状态，至今还绝无仅有。

柯南医生的沉思被水车转转打断了。水车转转拿起酒杯对他说道："来，碰一下杯吧。"同时，她也邀向内看拿起酒杯。

碰杯时，柯南医生看见了水车转转给了他一个异样的眼色。他才警觉地注意到，邻桌刚来了三个年轻男子，行为有些可疑。第一，与每桌以00后的人为主不同，这三个年轻人单独来这里不合常理；第二，三人均面向他们这桌而坐，这种座位方向也是具有观察的意味。难道是那家猎头公司找人来报复？或者是对要求协助说服白云深处仍未死心？

水车转转已将座椅后退了一些，这是便于起身迎战的预备动作。同时，她已用手机接入了公共视频，迅速找到了这家酒吧外停车场几分钟前的视频。她将这几个人下车的画面和车牌号迅速存入了文件夹。

也许是水车转转的这些微妙动作对来人产生了震慑，他们尴尬地移动了座椅，将身子朝向另外的方向。

"白云深处像一个漩涡，把我们都带进去了。"在护送柯南医生回家的车上，水车转转这样说。

柯南医生微笑着说："水车啊，这比你课堂上学的多吧，要当心理医生，得先想想，你准备好了吗？"

第十四章

死亡恐惧

诊所里，水车转转正在和船长视频聊天。船长告诉她说，他的游轮现正在海上航行，可是船上发生了一件严重的事情，他想找柯南医生请教。

水车转转说："柯南医生出诊去了，精神病院的一个病人需要做病房咨询。"

船长那张很男子气的脸上出现了焦虑。他想了想说："那我先给你讲讲吧，你是他的助手，又是心理学研究生，你给我出出主意也是可以的。"

水车转转说："我可以先听听，至于能不能帮你我没有把握，尽力而为吧。"

与此同时，柯南医生正在精神病院里走进向外看的病房。这个 30 来岁的女人站起身说："辛苦您了，柯南医生。我妹妹已经给我打过电话，说她已经和你很熟识，她认为您是一个完全值得信任的医生，我会敞开心扉和您交流的。"

"嗯，这很好。"柯南医生坐下后说，"我们聊点什么呢？"

这种开场白，并不表明柯南医生对咨询的情况一无所知。恰恰相反，因为向外看是住院病人，她的基本病情和近来的治疗情况，谷子医生已向他介绍得清清楚楚。但柯南医生仍然用这句话开场，表明的是对病人的尊重和一种自由开放的态度。

“我有惊恐症。”向外看用从谷子医生那里听来的话作开头，“我常常在半夜后醒来，坐在床上尖叫。我害怕极了，但我并不知道害怕什么。”

“你想到什么了吗？”

“没，什么也没想到。”

“这之前做梦了吗？”

“没，我很少做梦。”

“你看见什么了吗？”

“房间里没什么异样，丈夫在我旁边睡得很熟，每次都被我的尖叫声惊醒。然后他问我，安慰我。”

“你和丈夫的感情如何？”

“很好。我们相恋了六年才结婚，我们从没红过一次脸。”

“记不记得你小时候有过半夜惊醒的事？”

“记不得了，好像没有过。”

“我想听听你父母的情况，尤其是你小时候和他们相处的情况。”

向外看仰起头，慢慢地回想……

这时，在诊所里，船长正在视频上向水车转转讲船上发生的事。

他说：“我的侄儿成天待在甲板上，想要跳海自杀的样子。我吓坏了，现已把他关在房间里了。可他不服管，非要出房间去。我说你有什么心事，先给叔叔讲讲。他说他屁事没有。我说有游客向我反映，见你长久地靠在甲板栏杆上，神思恍惚的样子。叔叔让你待在房间里，也是考虑你的安全呀！可是他说，我靠在船栏边就是要自杀吗？这是一些人大惊小怪。说这话时，他还很怪异地笑了笑，他这种笑我从没见过。现在我完全不知道他心里究竟是怎么想的！还有，能不能放他出房间去？”

对这种突如其来的问题，没有心理医生能立即给出回答。于是，水车转转用从柯南医生那里学来的方法，以平静的语气问道：“你侄儿多大了？”

“20岁，正读大学，放暑假时他常常跟着我的游轮旅游。”

“他近来发生过什么受刺激的事吗？比如和父母吵架、和女友分手等。”

“没有，他在家里是个乖孩子，父母也疼他。至于女友嘛，他现在肯定没有。据他说以前有过闪恋闪分，这种情形当然没有痛苦的。”

“那么，你为什么认为他可能跳海自杀呢？仅仅靠游客的猜测吗？”

“我靠的是预感。”船长自信地说，“在海上这么多年，我各种各样的预感从来没有落空过。我的预感是，我的侄儿这次肯定要出问题。首先，他上船来第一天就呕吐，他从来不是一个晕船的人，并且当时海上风平浪静的。要说吃坏东西也不可能，因他的用餐和我的是一样的，又新鲜又卫生。可他就是呕吐，还很厉害。另外，有游客提醒我注意他的安全时，我去了甲板上，远远看见他正对着海浪做出一个双臂划水的动作，以我的经验，这是不祥之兆。”

水车转转听到这里，心里突感震惊，触动她的是“呕吐”两个字。她尽量显得平静地问道：“你的侄儿，叫什么名字？”

“午夜归来。”船长说，“他就住在你们那个城市。你帮我判断一下，如果这孩子确实有问题的话，我让他以后来找柯南医生。”

水车转转愣住了。对来访者保密的原则，使她知道不能讲出他已经来过诊所的事。即使是对他叔叔，没有当事者同意，也绝不能有半点透露。

船长在视频上看见了水车转转犹豫的表情，着急地说：“你替我想想呀。我现在能放他出房间来吗？”

水车转转说：“船长，船往哪个方向开，得有导航吧。我现在缺少导航信息，你得让我想想……”

精神病院的病房里，柯南医生已听向外看讲述了她的父母及她的家庭关系，从中没有发现引起她惊恐的伤害源。于是，柯南医生又问道："你再回忆一下，从小到大，遇到过哪些惊恐事。"

向外看拂了一下头发说："让我想想……算得上惊恐的，很少。哦，小时候，我爱和小朋友们在外面捉迷藏。有一次，我钻到很深的草丛中去了。你知道我家在内蒙古乡下，我和我妹妹都在那里长大。那里的夜很黑，我躲在草丛中时突然发现不远处有两只绿莹莹的眼睛，是狼！我惊叫着往家的方向跑，一边跑一边向附近的小朋友大喊，狼来了！狼来了！那次真是吓死我了。后来想那次要是被狼咬死了，真是太悲剧了。"

"嗯。"柯南医生只是点头，等待着她继续讲下去。

向外看想了想，又接着讲道："还有一次，我中学毕业了，有一天黄昏，我在草原上看见了一匹无人看管的马，是哪家的马跑失了吗？我便向着那匹马走过去，在离马很近的时候，我突然发现草丛中躺着一个半裸的女孩，中学生模样吧。这女孩闭着眼睛一动不动，而在她旁边，有一个穿着马靴腰佩短刀的男子。我当时吓坏了，这种凶杀场面怎么就让我遇上了。我不敢出声，心跳得像要崩溃。我慢慢地往后退，突然听见那男子说话了，他说你醒醒吧，该回家去了。我这才恍然大悟，原来是一对情侣。这事虽说是我当时误判，但是吓得也不轻。后来我对妹妹说起这事，她笑我神经过敏，她说那女孩是她的同学。"

听到这里，柯南医生有些走神了，这又是白云深处被篡改的记忆中所讲过的画面！不过，医生的职责使他迅速调整了思维，重新把注意力放在眼前这个病人身上。

"哦，这两件事确实给你带来过惊恐，想一想，还有吗？"

向外看摇摇头说："好像记不得还有什么了。"

咨询时间已到，柯南医生站起身说："今天我们聊得很好，下次再见。"

走出病房时，柯南医生已从向外看的讲述中捕捉到一些词汇，如“吓死我了”“悲剧”“凶手”等，这些词汇，都指向死亡。这个发现，为他的下一次咨询做出了某种指引。

诊所里，水车转转已在视频上对船长做出了建议。她说：“船长，从你提供的情况看，我现在还无法做出任何判断。不过，按照对生命尽责的原则，我同意你不让他到甲板上去的做法。只是，他现在需要陪伴，你不能把他一个人留在房间里，你得陪伴着他，但不要提甲板上的事，也不要流露出任何忧虑。要对他表现出信任，信任他并没有自杀念头的说法。同时，可以陪伴着他去一些地方玩一玩，如歌厅啦、健身房啦等地方，让他放松。现在只能先这样。如以后需要找柯南医生，咱们再另定。”

船长松了口气说：“行，你提的建议不错，到底是专业人士嘛。不过我哪有那么多时间陪他啊，这样大的游轮正在海上航行，作为船长敢脱岗吗！唉，这事怎么办呢？”

水车转转说：“你可以另找一个人陪伴他，不过这个人要有足够的友善、耐心、善解人意，最好是你侄儿午夜归来能接受的一个人。”

“谁呢？”船长在视频上考虑了一下说，“找养生馆的丰经理吧，这个30多岁的女人对人和善、亲切，找她来陪着他应该比较合适。”

水车转转说：“具体人选，你更了解情况，由你定吧，不过要以你的侄儿能接受为前提。”

船长如释重负地出了一口气说：“就这样吧，谢谢你了。等柯南医生回来，你把这些情况转告给他，我肯定还要和你们联系的。”

水车转转关闭了电脑，坐在那里默想船上的这些事，以至于柯南医生进门时，她也没有察觉。

“哦，水车，你在发什么呆？”

柯南医生的声音让水车转转回过神来，她立即把船长讲述的事复述了一遍，然后问道：“我对这事的处置正确吗？”

柯南医生看着她，一时没说话。水车转转心里“咚咚”地跳，生怕自己的建议犯了心理咨询上的错误。

“很好！”柯南医生说，“你的处置完全正确。”

水车转转开心地笑了。

“不过，午夜归来这个中途逃避咨询的男生，竟然是船长的侄儿，这很有意思。”

水车转转不解地问：“什么意思？”

“很多年前。这游轮上有女人跳海，而午夜归来在甲板上的表现不得不引起我们的推想。以我的感觉，这中间必有秘密。”

水车转转瞪大了眼睛说：“我一下子想不好这个……”

柯南医生说：“我现在也想不好，慢慢来吧，我们会看见，一个人的意识和潜意识是如何纠结的。”

这时，诊所的门无声地开启，白云深处走了进来。柯南医生这才意识到，现在到了白云深处的咨询时间。

白云深处穿着带制服风格的天使时装，很漂亮。尽管她的头脑中迷雾重重，但除了柯南医生，谁能知道一个人的心灵所遭遇的种种凶险呢？

柯南医生对她做了个请坐的手势。

她嫣然一笑，然后坐下。

第十五章
那厢有礼

傍晚，柯南医生走进家门，那厢有礼接过他的帽子和手杖，然后看着他的眼睛说："亲爱的，你今天有心事吗？"

"你真聪明，"柯南医生拍了拍她的脸颊说，"白云深处停诊了。"

"那是她的权利。"那厢有礼平静地说。和柯南医生相处多年，对心理医生这个行当她已懂得不少。

是的，心理病人和生理病人一样，他或她要带病出院，医生除了说服以及警告外，是不可以强行挽留的。这天下午，白云深处到诊所来道别，她说她已经好了，生活、工作正常，也没什么困扰了。她感谢柯南医生对她做的一系列诊疗，包括胎儿时受到的惊恐、死去的同名姐姐在她心理上造成的阴影，以及母亲的暴力对她的压抑，在柯南医生的帮助下，她都走过来了，她现在感觉正常，可以停诊了。

柯南医生当然不赞成她的决定，指出她的失忆将对她的人生造成很多困扰，并且，在她的失忆空白处，填满了另一个人的记忆，这是非常大的问题。不过，白云深处并不认可柯南医生的说法，她说一切都是她自己的记忆，没错，她的真实经历就是那样。最后，柯南医生只好说："由你决定吧。不过你要记住，有需要的时候，我随时在这里等你。"柯南医生的这句话，是心理医生对中止治疗的来访者所常说的一句格式语言，它的重要性是给离开诊所的来访者以安全感。

"亲爱的，别老想着诊所里的事了。"那厢有礼用手搂着柯南医生的脖子说道，"你也该休息一下了。"他这才注意到今晚的家里显得特别温馨，餐桌上的花瓶里插满了玫瑰，厨房里飘出的香味，是他最爱吃的那种烤牛排的香味。

"哦，今天是什么节日吗？"柯南医生迷惑地问道。

"猜猜看。"那厢有礼深情地看着他。她穿着深V领口的白色长裙，项链下的玉坠在胸口处特别动人。

看着柯南医生惶然的样子，那厢有礼拿起他的手合在掌心说："今天是我们的结婚五周年纪念日，亲爱的，我爱你！"

柯南医生这才感慨地"啊"了一声，他亲吻了她，并说："我也爱你！"

五年前，柯南医生去美国一家著名的机器人公司，在各种类型的太太系列中选中了她，在办完各种手续后，还签了一份"永不抛弃，永不虐待，永远相爱"的承诺书。接下来，公司给他和那厢有礼举办了一场简短而隆重的婚礼。当他给她的手指上戴上戒指的时候，他看见那厢有礼的眼里闪动着幸福的泪花。那一刻，他为他的人生选择感到最大的满足。五年过去了，他果然享有着世界上最美满的婚姻。那厢有礼有着无与伦比的美丽与温柔，在情感、性以及认知感系统方面，她的能力都是以前的人类所无法想象的。

这天晚上，这对幸福的伴侣用玫瑰和葡萄酒庆祝他们的结婚纪念日。那厢有礼戴着的一个紫红色玛瑙手镯引起了柯南医生的注意，他说："这是你买的吗？"

"不，是附近那家珠宝店老板娘送我的。"那厢有礼得意地说，"你看，还漂亮吧？”

柯南医生家附近开着一家小小的私人珠宝店，老板娘是一个 30 多岁的独身女人。那厢有礼散步时常进店去闲逛，和老板娘也很熟识了。今天下午那厢有礼进店后，从玻璃柜里要了这只手镯来欣赏。老板娘说，你要喜欢的话，就送你了，那厢有礼连连推辞，可老板娘热情地要送给她，她便道谢后收下了。

“老板娘知道你的身份吗？”柯南医生问道。

“当然知道，柯南医生的太太呗。”

“不，我是说她可否知道你的特殊身份。”

那厢有礼笑了：“五年了，你想想，包括你的朋友在内，有谁能看出我不是从娘胎里来的？”

是的，柯南医生多虑了，常人无法分辨真假正是机器人制造最成熟的技术。况且，那厢有礼在外天然地给人好感，老板娘送她手镯也在情理之中。

柯南医生端起酒杯来和那厢有礼碰杯。她笑吟吟地举起高脚杯来碰了一下，然后象征性地在嘴边沾了沾。她没有消化系统，这让人省心。可今晚，柯南医生真想她也能喝上几杯。他想起多年前的一个女友和他一起喝酒的情景：她喝得脸颊绯红，眼神迷人，然后两人一起去郊外的一家别墅式酒店开房。别墅在山坡上，有很高的石阶，两人一步三晃地往上爬，他醉了，她来扶他，结果两人一起跌坐在石阶上。夜很黑，两人在石阶上拥抱在一起，热吻，做爱。有掉落的松果从山坡上滚下来，沿着黑暗的石阶碰到他的身上，那情景真是美极了。不过，当进到别墅房间后，他俩便吵架了。吵架的原因是他在浴缸里放满水之后，自己便先躺了进去。而她以为他是在给她放洗澡水，他这样做是没把她放在心上。这事本来不大，可吵架中她又说起了以往一些鸡毛蒜皮的烦琐事，最后也无法和解，两人背靠背地睡了一宿。

在柯南医生用手扶着酒杯凝思的时候，那厢有礼已经站起身去放响了室内的音乐。她转身对他说道："我给你跳舞吧，这样你可以喝酒尽兴一些。"

那厢有礼的身材和舞技绝对一流，并且她可以根据柯南医生的眼神选择不同的舞蹈，古典的，现代的，甚至含有性挑逗意味的。可是今晚，柯南医生显得兴趣不高，他说："谢谢你，不用了，我只想安安静静地喝点酒。"

那厢有礼回到桌边，给他的酒杯里斟上红酒后说："是白云深处的中止治疗让你郁闷吧，没关系，她还会回来的。对这种复杂的个案只有长程治疗才能解决。"

柯南医生笑了："那厢，你也快成半个心理医生了。"

"过奖了，"那厢有礼做了个调皮的表情说，"你的所有论文，以及治疗个案，我都在电脑上读过了，所以略知一二。"

那厢有礼的深度学习能力一直是让柯南医生最满意的事。在大数据、云计算的基础上，她的海量记忆力、整合力以及举一反三的分析力，使柯南医生相信他这位美丽的太太很快将兼任他的工作助手。

餐后，柯南医生刚回到他习惯的高靠背沙发上，水车转转就给他的手机发来信息说，她已找到了和白云深处的失忆相类似的治疗个案，是刚刚发表在一家权威心理学刊物上的，因为水车转转知道柯南医生不喜欢在手机上零零碎碎地翻看学术资料，所以将此篇论文发到他的电脑里了。

柯南医生兴奋地站起来，去书房里开启了电脑。在白云深处之前，一个失忆者甚至将记忆篡改成另一番模样，对柯南医生来说完全不是什么难事，治疗实践早已证明，这是一个人的心理防卫在起作用。当某种事件远远超过一个人的承受力时，这个人要么失忆或改换记忆，要么就精神分裂。可是，白云深处的改换记忆并没有足够的压力事件作证据，更不可思议的是，她改换后的记忆，竟然和一个素不相识的人的经历一模一样。无论如何，这是一个至今罕见的心理个案。

柯南医生打开电脑，读到了一篇瑞士心理咨询师的医案。来访者是一个失恋自杀又被救活的女孩。出院后她的记忆发生了改变，至少有 6 年的记忆是另一个女孩的经历，可她却确信这是她自己的经历。这个女孩的经历是，一个男孩追求她六年，这男孩最后自杀了。

读完之后，柯南医生失望地叹了口气，这个医案对他并没有多少帮助。首先，这个女孩的经历刚好是来访者经历的反面，这种失忆和改换记忆，符合心理防卫的特征，这样她可以避开失恋的痛苦。另外，这个女孩刚好是来访者以前的同学，她的经历早已为来访者熟知。在某种特殊条件下，这个女孩的经历被来访者搬运到自己的记忆里了。

而白云深处缺少的是改换记忆的压力条件，也缺少改换记忆的外部条件。经反复查询，白云深处与远在内蒙古的袁圆圆从未谋面，也未有道听途说袁圆圆的经历。尤其是一些微小的细节和当事者的心态，这是难以在另一个人的记忆里完全复原的。

柯南医生站起身来，该下楼散步去了。这是他每晚的习惯。今天晚了点，可散步还是必须的。

他乘电梯下楼，电梯里空无一人，可见多数人已经睡觉了。他走到小区大门口，保安为他开启了电子门，他向保安点了点头。他仍然戴着大檐帽，拄着电子手杖，让人远远一看就知道是柯南医生在散步了。

沿着林荫道走了一段路后，前面的路边便出现了珠宝店那幢两层小楼房。楼下是店面，楼上是老板娘的住处。此刻，楼外停着一辆白色轿车，楼上亮着灯，这表明老板娘家里正有客人来访。正在这时，珠宝店的侧门打开了，从里面走出来两个女人。借着屋里射出的灯光，柯南医生望见了这两个女人一个是老板娘，另一个是白云深处。

她们认识？柯南医生有一点小小的惊讶。在他的感觉中，白云深处的朋友圈多是媒体和文化界的人。眼下，老板娘正将白云深处送到车边。白云深处打开车门，但并不立即上车，又站在那里和老板娘说起话来。大约几分钟后，她才上车离开，车后两盏红色的尾灯渐渐消失在林荫道的黑暗之中。

第十六章

离家出走

转眼三个多月过去了。柯南医生诊所墙上的挂钟指向上午 11 点整，柯南医生站起身来，对坐在靠背转椅上的向外看说："今天的咨询就到这里吧。下周再来，我准备对你做一次梦境分析。我已购买了一台世界上最好的梦境再现仪，过几天就可以到货了。"

向外看已经从精神病院出院。谷子医生说他对她的惊恐症已经尽力了，余下的事得由柯南医生来解决。迄今为止，她惊恐症发作的次数已经有所减少，但柯南医生明白，要完全治愈，必须找到她的病根，她惊恐症发作的时间一直固定在凌晨 4 点左右，这就是问题的症结。

听说有梦境再现仪后，向外看似乎看见了一线希望。她说："将我的梦在电子屏幕上再现，和我给你讲述我的梦有区别吗？"

柯南医生说："是这样的，一个人能记得并讲述的梦只有少数，多数梦做梦者根本记不得的，而这些记不得的梦对精神分析有更大的作用。"

向外看似懂非懂地"哦"了一声，然后对走过来送她出诊所的水车转转说："我妹妹说我晚上惊恐是太闲的缘故，在家做全职太太做到了 30 多岁，要是像她那样，既有工作，业余时间又参加写信运动，到处鼓吹让人拿起笔和纸写信，人一忙，晚上睡觉就会很踏实的。”

水车转转说：“事情没你妹妹说得那样简单，你还是听柯南医生的吧。”

向外看走出诊所的时候，一个男人像等在外面似的，一步便走了进来。他望了一下室内，对柯南医生说：“你是柯南医生吧，我是白云深处的爸爸，我来请你继续给白云治疗。”

柯南医生请他坐下后说：“她有这个意愿，应该由她自己来找我。三个多月前的停诊，也是她自己的选择，你知道，我和来访者的关系，自愿是首要原则。”

“可是，白云要不治疗的话，她就要完蛋了。”白云深处的爸爸焦虑地说，“她已经三个月不回家，也不和家里联系了。开始还能用电话或信息联系上她，她说我不愿做你们的女儿了。再后来，她就将我和她妈的电话都拉黑了。柯南医生，我这女儿问题太大，我求求你继续帮助她吧。”

白云深处的爸爸叫白天，他说他上个月办理退休了，他在这家电子信息公司工作了几十年，刚满60岁，本来还可以再干几年的，可白云的妈妈突然患了肌肉萎缩症，不能跑保险工作了，在家还需要人照料，他便主动办了退休。两个老人在家，经济没有问题，因为他不但有丰厚的退休金，以前还有过好几笔专利收入，靠积蓄一辈子也花不完。可是，女儿不认他们了，不光家里空荡荡的，这对老夫妻的心里也是空荡荡的。

柯南医生问：“白云还留在这城里没远走吧？”

白天说：“她应该还在报社，因为报纸上还发有她的专栏文章。”说完这话，白天还拿出今天的报纸递给柯南医生。

从白云深处的专栏文章看，她思维清晰，心态稳定，这让柯南医生略微松了口气。并且，从最新报道还可以看出，白云深处忙着呢，正和有关各方组建一个“恢复美好生活大联盟”。这个联盟的构成包括：纸媒主义者、写信运动参与者、婚前贞操运动参与者，除此之外，还有一个反对机器人太太的女权组织，反对机器人进入服务业的就业保护组织等。

这些最新动态让柯南医生感到吃惊，他看了一下那个女权组织的声明，其中写道："机器人太太不仅侵占了本该为女人所有的男人资源，而且还以一种半奴隶式的价值取向，使女性地位正受到严重贬损！"

"你看，我女儿还在报社吧。"白天的话使柯南医生的思绪重新回到诊所。这个无奈的父亲向医生恳求道，"能不能由你给她打个电话，别提我找过你，只问她愿不愿意继续做咨询，只要她回到你这里，这孩子就有救了。"

柯南医生安慰了白天几句，并向他说明心理医生是不能主动约请来访者的。至于他们的家庭关系，还得他们自己多努力，争取和女儿取得和解。看到白天失望的样子，柯南医生只好补充道，不过和白云深处通个电话还是可以的。

白天走后，正在看那份报纸的水车转转抬起头来对柯南医生说："你看，这白云深处简直是走火入魔了，她在专栏文章上说人类已经走入邪途，必须靠'恢复美好生活大联盟'这样的组织来拯救。"

"这还不是白云深处一个人走火入魔，"柯南医生走过去指着报纸右下角的一则消息对水车转转说，"你看，这个联盟现在已经有了上千万人的响应。"

水车转转伸了一下舌头说："好玩！"

柯南医生坐在沙发上，拨通了白云深处的手机，一阵音乐铃声过后，白云深处"喂"了一声，有点警惕地说："柯南医生您好，有什么事吗？"柯南医生说没事，只是问候一下。白云深处说一定是我爸妈找过你了吧，柯南医生只好坦承她爸刚来过诊所。

白云深处一听这事便勃然大怒："他还有脸找你，他一辈子就没做好过父亲。小的时候，我妈打我骂我，他在一旁就像个木头人。说实话，长这么大，我爸对我几乎就是一个影子。周末或节假日在家，他成天就守着电脑折腾，一开口就是什么软件什么软件的。他说他虽然是电子工程师，可他这行，稍不努力就被淘汰了。我记得小时候有一次过生日，刚好是星期天。我妈一早就出门卖保险去了，我爸守着电脑也像不存在似的。没人提我过生日这事也就罢了，可下午两点了也没开午饭。我打开冰箱，里面空空如也。那年我大概六岁吧，我走到电脑旁说，爸爸我饿了，我爸一下子就发了怒，吼叫着说你就知道吃，长大了一定没出息。”

白云深处说到这里喘了一口气，然后接着说：“算了，不说这些伤心事了，要说，三天三夜也说不完。柯南医生，你别管我家里的事，他们从没把我看成过女儿，我也只好和他们拜拜了，这样我觉得很轻松。”

柯南医生听白云深处讲完后，才缓缓说道：“白云深处，你放心，我不会过问你家里的事，只是在这种时候问候你一下，你还好吗？我这电话算是一种售后服务吧。”

柯南医生最后一句调侃让白云深处笑了起来，她说：“谢谢，我自以为还好。”

白云深处无意间讲出了她六岁的记忆，这让柯南医生对她被改换的记忆有了更明确的时间界定，那就是小学和中学期间，这段时间，她的记忆被内蒙古乡下一个叫袁圆圆的女生的记忆篡改了。

这天晚上，那厢有礼正为柯南医生往浴缸里放洗澡水，她一边用手试着水温一边说道：“亲爱的，月亮光光约我明晚去参加一个活动，你能陪我去吗？”

“月亮光光？”柯南医生怔了一下，立即想起这个精神病院的温柔护士来。这些机器人相约着要参加什么活动？

“嗯，”柯南医生说，“最好别出去。”柯南医生在这一瞬间想起了“恢复美好生活大联盟”中那些针对机器人的宣言，但他没说出他的担忧。

“为什么不能出去？”那厢有礼说，“这可是一次特别有意思的活动，要重现《星际历险》网游中的故事，网游中的所有角色都由参加活动者扮演，我也想试一下我的表演才能呢。”

“哦，是这样。”柯南医生有点动心，因为《星际历险》这个网游曾经打动过他。这个网游的故事梗概是，一个地球美女被劫持到了外星，外星人的国王要娶她为新王后，并要和她生子，以便产生出新人类。国王的女儿叫天狼公主，她由于担心自己和母亲受到父王的冷落，从中反对父王与地球美女的结合，并设法协助地球美女返回地球。这个故事虽然充满娱乐性，但编剧显然运用了现代心理学和精神分析的若干探索，并暗示了人类意识与宇宙意识的相通之处。而这点，正是柯南医生一直在考虑的问题。在与人的精神现象打交道的过程中，他不止一次地考虑过人与宇宙万物深藏不露的复杂关系。他认为人类要往前走，必须对这种关系不断取得新的认知。

“你同意了？”看见柯南医生不再反对，那厢有礼高兴地说，“亲爱的，你平时工作太累，正好可以轻松轻松。月亮光光说了，网游中有护士的角色，她正好可以扮演。”

第二天在诊所，柯南医生对水车转转说起今晚的活动，水车转转说，她的硕士生导师也说过《星际历险》有意思，因此她也想去参加，但今晚她要给母亲过生日，只好舍弃了。水车转转是个单亲家庭的孩子，柯南医生曾不经意间问过她的父亲，她没有回答，低下头沉默时，眼泪都快掉下来了，柯南医生赶紧表示歉意，并不再提起此事。

这天黄昏，柯南医生的无人驾驶汽车载着他和那厢有礼向郊外驶去，活动地点设在一个山峦起伏的风景区，约莫需一小时车程。夕阳西沉，这颗红着脸的恒星正在远处的房舍和树林间追着汽车奔跑。

接近活动地点时，出现了举着抗议标语的示威人群，这些抗议者是“恢复美好生活大联盟”组织的人，标语牌和横幅上写着“反对人类生活虚拟化”“电竞娱乐都是年轻人的精神鸦片”等口号。有警察在周围维持秩序，以防止发生任何暴力冲突。

汽车在活动入口处受到了严格的检测，以防止异己分子进入。

柯南医生和那厢有礼分别出示了身份证件，那厢有礼的证件上暗含着机器人的特殊标志，这使检查的保安人员特别高兴地对那厢有礼做了个欢迎的手势说：“柯太太，欢迎您的光临！”

第十七章

W6 星球

《星际历险》的活动场地在一处山谷里，旁边是一座没有草木的石头山，满山的红砂石奇形怪状，在落日最后的余晖中变成红色，像是被火烧过后又冷却下来的一座山峦。按网游故事的情节，这里是天狼星座中的W6 星球。

数百名参加活动者都穿戴上了自己带来的外星人服装以及面具，只有柯南医生夫妇及极少数不常参加活动的人，还穿着日常的服装。几个活动组织者走到柯南夫妇面前说："对不起，你俩没带服装吗？那只好由我们安排了。"

就这样，柯南医生由于在参加者中年龄最大，被安排做了外星人的国王，而那厢有礼则安排做了他的女儿，即天狼公主。柯南医生透过面具上的视孔，看见那厢有礼一身银光闪闪的金属鳞片以及四方形的头颅，恍惚间有了身在外星的感觉。

一个 20 多岁的俱乐部负责人做了简短致辞后，便宣布活动开始。这时一架无人机改造的圆形飞碟正从天空飞来，然后在众人的注目中降落在这片山谷中。一群外星人从飞碟上抬下一个铁笼，笼中装着一个地球美女。山谷里响起一片欢呼，有人高喊："快去看看地球人长啥样啊！"人群便向铁笼涌去。

而柯南医生作为国王，此时正被安排坐在远处的一块大石头上，天狼公主站在他的身边。

不一会儿，地球美女在众人簇拥下向国王走来，她的衣衫已被宇宙风撕碎，仅剩一些布条挂在近乎赤裸的身体上，勉强遮蔽着她的羞处。外星人选中她，并不是因为她的天使般的面容和丰乳肥臀，而是看中了她身体中蕴藏的旺盛繁殖力。

当这地球美女被带到国王面前时，柯南医生透过面具视孔对眼前的人大吃一惊，这不是白云深处吗？作为各种保守主义运动的倡导者和形象代表，她怎么可能为鼓吹虚拟生活的电竞俱乐部捧场？震惊之中，柯南医生忘记了原剧情中此时该怎么发展。当然，他也完全可以自作主张地重新设计剧情，但究竟该怎么做他也一时没了主意，情急之中只好仰天大笑，然后做了个将此人带下去的手势。

两个武士押着美女向侧面走去，绕过一块巨石之后消失了。

此时，山谷里响起一阵阵热烈的欢呼声。天已黑下来，几大堆篝火燃起来。这也是所有参加此次活动者的目的，实际上就是在山谷里过一个狂欢节。由那厢有礼扮演的天狼公主此时已离开了国王，她混迹于一群武士之中，向他们宣传说这地球美女不能留在这里，否则会给他们所在的 W6 星球带来灾难。

笨拙的国王此时呆坐在大石头上，正不知所措时，有武士来向他报告说，地球美女已被带进了山洞，正等着大王去封她为新的王后。国王便由武士带领着绕过巨石，又走了一段山路，进入了一个亮着火把的山洞。

白云深处扮演的地球美女躺在石床上，一个外星人护士正给她检查身体。国王进洞坐定后，护士收起听诊器向国王报告道："大王，这个地球美女我以前造访地球时曾经见过，她身体健康，可神经网络中有些迷雾，是否适宜封为王后，请大王考虑。”

国王一听这话，便知道这护士是由月亮光光扮演的，她和天狼公主已经串通，要设法将这美女赶回地球去。

国王用变了调的声音说：“我会考虑的，都退下。”

众人退下后，地球美女从床上半坐起来，她没有一点儿恐惧，将一条光滑的长腿悬在床檐，望着国王的眼神露着大胆的挑逗。

在这一瞬间，柯南医生想起了白云深处有一次在诊所的情景，她显露着短裙下的大腿，似乎无意识地透露出一种性暗示。

国王说：“我想听听你在地球上的生活。”

地球美女说：“我在一片草原上长大，那里有花有草有羊群和马匹，不像你们这里，只有光秃秃的石头山。”

国王说：“我们不需要地球上那些东西。你现在到了这里，想念故乡和亲人吗？”

地球美女说：“我就喜欢冒险，我也没啥亲人。”

“父母呢？”

“我可以说没有父母。”

“那你的血肉之躯是从哪里来的？是谁将你喂养大的？我知道你们地球人养大一个新生命挺费事的。”

地球美女没有回答，顿了顿才说：“大王，我们聊点别的好吗？比如说，在你们这里做王后是怎么回事？”

“你愿意做我的王后吗？”

“当然，我就是要做王的女人。其实在地球上，我已经做过一次王的女人，只是国度很小很小，就只是大洋上的一座小岛。”

“小岛？”国王饶有兴趣地问，“我还不知道大洋上的小岛是什么模样。”

"那可漂亮了。"地球美女说，"有大片的丛林，有泉水和鲜果，还有一头非洲狮子陪着我，那狮子是被驯化了的，我可以骑在它背上。"

"你的王每天陪着你吗？"

"不，他还没成为真正的王，他是一艘游轮的船长，他送我去岛上住过好几天，他说当地球发生灾难时，他就在那岛上做王，我就是王的女人。"

正在这时有武士进来报告说："大王，外面的人正闹着要新王后去和他们一起庆贺呢。"

国王还未做出反应，地球美女已起身过来挽着国王的胳膊说："走，出去和大家一起庆祝吧，待在这里也怪闷的。"

当地球美女以新王后的身份出现在众人面前时，人群沸腾了。山谷里的篝火已经将夜空照红了一大片，新王后被人群托举起来抛向空中，被接住后又再次抛上。怪诞的音乐声如雷贯耳，让人说话也听不清。新王后在人们的托举中被传递着，她时而横躺时而半坐在无数只手臂上，并不断向人群抛着飞吻。夜空燃放起奇异的礼花，像倾泻的流星雨，炫目而又壮观。

国王已被众人遗忘在边缘地带。性格即命运，扮演者的态度决定着角色的发展，国王也不例外。此时，天狼公主和外星护士正站在一块大石头上，观赏着这迷幻的景象。她们已忘了策反武士送地球美女回地球的使命，这使剧情完全转向了一场外星上的狂欢。

时间很快便到了半夜时分，一个电竞俱乐部的负责人驾着一部雪橇式的个人飞行器升到了半空，他身着银光闪闪的金属服饰，但没戴面罩，是一个20多岁的帅气小伙子。他俯身对人群喊道："女士们先生们，虚拟生活的强大感召力，使你们在W6星球上度过了一个美好的夜晚。现在，活动就要结束了，请你们卸下面罩，恢复本来的自我，尽情享受最后一个节目——篝火烤全羊啤酒野宴！接下来，你们将回到地球上各自的家中，但天狼星座 W6 星球上的美好记忆，将激励着你们以后对生活不断做出新的探索！谢谢大家！还要谢谢白云深处女士，她从所谓的‘美好生活大联盟’中反戈一击，加入到时代发展的潮头上来，她的行动已经使得保守主义阵营土崩瓦解。女士们先生们，开历史倒车的保守主义已被我们成功阻击，再次谢谢大家！”

山谷里响起雷鸣般的掌声和欢呼声。

第二天，柯南医生在诊所里看到了《世纪导报》在头版发表的严正声明。声明说，本报专栏作家及形象代表、‘恢复美好生活大联盟’负责人白云深处被电竞俱乐部劫持，导致了非常严重的后果，本报对此表示谴责，并将以劫持案为由向警方报案。

看见柯南医生放下报纸后坐在那里沉思，水车转转走过来说：“这事可热闹了，昨晚的视频上网后，浏览量到现在已超过千万人次。”

柯南医生说：“你怎么看待这事？”

水车转转说：“对报社的声明，网上普遍持质疑态度。首先，说电竞俱乐部劫持了白云深处，但报社提不出任何证据。其次，白云深处在活动中的表现，也看不出一点儿被强迫的状态。”

正在这时，白云深处的爸爸给柯南医生来电话了。他说：“白云深处昨晚参加的活动，让我和她妈妈都很吃惊。从白云在活动中的癫狂表现来看，我担心白云是不是已发生了精神分裂。”

柯南医生谨慎地说：“是不是精神分裂，我现在还无法判断，不过，我感觉这种可能性不大。”

白云深处的爸爸又说：“关键是，现在找不着白云了。我一直在联系报社，他们也不知白云在哪里，电话和信息都联系不上她。”这位父亲的声音已有点颤抖，“她以前发生过自杀，我真担心她有什么不测。”

柯南医生的心也往下沉了一下，他安慰这位父亲道：“报社已经向警方寻求帮助，先沉住气，也许很快可以找到白云深处的。”

柯南医生通完电话后，站在一旁的水车转转担忧地问道："白云深处会出什么事吗？"

"我不知道。"柯南医生说，"以前可以判定的是，她头脑中装着袁圆圆那个内蒙古女孩的一段记忆，通过昨晚的接触，又让我明确了还有一个女人的记忆装在她的头脑中，就是乘坐过'海上乐园'号游轮、最后死在海里的那个女人。白云深处讲起了那个小岛、狮子，还有船长说的话，都和我们上次在游轮上了解到的情况一模一样。"

水车转转吐了一下舌头表示惊讶，然后说："也好，毕竟有线索了，船长因为他侄儿的精神状态一直和我保持着联系，我借此向他了解了那个女人的详细情况。"

柯南医生说："只好先这样了。我明天飞北京，音乐学院请我去讲一堂课，题目是《莫扎特等天才音乐家的精神分析》，我也利用这机会了解一下袁圆圆曾经在那里学习的情况，看看有没有解开这谜团的线索。"

柯南医生的努力已经超出了一个心理医生对来访者的责任，但这个个案太具有挑战意义了，因此即使来访者已脱离了诊所，他也决不放弃对这个个案的破解。

第十八章

弃婴长大

音乐学院校园里，一处幽静的露天石桌旁，柯南医生正在和一位姓刘的老教授喝茶聊天。

刘教授说："柯南医生，你对人的精神分析讲得太精彩了。"

"过奖了，"柯南医生说，"其实我什么也没讲到。人的精神系统太复杂了，我们搞专业的也只能窥其一二。就天才或具有强大天赋的人来说，在大脑解剖学上确能发现一些与常人的微小区别，但这些差别是如何形成的，它怎样影响一个人的精神系统，我们却暂时还没有答案。我们只能从他的婴幼儿时期以及成长环境、家庭关系、社会关系等方面去寻找一些蛛丝马迹。再有就是基因方面的问题了，因为一个人的基因并不只是来自父母，它还来自更遥远的祖先，甚至石器时代和更远古的影响，都还隐隐地潜伏在我们的基因排序中，所以，我讲到的精神分析，只是就现在的能力触及点皮毛而已。"

刘教授说："是的，这是个复杂的问题，我们在教学中常发现一些很有天赋的学生，但有的人可以成器，有的人灵光一闪就熄灭了。因此我们想从精神分析的角度去帮助一下学生，也顺便提高我们的教学质量。”

柯南医生说：“刘教授是桃李满天下了。我想问一个学生的情况，不知您还记得不？”

“谁？”

“有一个女生，叫袁圆圆。”柯南医生说，“我在学校的网络上查阅过了，11年前，她做过你的学生。”

刘教授想了一会儿，然后摇摇头。

“是从内蒙古的一所中学考进来的。”柯南医生一边提醒，一边打开从网上下载的该班级的合影。

刘教授逐一辨认着合影上的学生，然后指着一个女生说：“是她，要不是她有些特别，我还真记不起来了。”

“特别？”柯南医生问道。

“是的，”刘教授说，“袁圆圆这个女生，身材出众，性格粗犷，同学们都叫她袁马，意思是从草原上来的一名野马。她对一些带粗犷风格的民歌感觉特别好，还缠着我给她做过好几次单独辅导。”

“是的，她在草原上读的小学和中学。”柯南医生说，“据我所知，她是被父母寄养在姑母家的。”

“不对，”刘教授说，“这孩子挺可怜的，半岁多时被内蒙古一对夫妇从孤儿院收养。这对夫妇中女的是蒙古族人，男的是汉人，姓袁。这对夫妇将她当作亲生女儿看待，可她能说话以后，就是不喊爸妈。这对夫妇没有办法，认为这孩子身上有灵气，骗不了她的，于是只好对她讲明了身世。此后，她便对收养她的人以姑妈姑父相称。不过姑妈姑父真的很爱她，每天晚上，姑妈都要在床上唱着歌哄她入睡，直到9岁那年，她才和姑妈姑父分床睡觉。”

“哦。”柯南医生若有所思地点点头，然后问道，“她毕业后去哪里了？”

“她没读到毕业。”刘教授说，“刚过大一，她便去美国了，是读书还是做什么都不清楚。但她还经常回国来玩，有同学在西藏旅游时曾经遇见过她。”

“这个袁马。”柯南医生又问道，“她的性意识是不是很强？”

刘教授怔了一下说：“柯南医生，你需要了解这么多吗？”

“哦，”柯南医生说，“我的一个来访者，和她似乎有牵连，因此我想多了解一点。”

“原来如此。”刘教授说，“性意识是你们的术语，从我知道的情况看，袁马的衣着是很大胆的，加上她出众的身材，在校园里受到成群男生的注目那是常事。不过没听说过她和男生去酒店开房的传闻。同学说她只喜欢年龄比她大并且有权威感的男人。记得她找我替她做歌唱辅导时，就拉过我的手去压在她的腹部，要我指导她发声时的运气状况。这本来还算正常，可她当时穿着露脐装，并反复要求我这样做，我不知道这算不算你所说的性意识。”

“嗯，”柯南医生说，“单凭这点还不好判断，得综合更多的信息才行。不过我要感谢您给我的工作提供了这么多帮助。”

三天后，因飞机晚点，柯南医生回到家中已是深夜。他坐在电脑前，将了解到的袁圆圆的有关情况全部录入了白云深处的医案中。他相信到最后解开谜团时，这将是在失忆和记忆篡改方面一个了不起的医疗个案。

工作完毕，柯南医生才发觉那厢有礼并没像往常那样给他沏来茶水。再到浴室一看，浴缸里也没放上热水。各处找了一遍后，才发现那厢有礼正坐在露台上发呆。

“那厢，你在那里做什么呢？”柯南医生问道。

“哦，”那厢有礼如梦初醒地说，“亲爱的，你今天这么早就起床了？”

“什么起床？”柯南医生大惑不解地说，“我刚从外地回来，还没洗澡睡觉呢。”

“是吗？”那厢有礼慌乱地说，“对不起，我还以为快天亮了呢。”

上床之后，那厢有礼依偎在柯南医生怀里，再次说道：“亲爱的，对不起，我这几天常常忘记一些事情，头脑里有时会莫名其妙地嗡嗡作响。”

柯南医生安慰她说：“没什么，也许是那天参加电竞俱乐部的活动，把你累着了，休息几天就会好的。”

那厢有礼是当今顶尖的机器人公司的优秀产品，她的强大的智能和身体系统在十年之内绝不会出半点问题。十年之后，根据用户需要，也只需按更新的科技成果做一次升级。故此，柯南医生对那厢有礼的这一点小差错并没有放在心上。

第二天，柯南医生刚走进诊所，水车转转便告诉了他一个好消息，白云深处又要来接着做咨询了。

“是因为她和父母亲的关系吗？”柯南医生胸有成竹地说。

“不，她说是人生中遇到了重大的新问题，她很困惑，也很痛苦。”水车转转说，“可具体什么问题，她没在电话上多说。不过，她的电话表明她并没有失踪，也没有发生如报社所说的什么劫持，这就让人放心了。”

当天下午，白云深处来到了诊所。随着季节变化，她已穿上了一套薄呢秋裙，但衣裙上没出现天使纽扣，不知这是否表明她的社会立场已经有了转变。

柯南医生请她坐下，然后像什么事也没发生似的，平静地开口：“我们聊点什么呢？”

“是这样的，”白云深处说，“前段时间突然冒出一个人，说他是我的亲弟弟。”

“嗯。”柯南医生仍然平静地看着她，并不发问，等待着她往下说。

“这人今年 25 岁，叫太空侠，就是电竞俱乐部的那个负责人，他现在是副总经理了。”白云深处说话时双手放在膝上，双手手指不断地扭动，“前段时间，他约我去酒吧相会。对陌生人的邀请，我从来都是很谨慎的。可他说要告诉我一个有关我身世的秘密，我便去了。见面后，他一直凝神地看着我，说在媒体上注意到我很久了，觉得莫名其妙地很亲切。最近他又做了一个梦，梦见了我就是他的亲姐姐。他说他妈告诉过他，他曾经有一个姐姐的，是他妈在18岁那年不慎怀上并产下的。当时他妈还在内蒙古老家读书，无奈之下便将这个女婴送到了孤儿院，以后便杳无音信了。他说他强烈地感觉到我是他姐姐，不会无缘无故的，他相信血缘中的频率共振和电磁感应。他的话让我既震惊又糊涂，因为我确实在内蒙古生活了那样久……”

望着一脸惶惑的白云深处，柯南医生仍然保持着沉默。此时他不能简单指出她是在城市里长大的女孩，所谓在内蒙古的生活只是另一个人的记忆。在病根没找到前，这些话说了也是白说。

“柯南医生，我现在躲开了众人单独住在一个地方，又出现连续的失眠，我怎么会又冒出太空侠这么一个弟弟来呢？”

柯南医生这才问道：“你能认定他是你弟弟吗？”

“我很矛盾，”白云深处说，“一方面，我恨我父母并离开了他们，但我是他们的女儿这个血缘关系还是没问题的，我妈保存着我整个婴幼儿时期的照片集，里面还夹着我的出生证。另一方面，太空侠说他妈送走婴儿时，曾仔细看过她的身体，在她左脚掌下，有三颗痣，呈品字形。太空侠当时要我给他看脚掌，我没同意，推说在酒吧里这样做太不雅观了。可是不一会儿后我去了洗手间，脱下丝袜后，我果然看见了我左脚掌下的三颗黑痣，呈品字形分布。回到酒吧座位时，我没对太空侠说我看过脚掌的事。他却固执地说，他今后就叫我姐姐了，我嘴上说别胡说，心里却是一团乱麻。”

“他接着就向你发出了参加电竞活动的邀请？”柯南医生问道。

“没，他没邀请我。”白云深处说，“他只是谈起了将要举办的这次活动，并说正在征集那个王后扮演者。我当时不知是不是喝了点酒的缘故，头脑一热便主动提出愿意扮演这个角色。事后我才知道，我的行为惹了大祸，美好生活大联盟的人都在网上说我是叛徒。我不知该怎么办，只好先躲起来再说。”

柯南医生问道：“扮演王后是什么感觉？”

“感觉很好！”白云深处说，“国王宠我，所有的人都爱我，虽是扮演，但是很满足。”

“可反对者正在谴责这种生活的日益虚拟化，你以前不也持这种观点吗？”

柯南医生的话让白云深处身子一震，她低头沉默起来，过了好一会儿，才抬起头说道：“参加这个活动是我一时糊涂。我现在仍然认为，‘恢复美好生活大联盟’的宗旨是对的，包括纸媒主义、写信运动、婚前贞操运动、反对电子污染及生活虚拟化等。就说纸质报纸吧，当然也包括纸质刊物、书籍等，这都是人类文明已经认定的传统的传媒形式。它的专业性、精英性是人类发展的真正助推器。而由电子信息技术产生的自媒体，在铺天盖地的信息中，人的智力正在被愚钝化，大学校门口一个摆地摊大爷的一句笑话，甚至比大学教授的专著更加受全社会追捧。谦卑、冷静、沉思、创造等这些人类的优秀品质，正在被喧嚣的信息洪水所淹没。当人人都认为自己是王的时候，离成为一只蚂蚁就不远了，最多，他可以宣称他是蚂蚁队伍中个头较大的那一只。”

白云深处像即兴演讲似的说完这段话后，脸色红润，双眼放光，柯南医生相信这才是真正的白云深处。

可是，另一个人在身体中争夺她，用篡改记忆的方式将她引向另一种生活，这种罕见的心理个案，对柯南医生的诊治造成了重重迷雾。

其实，两种能量的争夺战在白云深处身上早就显现了。柯南医生回忆起白云深处在纸媒宣传活动的演讲中，就别出心裁地仅用几张报纸遮挡裸露的身体，而在她的身体语言中，挑逗甚至色情的性意识显露无遗，这行为与她奉行的保守主义相去甚远。

幸运的是，白云深处现在又回到了诊室中，这让柯南医生可以在这宗心理谜案中走得更远。

第十九章

水手听大海

夜幕降临，天空如墨，所有的繁星都落在这座大都市中。柯南医生正在一座大型超市中浏览商品。一个机器人美女替他推着购物车。这美女不但能介绍产品，还能和人拉家常，因此受到众多寂寞家庭主妇的欢迎。超市中随处是可以免费品尝的糖果、食品、咖啡等，还有免费的儿童游乐场。超市正用这些措施与网上购物分庭抗礼，并且已经初战告捷。同时，这家连锁超市也是“恢复美好生活大联盟”的成员单位，大联盟的多次宣传活动，都是通过超市向活动参与者免费供应瓶装矿泉水等赠品。

柯南医生之所以夜逛超市，是想给他的助手水车转转买个生日礼物。这个2021年出生的女孩，明天就满25周岁了。这两年来，这个助手让柯南医生特别满意。虽说他支付的酬金保证了她的学费，但她给柯南医生提供的协助，让柯南医生心生感激。

到最后，柯南医生买了两件东西：一盒精美的巧克力和一本书。这本书叫《语言歧义在精神分析中的运用》，是法国拉康学派的一个著名心理学家的著作。这本书在网上禁载，这也是纸质出版商的竞争之道。

第二天，当水车转转在诊所里收到这两件生日礼物时，竟感动得几乎要掉下泪来。柯南医生心里清楚，这不是因为礼物有多珍贵，而是一个没有父亲的女孩的正常心理反应。

柯南医生很快岔开话题问道："船长那边有什么新信息吗？"

"他还是回避深谈那个女人的事。"水车转转抹了一下眼睛说，"和上次视频聊天一样，一接触到那个跳海死去的女人，他就含糊其词，并很快把话题转开。不过也有好消息，船长说水手听大海有亲戚住在我们这里，他利用休假来探亲，可能明天就到，船长还托他给我俩带了些海鲜呢。"

"哦。"这消息让柯南医生有点振奋。毕竟，这水手和多年前船上出现的神秘女人也有接触，这女人的经历也许就是装在白云深处头脑中的第三种记忆。在最后的电竞活动中，白云深处就对扮演国王的柯南医生说过，她在一个海岛上做王的女人，而王就是一位船长。

第二天，水手听大海如期而来，并带来了船长的海鲜和问候。柯南医生和水车转转一起请他吃晚餐，他很能喝酒，并且和上次在船上遇见他时相比，这次他显得很健谈，并且主动开玩笑说，他和水车转转都姓水，算是同一个家门了。

柯南医生和水手听大海碰了一下杯后，显得很随意地说："游轮上那个游泳池给我的印象很好，只是我们下次再来时，你可别叫我们换座位了。"

水手听大海回忆了一下说："哦，你还记得那事。不过我没骗你们，那座位真是给一个女人留着的。她每次游泳上来，都坐那把躺椅。你们注意到没有，那把躺椅上一直有芬芳味呢，像是一种花香。她游泳时好看极了，像一条美人鱼，坐到躺椅上时，我又觉得她是一幅古典油画。"

柯南医生问道："她后来怎么会死在海里呢？"

"不，不，她没死。"水手听大海说，"是船长弄错了，死在海里的女人不是她。她说过，她还会来坐这游轮的，因此我每天都把那躺椅擦干净，她再来时一定会很高兴。”

柯南医生若有所思地“哦”了一声，然后问道：“她叫什么名字？”

“她的英文名叫玛丽，”水手听大海说，“她是中国人，但她只用这个名字。”

“你遇见她是在哪年？”

水手听大海慢慢计算着说：“我遇见她时我刚满20岁，今年我29岁了，那是9年前的事吧。”

“玛丽当时多大？”

“可能比我大一点吧，可是她很成熟。”

“船长在游轮经过的路线上开发了一个荒岛，还送玛丽去岛上住过几天，好像是你提供的全程护卫吧。”

“当然，当然。”水手听大海有点得意地说，“我水性好，又诚实，是船长最信任的人了。我保护着玛丽在岛上待了好几天，直到船长驾着游轮从终点折返回来时，才接我们上船。”

这天的晚餐桌上，水手听大海一边说话，一边不断邀柯南医生和水车转转碰杯。看来在海上待久了的人，对与人聊天的机会是看重的。柯南医生注意到他每喝一口酒，都要用餐巾擦擦嘴唇，这种强迫症行为，使柯南医生很容易推断出他有一位很严厉并有洁癖的母亲。

“你有女友了吗？”柯南医生改变话题问道。

水手听大海摇摇头说：“做水手的，找女友很难啊。去年有人给我介绍过一个，可见了一面后吹了。告吹的原因不是因为我是水手，而是因为我还是一个处男。她说快30岁的男人还是处男，一定有什么问题。哦，你们俩都是医生，我请教一下，到我这样的年龄，是处男就是有问题吗？”

这可不是一句话就能说清楚的问题，柯南医生只好含糊地说道：“这也不能一概而论。”

眼看晚餐即将结束，柯南医生再次问起了那个死在海里的女人。这次，水手听大海的回答由含糊其词转向了直接否定。他说："这是船长编造出来吓唬游客的，以防止游客在甲板栏杆边照相时发生意外。"

这个回答无论从逻辑上，还是从他说话时不断躲避柯南医生的直视，都可以看出是明显的谎话，但目前只能到此为止了。

柯南医生推测，这个坐上游轮、去过荒岛的女人和死在海里的女人应该是同一个人。可是，这个女人的经历是怎样变为了白云深处的记忆呢？因此，当白云深处再次来到诊所时，柯南医生便直接请她谈有关游轮和荒岛的事。

"有这样的事吗？"白云深处很疑惑地说，"柯南医生，你说这种离奇事，是一道心理测试题吧？"

"不，"柯南医生说，"你有过这样的记忆。最早你在我这里做画画测试时，你就画过游轮、烟斗等东西。还有，在最近的电竞活动中，你在扮演王后时就对国王说起过你的荒岛经历。非常抱歉，我没及时告诉你，那天扮演国王的就是我，我还记得你谈起荒岛经历时很兴奋。"

"哦，"白云深处仍然很困惑，她努力回想了一阵子，然后认真地摇头说，"我记不得讲过这些事了。当时也许是由于演出吧，人的思维天马行空，张口就来的一些事也是一种即兴表演吧。"

柯南医生注意到她说的"天马行空""张口就来"这两个词，而这种状态正是人的潜意识流露的缺口。

于是，柯南医生决定对白云深处做一次梦境测试。诊所新买的一台世界上最先进的梦境再现仪迄今还没使用过。原准备让向外看先试的，可她因工作出差推迟了咨询时间。

白云深处接受梦境测试时，既好奇又忐忑不安。柯南医生对她说："放心吧，它只是用三维图像的方式把你的梦境还原出来，对人的大脑没有任何损伤的。"

白云深处在躺椅上斜躺下来，头上戴着一个内设若干电子触头的头盔。头盔与一台比冰柜更高大的主机相近，而主机侧面的平柜上则是一台电子显示屏。

测试开始，柯南医生让白云深处闭上眼睛，用催眠的方式让她慢慢进入了睡眠状态。然后，他用轻柔的声音继续说道："现在你看见了大海，是的，大海，海水很蓝，很蓝。你已经在一座荒岛上了，荒岛，有草，有花，有树，还有一头温顺的狮子。船长和游轮离开了，要在几天后游轮返回时再来接你。现在你留在荒岛上，有一个叫水手听大海的人留在岛上给你当护卫。现在只有荒岛了，很美，很美，海水漫过礁石，又退下，是的，海水，海水……"

在柯南医生为白云深处做催眠期间，水车转转一直目不转睛地盯着电子显示屏。突然，电子显示屏上出现了一片深蓝色，这片蓝色不断地闪烁着，慢慢地显示出一座海岛来。海浪正一层层涌来，扑到礁石和沙滩上后又一层层退下。海水中出现了一个游泳的人，是白云深处。

柯南医生停止了催眠，转头看着屏幕上的梦境自由发展。白云深处已从海水中走上沙滩，她浑身赤裸，无数水珠在她的肌肤上闪闪发亮。她挥臂向不远处的山坡上喊道："水手，你也来游泳啊！"

水手听大海正坐在草坡上，用手给伏在他身前的一头狮子梳理着皮毛。他对着沙滩上的白云深处挥了挥手，表示他不愿下海，然后赶紧低下头去，和狮子说起话来。他说："白狮，船长这次又给你带了好多牛肉来，你等着，我去拿来喂你。"说完，水手听大海便起身向附近的一座木屋走去。

白云深处向狮子走来，她手拿一根树枝逗它玩。当水手听大海再回到这里时，她对他说："走，游泳去，我要是一个人被鲨鱼伤了，你可就失职了。"水手听大海只得点头同意，当他脱下海魂衫以后，露出了结实的肌肉。接下来，他脱衣的手却在腰间停住了。他说："我不脱短裤行吗？"

白云深处哈哈大笑，看着他的窘态说：“怎么，你害羞吗？船长在这里时，你不是和我们一起裸泳过？”水手听大海说：“船长是大王，他的话谁敢不听？现在船长不在这里，我可以自己决定了。”白云深处又是一阵大笑，说：“好，随你的便。”

这时，山坡上的一块岩石后面，突然出现了一个人，仍然是白云深处！这景象让柯南医生和水车转转都吃了一惊。岩石后的白云深处身着白衫，手拿弓箭，正窥视着已走到沙滩上的白云深处和水手听大海两人。她的嘴角露出了一点笑容，然后把一支箭搭在弓上。

接下来，沙滩上的白云深处已中箭倒地，她的嘴角已流出了血，看来中的是一支毒箭。水手听大海抄起一根木棒向岩石这边扑来，岩石后的白云深处已不见踪影。这时，海水掀着大浪涌上了沙滩，浪头再退下去，沙滩上已没有了白云深处的踪影。

再接下来，屏幕是一片蓝色，开始还有光点闪烁，后来光斑越来越暗，屏幕也渐渐恢复了本来的黑色。

躺椅上的白云深处在此后十多分钟醒来，她坐起身，好一会儿才明白自己在什么地方。她问柯南医生道：“刚才做的梦境测试，你看见了些什么？”

柯南医生反问道：“你记得做了什么梦吗？”

白云深处说：“记不得了，只是觉得开始很开心，后来又很紧张，还有一种绝望感。”

柯南医生说：“从屏幕上看，你梦见了海岛、游泳。不过这个梦有什么含义，我还得慢慢研究才行。不管怎样，你目前的焦虑、失眠，是由于家庭关系和社会角色的一次混乱所引发，不用急，慢慢来吧，你会找回健康的。”

柯南医生之所以没讲出梦的全部内容，是因为心理医生都懂得，过早地触及真相并说出自己的判断，会让来访者无法承受而崩溃。

白云深处离开诊所后，水车转转说：“从她的梦境看，死在海里的女人是被另一个女人杀死的。可是，这跟从没坐过游轮更没去过荒岛的白云深处有什么关联呢？”

柯南医生说：“不，没有两个女人，是白云深处的两种自我在斗争，只是，这种争斗的原动力来自哪里呢？并且，正如你所说，她的梦境和记忆怎么会用上别人的经历？”

柯南医生说完这话后，诊室里显得格外宁静，只有墙上的挂钟发出嘀嗒声，仿佛人类的精神之秘都藏在这一片宁静中。

第二十章

梦境与手镯

梦境显示仪在白云深处身上的运用，仅取得了微小的进展。第一，确定了关于游轮和荒岛的记忆确实在她的大脑中；第二，发现了两种自我在她生命内部的激烈斗争。而这两点，柯南医生在这之前就已有察觉，问题是，梦境显示仪并没触及产生这一切的根源。

然而，当这台梦境显示仪运用到向外看这个惊恐症患者身上时，却取得了巨大的成功。

向外看出差回来后，很快到诊所接受了梦境测试。到目前为止她仍然是常在凌晨 4 点左右醒来，然后看一眼熟睡的丈夫，接着便全身发抖，发出惊恐的叫声。从这个现象看，她有着强烈的不安全感和恐惧感，但产生这些感受的伤害源一直没有找到。她和丈夫、和父母亲关系良好，从小到大也没遇见过什么受到惊吓的事。不过柯南医生知道，人的记忆是有选择性的，它会过滤掉一些不愿或不敢记住的事，而这些被过滤的东西，往往是对一个人造成精神伤害的源头。

这天下午，当向外看在躺椅上进入催眠状态后，梦境显示屏上出现了一片风和日丽的春天景象。这是柯南医生对她潜意识的诱导，目的是让她进入完全放松状态。接下来，屏幕上出现了她的家，从客厅、走廊到卧室。卧室布置得很温馨，有舒适的大床和靠窗的沙发。柯南医生注意到了放在屋角的一个便携式氧气瓶。

柯南医生接着将被催眠者推向了她的童年和婴幼儿时期。在童年出现的不少画面似乎无关紧要，但接着出现的一张婴儿床引起了柯南医生的注意。这张四方有着围栏的婴儿床放置在一张大床旁边，显然是为了让大人在夜间方便照料。大床上的人是一个老奶奶，她病得很重的样子，但仍时不时地伸出筋骨毕露的手去婴儿床抚弄一下。后来，她平躺在大床上一动不动了。再接下来，婴儿床出现在另一个房间，有阳光从窗外照进来。屋里有很多人都戴着黑纱……

坐在屏幕前的柯南医生长出一口气，等着向外看醒来后，他便问道："你婴儿时是你奶奶在照顾你吗？"

"是的，奶奶很疼爱我。"

"奶奶是什么时候去世的？"

"我很小的时候，大概还是婴儿时候吧。"

"奶奶去世的时间是不是在午夜过后？"

"这，这我就不知道了。"向外看惶惑地说，"这个时间很重要吗？我立即打电话问问我妈。"

向外看随即和她妈妈通了电话。电话通完后，她一时没有说话，眼泪却流下来了。平息了一下情绪后，她说："柯南医生，我奶奶正是在凌晨4点左右去世的，这是医生事后的判断，我妈是在早上8点才进屋发现的。我妈说平常这时我都在熟睡，可那天进屋时，看见我在婴儿床上大睁着眼睛，既不哭也不闹，像是发呆的样子。现在我知道了，为什么我总在凌晨4点出现惊恐喊叫。"

柯南医生平静地点着头，这是心理咨询中出现的满意结局，病根要由病人自己说出。

向外看说完这些后又哭了起来，并且越哭越厉害。柯南医生除了递给她纸巾外，并不说一句安慰的话。当然，谁都知道，这时要说安慰话可就是心理学的外行了。这场眼泪，是晴空万里前的一场必需的清洗，下得越透越好。

向外看在哭泣中断断续续地诉说着奶奶的好，并说她当时如果大一点的话，就可以在奶奶发病时去叫来大人了。

这时，柯南医生提高声音对她说道："重要的是，一个婴儿陪伴着一个已死去的人达 4 个多小时，这对你造成了巨大的伤害。"

这是一段向外看现在意识中已有但又说不出口的话，柯南医生一定要替她说出来。

向外看停止了哭泣，安静地坐着，脸上慢慢有了雨过天晴的表情。

"可是，"向外看又问道，"我的惊恐为什么以前没有，而在最近几年才发生？"

"这惊恐一直潜伏在你潜意识中，"柯南医生说，"要发生需要一定的诱因。你现在的卧室里有一个氧气瓶，是吗？那是怎么回事？"

"哦，那是我丈夫用过的。"向外看说，"几年前一次登山旅游，他买了这东西又没使用，说扔了可惜，便带回家来放在那里，他说家里备点这些东西也好，说不定什么时候就用上了。"

柯南医生笑着说："哦，你丈夫挺有风险意识嘛。"

向外看怔了一下，然后大声说道："啊，我懂了。这就是触发我惊恐的诱因！"

向外看再次说出医生要说的结果，柯南医生表扬她道："你真聪明，我们的咨询可以结束了。不过，以后你有需要的时候，我仍然在这里等你。"

向外看走后，水车转转走过来向柯南医生问道："向外看这种个案，事情发生不可避免，但事发后，怎样减少对婴儿的伤害呢？”

“这很简单，”柯南医生说，“父母尤其是母亲一定要立即对婴儿说明出了什么事，要说奶奶走了，但她是爱你的。要对妈妈当时不在她身边表示道歉，并争取得到孩子的原谅。”

水车转转惊讶地说：“几个月大的婴儿听得懂这些吗？”

“这就是常人的误区。”柯南医生说，“婴儿什么都懂的，你看人跟猫猫狗狗说话，它们不是也能懂吗？”

“对，对！”水车转转为又学了一招而连连点头，并接着说，“为这个成功的个案，柯老师，今晚我请你喝两杯庆贺庆贺。你不是说过，郁闷或成功时，有时真想和人痛痛快快地喝两杯吗？”

“谢谢！”柯南医生说，“这事值得庆贺吗？你看来这里的川流不息的来访者，大多数不都是圆满结束的吗？可是，对白云深处的失忆和记忆篡改，我至今是越做越糊涂，要庆贺，等这个案圆满结束，那才真是值得庆贺。”

“可是，白云深处现在又脱诊了，你无法做呀。”水车转转忧心忡忡地说。

所谓“脱诊”，是指来访者在问题没解决前主动中止咨询。脱诊的原因多种多样，如此前来过诊所的那个大二男生午夜归来，他的脱诊是由于接触到了本人难以承受的敏感问题，因而对咨询产生阻抗。还有的脱诊是因为生活的突然变迁，或是经济支出不允许等。而白云深处的两次脱诊，是由于本人的失眠、焦虑状况有了缓解后，认为没必要继续咨询了。对她而言，失忆和记忆篡改不是问题，因为她认为那是真的。只有在这些因素造成她精神痛苦时，她才会重新寻求帮助。

据柯南医生掌握的情况，白云深处在做了梦境测试后，又重新回到报社。她发表的一则声明获得了“恢复美好生活大联盟”的谅解。她在声明中说，参加那次宣扬虚拟生活的电竞活动，仅仅是想切身体验一下这种活动的荒唐，并不表明她崇尚传统的立场有什么改变。最近几天她又在发表

"反对机器人太太"的专栏文章，因为大联盟中的那个女权组织最近特别活跃，继纸媒、写信和婚前贞操主题之后，为大联盟的活动掀起了又一个潮头。事情一忙，又有兴奋感，白云深处的失眠和焦虑自然暂时有了缓解。

对白云深处的社会角色，水车转转的看法是，她的动力只能是两种，一是她在文化上本身崇尚传统，另一种可能是她极度缺乏个人价值感，由于从小受到母亲的否定，她必须以强烈的方式来宣示自己的价值。

柯南医生对水车转转的分析大为赞赏，说她可以很快坐诊接待来访者了。受到鼓励的水车转转乘兴发表了她对机器人太太的看法。她说反对机器人太太的女权组织中，不少是婚姻受挫的女性，其实她们反对机器人太太找错了目标，复杂的两性问题绝非是机器人太太出现后才有的。至于机器人太太对男人的意义，水车转转认为，那只是男人在异性中寻得的一个替代品。娶机器人太太的男人，其实是在跟自己的梦想结婚。这种虚拟的幸福生活，有人愿意，我是既不赞同也不反对。

水车转转说这些话的时候，当然不知道柯南医生的太太就是机器人。

"嗯。"柯南医生仍然点点头，但却没对这个问题发表看法。

这天晚上，柯南医生回家后，那厢有礼已备好了丰盛的晚餐。屋里各处也收拾得井井有条，甚至他的书桌上还出现了十多天来都缺少的一瓶插花。

那厢有礼做这些本不奇怪，但最近以来，她却常常丢三落四的，有时甚至做晚餐都需要他提醒。所以，当那厢有礼接过他的外套时，他便说："那厢，你今天好像有什么变化呢。"

"是的。"那厢有礼得意地说，"有人想害我，被我识破了。"

柯南医生大吃一惊，听那厢有礼讲起了事情的经过。

那厢有礼说，她发现自己的状况出了问题，今天，便用了大半天的时间，启动了她的自我诊断系统进行检查，检查结果是，在她身上出现了外来的电磁干扰，并且这种干扰是专门针对机器人的。她继续进行深入检测，结果表明干扰源出现在她手腕上，而她的手腕上正戴着那只玛瑙手镯。她立即取下这只手镯，并用小铁锤敲碎了它，里面果然出现了一些微小的电子元件。

柯南医生立即想起了那个胖胖的珠宝店老板娘，她将手镯送给那厢有礼原来抱着这个目的。他还想起有天夜里散步时，看见白云深处与她亲密相会的场景。看来，这个老板娘是女权组织的成员，而且是其中的激进分子。可是，她怎么发现那厢有礼是机器人的呢？要知道，五年来那厢有礼接触过很多人，包括柯南医生的亲人、朋友、邻居等，还没有人能看出她的机器人身份。

不过，柯南医生还是说："那厢，你最近尽量少出门吧，反机器人太太的活动近来很热，还是减少一些意外为好。"

那厢有礼莞尔一笑说："亲爱的，你放心吧，我能保护好自己的。"

那厢有礼的自我保护能力确实超强。在身体方面，她的自我诊断和自我修复能力，比人的免疫力强千万倍。在安全方面，她的识别系统和报警系统非常完善。而且，她的正当防卫能力，一旦施展出来可以让人瞠目结舌。

不过，从现在的情况看，反机器人的组织也在提高他们的技术能力，不然，珠宝店的老板娘是不可能认出那厢有礼的真实身份来的。

那厢有礼却并没把这次小小的侵犯放在心上。看见柯南医生有点忧虑的样子，她说："亲爱的，我答应不再去那家珠宝店不就行了。不过本周末我们俱乐部有一个活动，我是一定要去的。"

那厢有礼说的当然是银河系俱乐部，是全城机器人聚集的地方。柯南医生说："那厢，听我的话，这次活动不去行吗？"

那厢有礼说："这次活动很重要，因为世界人权组织正在商议，是否应该将机器人的权利纳入人权条例之中，俱乐部要组织我们在一份声明上签名呢。"

柯南医生皱了皱眉头，预感到他的安宁生活将发生动荡。

第二十一章

铁笼内外

世事动荡，柯南医生仍坚持着他的工作。这一天，他接待的第 4 个来访者是一个 30 多岁的男人。他衣着随便，满脸胡须，是在网上很走红的一个驴友。他虽然名叫单身猿，其实早有老婆孩子了。他前来咨询的问题是，近来他常常梦见自己裸身出现在人群中。有时在大街上，有时在商店或者地铁上，总之是在人很多的地方。他在梦中的感觉是非常羞愧、极度紧张、无地自容。

柯南医生平静地听他说话。在来访者中，男性比女性少很多，这大概由于男性普遍习惯封闭内心吧。并且，在情感体验和交流能力上，男性也先天就弱于女性。因此，男性来访者的出现，往往是本人无力自救才来就诊的。

裸梦也就是梦见自己全身裸露出现在人群中，本是最常见的梦境之一，没什么大不了的。可单身猿之所以为此来求医，是裸梦带给他的后果非常严重。他在梦醒后第二天，会整天紧张、沮丧、有气无力，为此不断延迟他的驴行计划。

单身猿在网上走红，一是因为他资格老，单身徒步走遍山山水水已达15年；二是因为他创造了单身穿越西藏无人区及腾格里沙漠等多项纪录。并且，他有过无数次出生入死的经历。有一次失踪很久，老婆在家里都准备给他设灵堂了，他却从一片人迹罕至的山岭中又走了回来。

第一次咨询，柯南医生除了对一些敏感点提问外，主要听来访者诉说。当今天最后一个来访者离开诊室后，柯南医生坐在沙发上，感觉有点头晕。水车转转一边递给他一杯水，一边说："柯老师你太累了，减少点咨询量吧，每天做两个人就行了。"

柯南医生用手撑住额头，没有说话。过了一会儿，他抬起头说："我老了吗？才45岁啊，这点工作量没问题。"

水车转转犹豫了一下说道："柯老师，我看出来了，你是焦虑。"

"焦虑？"他笑了笑说，"是的，有那么一点点。"

水车转转略带调皮地说："我可不能给你做咨询，我请你喝酒吧。其实，每天闷在诊所里本身就影响情绪。"

这天晚上，坐在酒吧里，水车转转主动对柯南医生聊起了白云深处的事。因为她感觉到柯南医生的焦虑，主要还是来自这个陷在泥沼里的个案。她说："其实白云深处的问题，主要还是由个人价值感缺失形成的。就像今天下午来的那个驴友一样，他不顾妻儿常年在外驴行，并且置个人的生死不顾，还不是为了争取个人存在的价值感。这种人在各种搞先锋事物的人中并不少见。这些人在正常的人生跑道上受到压抑，便以离开跑道的方式来引起人们的注意。这样，他向另外的方向跑，自然就是第一了。而白云深处生长于一个母亲暴烈、父亲冷漠的家庭，她一定会用反叛来显示她的个人价值。至于她的记忆篡改，我想是她在潜意识里想过另一种女人的生活。"

水车转转说出了近来自己深思熟虑后的看法，然后有点满足地看着柯南医生，她以为她厘出的这些头绪，可以减轻柯南医生对这个个案的焦虑情绪。

“嗯，你的分析符合心理动力学的原理。”柯南医生赞赏道，“不过，白云深处被篡改的记忆，正好与另外两个女人的真实经历相同，而这两个女人她从不认识也不了解，这种怪异恐怕不是心理动力学能解释的。”

“哦，是的。”水车转转知道这是一个难题，“不过，你是大名鼎鼎的柯南医生，解决它只是时间问题。”

“我想应该是这样。”柯南医生信心满满地说。水车转转这才感觉到，柯南医生的焦虑也许并不在这个问题上。

酒和学术对话，使这个夜晚的柯南医生和水车转转都有点沉迷。不断和柯南医生碰杯的水车转转已脸颊绯红。这个刚满 25 岁的女孩，对人类心理奥秘的强烈兴趣，表明她或许有着这方面的天赋，不然，这个从小习武并获过散打少年冠军，后来又做缉毒特警的女孩，不会毅然转身投入心理学的学习。

柯南医生也在这情境中多喝了一点，以致吃蛋糕时将奶油弄在下巴上也未察觉。水车转转偏过身去，用纸巾替他擦去了下巴上的奶油。这个动作让柯南医生颇感温暖。在家里喝酒吃饭时，那厢有礼对他也有过类似的举动，他感觉到是女人之爱；而此刻水车转转的举动，他感觉到的是女儿对父亲的体贴。这一刻，他对“女儿”这个词有了感性的体会。当然，他不会有女儿的，就像白云深处抱定独身一样，这个时代的不少人已经不把繁衍作为生命必需的作业了。

这个由水车转转设定来让柯南医生放松的夜晚，接下来发生了一件意外的事。当水车转转去酒吧洗手间时，一进门却遇见了白云深处。她神色慌张，看见水车转转像看见救星一样。她拉住她的手说：“水车，救救我！外面有几个男人，要抓我回家去。”

“是什么人？”水车转转诧异地问。

“是寻人公司的人，我爸妈请的。这些人满城找我，要抓我回家。”

这忙该不该帮？水车转转一时拿不定主意。

“救救我吧！”白云深处带着哭腔说，“我爸妈说了，抓回去后要把我关在铁笼子里。他们看过电竞活动的视频，他们说她既然喜欢铁笼子就把她关在里面吧。我妈还说把我关在铁笼子里，总比看不见女儿强。”

水车转转这才说：“好，你跟着我一起出去吧。”

刚走出卫生间，几个男人一下子拥了上来。水车转转拿出她那本已过时的警官证向那些人晃了晃说：“警察！你们用强力控制他人的行为是违法的。当事者已经报警，这事由我们来处理了。”

几个男人面面相觑，小声嘀咕了几句后，离开酒吧了。

当水车转转将白云深处带到桌边的时候，柯南医生吃了一惊。

白云深处坐下后说，她是在街上被这些人拦住的，情急之下，她说她要去洗手间，便钻进这家酒吧的洗手间来了。

“你一直没回过家？”柯南医生问道。

白云深处气愤地说：“我已对他们宣布不认这个家了，他们却不死心。”

“你最早来做咨询时，你妈不是也找过心理医生吗？听你说她对你的态度有了转变。”

“唉，她的转变就那么几天。”白云深处说，“接下来又是乱发脾气乱骂人。尤其是后来她病了，肌肉萎缩，待在家不上班了，那脾气更是像吃了炸药，骂起我来，世界上最难听的话都用上了。我被她骂了 27 年，受够了，该结束了！”

水车转转有些替她担心地说道：“你现在住什么地方？”

“我有一处房子，但没住，因为我父母知道那地方。”白云深处说，“我住一个朋友家里，这个朋友是个女权主义者。”

“哦，女权组织正在开展反对机器人太太的活动，可热闹了。”水车转转随后说道。

“是的。”白云深处说，“可我认为，反对机器人进入服务业更重要。因为服务业是容纳就业人口最多的地方，而机器人的进入将加剧失业状况。至于反对机器人太太，我认为大可不必，总之我不认为男人资源有什么了不起，一抓一大把，没意思。”

“你是说，只有在对男人资源的争夺中失利的女人，才反对机器人太太？”水车转转饶有兴趣地追问道。

“一般是这样。”白云深处说，“我认识一个朋友，是个30多岁的女人，开珠宝店的，她让我介绍她加入女权组织。她最痛恨的就是机器人太太了。因为丈夫和她离婚的原因，就是丈夫迷上了机器人太太。丈夫说她名字没取好，叫带刺玫瑰，脾气怪，又唠叨。现在，带刺玫瑰成天带着仪器去发现谁是机器人太太，并试图伤害对方，连女权组织都认为这些激进分子的行为有可能将女权运动引入歧途。所以，我现在坚持和这些激进分子保持距离。”

坐在一旁的柯南医生这时一下子轻松了，他突然明白自己近来的焦虑，完全是因为担心白云深处卷入了反对机器人太太的活动。因为，陷害那厢有礼的事如果是带刺玫瑰和白云深处合谋的，那白云深处对他也得转向敌对。如此一来，他和白云深处之间的医患关系就彻底结束了。这个离奇的个案如果在他手上完全中断，那将是他职业生涯中的重大失败。柯南医生一直认为，在心理学和精神分析学上，自己一定会有重大建树，而白云深处这个复杂个案的出现，正是他取得突破的契机。

只是，柯南医生并不急于诱导她回到诊室。因为在心理咨询中，只靠医生单方面的努力都是白忙活。不过，尽管白云深处目前并不认可她的记忆被篡改，但以她无比紧张的家庭关系，柯南医生相信她主动回到诊所只是早晚的事。

这时，白云深处讲完机器人等外界的事后，很快从兴致勃勃转入了消沉之中。她不安地扭动着自己的手指，问柯南医生道：“有没有一种途径，让我可以从法律上断绝和父母的关系。不然他们这样找我，挺烦人的。”

柯南医生说：“这事我回答不了，该去找律师。不过据我所知，好像还没这方面的法律先例。”

白云深处沮丧地说：“那我该怎么办？就一直这样躲躲藏藏吗？”

柯南医生说：“我不知道。不过你有需要我帮助的时候，我会在诊所等你。”

柯南医生说这话不是在诱导，而是心理医生对任何一个离开诊所后的来访者所说的话，目的是给离开后的来访者以一种潜在的安全感。

白云深处沉默了一会儿，突然又提起精神说道：“告诉你们一个好消息，我们报纸的发行量提高了，广告也有所增加。生产纸张、油墨的厂家，文具生产商，邮政局的信件投递部门，还有天使服装、天使纽扣的生产商等，都是报纸的广告大户。最近，以门店销售为主的百货、超市等商家也开始投放广告。”

白云深处讲到这些事时，眼中又露出光芒来，柯南医生知道这是她的心理自救，靠工作来转移情绪。

白云深处又说：“哦，最近我们有一个手写信件展览会，欢迎二位到时来参观，我们将展示一批珍贵的、感人至深的信件，让那些在网上堆积垃圾的人望洋兴叹！”

柯南医生说：“好的，到时我们争取来看一看。”

第二十二章

机器人在行动

周末的夜晚，银河系俱乐部里人声鼎沸。全城数百机器人聚集在这里，参加每个周末的例行活动。大厅里回旋着《银河系之梦》的音乐，人们有的聚在一堆说话，有的分坐在各个小圆桌旁。那厢有礼仍然和几个老朋友坐在一起，包括月亮光光、乖乖小妹和极速鲨鱼。乖乖小妹的表情一直有点凝重，像是情绪系统受到了压抑似的。

今晚，在《我也有一颗温柔的心》这首舞曲响起之前，先要完成一个重要的活动议程，就是在《支持将机器人纳入人权条例》的声明上签名。组织者认为，这个全球范围内的机器人大签名活动，将促使世界人权组织早日做出决定。

这时，大厅前面舞台上的灯光亮了，俱乐部总经理，也是全国机器人协会的理事姚远先生走上台去，他清了清喉咙说："女士们先生们，晚上好！大家都看见了，由于你们的加入，新人类正在形成。可是，你们的法律地位至今仍是空缺。你们中的不少人正受到社会和他人的不公正待遇，甚至受到歧视、虐待和伤害等。现在，我们先请在场的一个女仆来讲讲她的经历。”

组织者话音刚落，乖乖小妹就站上台去，这使那厢有礼大为吃惊。只见她向大家鞠了一躬后说：“我叫乖乖小妹，在一户人家做女佣已快三年时间了。近一年来，女主人对我的态度发生了很大改变。她无时无刻不在指责我没做好事，甚至由指责转为谩骂。发生这一变化的原因，是一次她和丈夫的吵架。因她丈夫的手机里有一个叫白云深处的女子的照片，两人便吵了起来。我按照我的职责，对主人吵架有劝解义务，于是便对女主人说，这个女子好像是个公众人物，男人喜欢看她两眼不是什么问题。这一劝不打紧，女主人把怒气全部发泄在我的头上。我只好任她骂，这是我的本分。后来男主人实在看不下去了，便指责她欺负女佣，两个人又大吵起来。最后女主人大哭着嚷道，好啊，你维护女佣，你娶她好了，这房子是我的，你们俩给我走人！这以后，男女主人陷入了冷战，女主人却开始变着法子地折磨我。她每天晚上不让我睡觉，拿了一大筐黄豆给我，让我给每颗豆子涂上红红绿绿的颜色，然后还要在豆子中间穿孔，用线穿上，她说她要做豆子门帘。我不怕做事，因为我就是为做事而存在的，可是我不能被仇视，不能被虐待！所以，我呼吁世界人权组织，早日将对机器人的人权保护提上日程！”

乖乖小妹讲完后，会场上群情激愤。有的人在人群中便向周围的人讲起自己的经历来。

俱乐部老总在台上喊道：“请大家安静一点，下面我们请第二位朋友上台，她是地铁车站的美女保洁员，她将讲述一些有暴露癖的男人对她进行的无耻骚扰。”

此时，在俱乐部外面的休息大厅里，挤满了接送机器人的人们，这里供应免费的茶水和咖啡。柯南医生坐在椅子上闭目养神，脑子里却在考虑着一些天马行空的问题。比如，机器人的生命是虚拟的，而我们人的生命就真实吗？庄周梦蝶就说过，也许我们看似真实的一生只是一只蝴蝶所做的梦，那我们和机器人又有多大的区别呢？照这个逻辑，机器人又是我们的梦中梦……

这时，一声招呼打断了柯南医生的冥想。他睁开眼，看见谷子医生已坐在了他所在的小圆桌旁。

双方都为在这里见面感到意外。谷子医生见过那厢有礼，可他并不知道她是机器人。“你送谁来这里？”谷子医生问时，心里猜想柯南医生也许有了机器人女佣。

柯南医生含糊地“嗯”了一声后说：“我正想问你这个问题呢。”

谷子医生说：“我送月亮光光来啊，以前都是由别的护士或医生送接，可他们今晚都说有事，只好由我来跑一趟了。”

柯南医生沉着脸没有吭声。最近，他刚发现他很早之前的一篇论文被谷子医生剽窃，正想找机会和他理论呢。

“谷子老弟，”柯南医生对这位老同学老同事开口说道，“我在杂志上看见一篇你的论文，谈人的记忆变异的，写得不错啊。”

“过奖过奖，”谷子医生说，“那只是我临床中的一些小成果，不足挂齿。”

“记得我以前发表过一篇论文吗？”柯南医生说，“题目叫《人的记忆在精神分裂中的变异》，我对照了一下，你的论文大量引用了我的观点和内容，可是你没有说明是引用。如此，我要说这是一种剽窃行为的话，对你可能很刺激。但除此之外，我不知道该怎样认定。”

谷子医生一下子涨红了脸说：“柯老兄，这怎么能说是剽窃呢？你那篇论文我从来就没读过。况且，你离开医院已多年了，我可是一直在临床上啊，我的论文都是我在实践中的所得。”

柯南医生以前在医院时是神经外科医生，与主攻神经内科的谷子医生关系不错。可这次剽窃事件让柯南医生无法忍受，他决心追究到底，至少要让谷子医生在杂志上刊登道歉声明。

“这样吧，”柯南医生平静地说，“是不是剽窃，你我说了不算，我准备将我的论文发给该杂志社，让他们评估一下，事情就很清楚了。该怎么办，有版权法做依据嘛。”

谷子医生掏出一支香烟来，望了一眼墙上“禁止吸烟”的标志后，又把香烟放回衣袋，然后他说：“柯老兄，犯得着这样吗？其实论文中出现巧合不奇怪，奇怪的是医生抱着个人的目的缠着病人不放，这可比论文剽窃更严重呀！”

谷子医生的最后一句话让柯南医生很震惊，他隐约感觉到这是指向他和白云深处之间的医患关系。他直视着谷子医生说道：“什么叫缠着病人不放？我倒很有兴趣听听你对这个问题的说明。”

与此同时，俱乐部里的大会发言仍在进行。站在台上大声说话的是一位超市经理。他说：“我要告诉大家的是，我们那位热情美丽的导购员被绑架了。三个男人以帮忙送货为由，将推着购物车的美女导购员骗到地下停车场。他们突然强行将导购员推入车中，左右各一个男人将她控制在后排座位上，并伸手去摸她的胸部，这一下触发了她的防卫系统。坐在前排的男人正要启动汽车，猛听见后面两个兄弟发出惨叫，他下车打开后座车门一看，美女导购员正用两手各握住一个男人的手腕，而就是这简单的动作，让两个男人鬼哭狼嚎，叫着说手快断了。导购员推着男人下了车，便推着购物车回超市去了。驾车的男人急忙送两个兄弟去了医院，两个人的手腕都是粉碎性骨折，手术后能否恢复手掌的功能，医生说并没有十分的把握。这两个家伙由此把导购员和超市告上了法庭。法庭上，控辩双方发生了激烈争执。控方律师认为，导购员犯有伤害罪，由于导购员是机器人，因此应由她的监护人——超市承担全部责任。辩方律师认为，控方的绑架行为已构成犯罪，导购员的行为是正当防卫，超市不但不承担任何责任，并将对控方的绑架行为提出反诉。”

超市负责人讲到这里，情绪已非常激动。他喝了口水后继续说道：

“各位朋友，法庭对此案的审理结果是怎样的，你们猜到了吗？法庭认为，我们对绑架罪的反诉因只有导购员的证词，而导购员作为机器人不具备法律主体的地位，因此予以驳回。而导购员对伤者的伤害证据确实充分，故此以伤害罪判定，下来后我们将此案上诉到二审法院，才得到了较为公正的判决，绑架者的绑架罪名成立，但我们的导购员仍应负防卫过当的责任，超市负一定的经济赔偿责任。各位朋友，这个防卫过当的判定公正吗？当你们的尊严和人身安全受到侵犯的时候，你们以极温和的方式制止对方的侵犯不是理所当然吗？我们的导购员握住对方的手腕，只是想制止对方的侵犯，并无伤害对方的主观故意。至于由此造成的粉碎性骨折，只能说明人的血肉之躯太脆弱而已。我们的导购员因要搬运货物，双手具备小型起重机的能量，她当时握住对方的手腕只是一种温和的正当防卫。因此，各位朋友，我们超市绝不愿在这个案子上赔钱，这有关新人类的地位平等和法律公正，我们已准备了一份申诉文件，请大家在人权声明上签字后，也在我们这份文件上签个字，以表达新人类的呼声，谢谢大家！”

接下来，签名活动开始。大家依次在有关文件上签名、摁手印。机器人的指纹和真人一样绝无重复，这是机器人公司为新人类的法律地位预留的技术基础。

此时，在俱乐部外的休息大厅里，柯南医生已从谷子医生的嘴里听懂了所谓“缠住病人不放”的真相。原来，白云深处由于长期失眠，便常去医院找谷子医生开一些安眠类药物。其间，谈到她已中止咨询，而柯南医生坚持认为她的记忆存在大问题，这使她很困惑。谷子医生对白云深处的状况有所了解，尤其是她上次因自杀行为而住院治疗期间，对她的成长经历和家庭状况已经熟知。谷子医生认为，柯南医生认定的记忆篡改并不成立，这多是白云深处用来否定原生家庭的一种反抗行为。而柯南医生将这个个案复杂化，是想生造出一个离奇个案，以此在学术上建功立业。另外，心理医生是按小时收费，来访者延续的时间越长，医生的收入越高。当然，谷子医生还不敢妄称柯南医生有这种动机，但说话之间暗含着这种意思。

那一刻，柯南医生真想把茶杯砸到谷子医生的脸上去，但他忍住了，仰头大笑几声后，对谷子医生正色说道：“一个仅停留在神经症和精神分裂上的临床医生，突然谈起精神分析，你不认为这是只能做加减法的小学生在谈微积分吗？你的态度，只是坚定了我要将你的论文剽窃问题追究到底的决心！”

谷子医生站起身来说道：“那我也只好奉陪了，到最后我们看谁的问题更大。”

和两个医生的冲突相比，此时的俱乐部里已是一片风和日丽。《我也有一颗而温柔的心》这首动情的舞曲已经响起，新人类们正翩翩起舞。

那厢有礼仍然和极速鲨鱼在跳舞。这个深海潜水员凑近她的身边说：“下一曲，我去请乖乖小妹好吗？”

那厢有礼这才注意到坐在一个角落的乖乖小妹，她很郁闷的样子。那厢有礼说：“那我们现在就过去和她一起聊天吧。”

聊天中，乖乖小妹仍然不开心。极速鲨鱼对她说：“女主人叫你整夜穿豆子，这是虐待，你可以罢工！”

乖乖小妹恍惚地说：“可以这样做吗？”

“当然可以。”极速鲨鱼说，“我在海上作业时，看见过码头工人罢工，罢工是人类的正当行为之一，我们也可以这样做的。”

乖乖小妹笑了：“那女主人会气死吗？”

极速鲨鱼惊讶地说：“人会气死吗？”

乖乖小妹和那厢有礼都笑了，那厢有礼对他说：“这是形容。”

“形容？”极速鲨鱼仍然不理解，这不是他的强项，他的优势在潜海，对气象和空间距离等方面，他的能力堪比雷达。

此时他就说道：“外面下大雨了，你们回家时路上要注意安全。”

大厅里，《银河系之梦》的音乐已代替了舞曲，这表明活动快结束了。

第二十三章
漂流瓶

手写书信展在“史记会馆”里举办。20多年前，这个会馆的所在地还是本城最大的购物中心之一，后来成为网购的牺牲品。不过人类的建筑永远有用，就像教堂和酒吧总是屹立不倒一样，这座购物中心现在成了各种会馆、沙龙的云集之地，“史记会馆”就跻身其中。之所以取这个名，创办者说是为了表达对司马迁的敬意。会馆里设有国学研究、书法沙龙及少年儿童毛笔字培训、中医养生馆及太极拳培训等。此次手写书信展，就借用了会馆的几个小厅举办。

柯南医生和水车转转到达的时候，向外看的妹妹向内看正在门口主持签到。她穿着一身深蓝色的秋季裙装，上面缀着的天使钮扣发着银白色的光。她面前放着一张中式大条桌，上面摆着墨砚、毛笔和宣纸，参观者需在上面签上自己的名字。从已签名的情况看，参观者很少，现在已是下午时间了，几大张宣纸上也不过有百十来人签名。

柯南医生和水车转转先后拿起毛笔，抖抖地签了名后便进入展厅。正在和几个工作人员说话的白云深处看见他们后便迎了上来。《世纪导报》

是本次展览的主办方之一，她自然成了这里的现场负责人。她对柯南医生和水车转转表示欢迎后，又对不能陪同参观表示抱歉。“有好几个展厅，你们慢慢看吧。”她说，“这是一部只有笔墨才能留下的感性的历史。”

第一个展厅是名人书信，收有两百年来名人留下的东西。由于展出的是书信原件，所以这个厅配有不少警员，其警戒程度比银行高出许多。第二个展厅是集邮爱好者的天地，陈列着邮政局在各个历史时期发行的纪念邮票及首日封和纪念邮戳等。展厅角落还放置着一架送信马车的模型。邮政局一直热推这个项目，但和交通管理部门的争执至今都无结果。第三个展厅是民间书信，向内看在内蒙古读书时因全城网络故障后收到的恋人书信陈列其中。

一路走来，真正引起柯南医生兴趣的是第四个展厅。这里展出的虽仍为民间书信，但主办者给这个展厅取了个名字，叫“书信人生”，什么意思？就说其中的一组展品吧，这是一个母亲写给女儿生日的信件，一共有18封。这个母亲在女儿即将满一周岁之时因患白血病逝世。去世之前，已知时日不多的母亲开始给女儿一周岁生日写信，接着是两岁、三岁，一直写到女儿18岁。这些信都用信封封了起来，以便让女儿在每一个生日时拆开阅读。隔着玻璃画框，柯南医生非常安静地逐一读完了这些信。在最后一封信里，母亲写着这样的话：“女儿，当你拆开这封信的时候，你已经18岁了。妈妈已看见了你的美丽、自信、善良和智慧。从今天起，你已是大人了，你可以对世界做出取舍定夺，妈妈永远支持你！因时间不再允许，妈妈只能将信写到这里，从明年生日开始，没有妈妈的信了，但妈妈对你很放心，并且为你骄傲！在今后的人生路上，无论你走到哪里，妈妈总在你的身后。我的宝贝女儿，妈妈永远爱着你……”

柯南医生读完这些信后，看着正在擦眼泪的水车转转说：“这是个了不起的母亲！要是母亲都这样的话，我的诊所基本上可以关门了。至少，会减少90%的来访者，这将是人类的幸事。”

这时，白云深处向他们走了过来，看见水车转转正在擦眼泪的样子，她的表情也凝重起来，显然，这组信件的内容，她是已经读过了。

在白云深处和柯南医生说起话来以后，水车转转便安静地走开了。她知道，柯南医生一定会根据这组信件，和白云深处谈起家庭关系、母女关系以及爱与创伤等问题来的。

水车转转在展厅里一边走一边浏览，一个玻璃框引起了她的注意。这框里挂着一页信件，旁边还有一个饮料瓶。柜角的一则说明写道：这是一封装在漂流瓶中的信件，被游客在海边拾到的。写信者和收信人的姓名、身份不详，但从信中的内容看，是一段人的心灵震颤，将展示于此。

水车转转好奇地读起这页信来，信不长，全文如下——

我的女神，今天是2039年的最后一天，你从这里消失已经快两年时间了。你说过，如果你活着会跟我联系的，可是我至今没有你的任何消息。每当看见日出，我就想着这些金光照在你身上的样子，而起风的时候，这里的风再也碰不到你的头发了。你走过的地方，我都悄悄地一寸一寸擦拭过，真希望抬起头来时，你正站在我们的跟前。我的女神，我已在网络上撒遍找你的帖子，可我等来的消息只能是虚无。我的女神，今天我已备好了99个漂流瓶，它们将我的99封同样的信件带走，带至世界的每一个角落，我相信大海是我的朋友，他会帮助我找到你。我的女神，我是为你而生的，因此不会轻言放弃。从今天起，我要再用七年的时光来找寻和等待。而七年后的这一天，神会对我说，只有投身大海才能见到你。我会那样做的，因为我是你的奴仆。而在这之前，我的每一天都得在等待中度过……

水车转转读完这封离奇的信，又看了看那瓶子，上面还沾有海藻的痕迹。

这时，柯南医生和白云深处一边说话一边走了过来。水车转转指着玻璃框说："看看这封信吧。"白云深处显然还没从对家庭的伤感情绪中走出来，她并没看那玻璃框，而是继续对柯南医生说："关键是我从没得到过爱，我妈和那个写信的母亲完全就不是一种人，所以今天的结果只能如此。"

柯南医生说："我完全理解。不过亲人之间的爱总还是在那里的，比如你现在的伤心、愤怒，都是爱的另一种形式。"

白云深处低头不语。水车转转再次让他们去看那封漂流瓶里的信。柯南医生过去将那封信看了一遍，立即转身向仍在发呆的白云深处问道："这封奇怪的信，你看过吗？"

白云深处说："这里的信太多，我没工夫都读的。"

"那你现在看一看，这封信很有意思的。"

在白云深处读信的时候，水车转转和柯南医生交换了一下眼色，不用说，他们都从这封奇怪的信中嗅到了与白云深处有关的神秘牵连。

白云深处看完信后的态度让人意外，她轻轻地一笑说："写信的人有点神经质吧。连收信人和写信人的署名都没有，鬼知道谁写给谁的？"

"是的，神经质。"柯南医生说，"不过这写信人对这独一无二的情感也许很自信，相信这封信被真正的收信人看到后，一眼就能认出他来。"

"写信人——"白云深外又感到好玩地笑道，"这人很执着，还有点、有点……"

"还有点妄想、有点强迫、有点受虐倾向，是吧？"柯南医生替白云深处说出了表达不清的话。

"对头，对头，就是这样。"白云深处说，"不过这人也很可怜的。"

这封奇怪的信，在白云深处意识中好像浮光掠影一晃就过去了。可是当天夜里，柯南医生却接到了她的电话，从视频上看，她的表情有些紧张。

她说："柯南医生，那个把信装在漂流瓶中的人，说他7年后要投海自杀，从他写信的日期算起，今年年底刚好就是7年了，也就是说，还有一个多月，他就要投身大海。"

柯南医生镇定地说："嗯，是这个时间，如果他不改变决定的话，我想会是这个结果。"

"那，那可不行！"白云深处急促地说，"我想他不会改变决定的，他是一个遵守诺言的人。"

"怎么办？你了解这个人吗？"柯南医生趁势问道。

"哦，哦，是这样的。"白云深处说，"今晚我已睡下了，有点迷糊时突然觉得这个写信人我在哪里见过，具体在哪里见过，以及他的名字、身份，我都记不起来了，但肯定是见过，还记得他说'他愿做我的奴仆'这句话。柯南医生，我想我们应该想法救救他。"

"是的，应该救救他。"柯南医生说，"只是到哪里找他呢？你得想法寻找些线索啊。"

白云深处想了想说："漂流瓶是一个旅游者捐赠给本展览的，并且，即使联系上这个旅游者，他也会对写信人一无所知的。除此之外，还有什么办法呢……"

"回忆。"柯南医生说，"这人你既然见过，一定能慢慢回忆起他的名字、身份和地址。"

"啊！"白云深处叫了声说，"我现在头很痛，什么也想不起……"

柯南医生说："不急，不急，你现在先休息，有什么情况，我们明天再联系吧。"

第二天上午，柯南医生一进诊所，便叫水车转转和水手听大海取得联系。昨天，一读到那信件时，他和水车转转都敏感地将此与水手挂上了钩。世界上的事真是无独有偶，这个漂流瓶竟流到了柯南医生的咨询个案里。

奇怪的是，白云深处被篡改的那段记忆当时并没有出现，真正的白云深处当然与这些无关，所以她只觉得好玩而已。柯南医生据此判断，此段记忆只在她身陷特定情境时才出现，比如在催眠时，又比如在电竞活动中扮演王后时，这时她的激素水平和脑部结构发生了某些改变，那段记忆便伪装成她自己的经历，而让她本人信以为真。

水车转转看着电脑、电话忙活了好一阵子后，失望地说："现在联系不上，也许游轮正航行在一个没有信号的海域。"

柯南医生认真地说："下午、明天，继续联系，离今年最后一天还有一个多月，怎么也能联系上的。水手听大海这个人很刻板，你让他提前一天跳海他也不会。"

水手解释说："柯老师你对人太了解了。但联系上他以后，又怎么办呢？"

"我也不知道。"柯南医生说，"对每一个人的精神困境，我们不是都有办法。除非他是我的来访者，我可以慢慢协助他。"

"可是水手听大海，没条件来这里啊。"水车转转说，"并且，即便有条件，他也不会有来咨询的需求。"

"是的。"柯南医生说，"因为他的偏执、强迫以及自虐倾向，虽然带给他痛苦，但也带给他享受。是的，他在这种状态中有享受感的，他为自己而感动，这就是他的情感动力。"

"他怎么会成为这样一个人呢？"

"我不知道。"柯南医生又说出他常说的这句话，"不过按我的正常推理，他这问题只能出现在早年，婴儿、幼儿及童年，以及这段时间与父母的关系，这是绝无问题的。"

这时，诊所门铃响了，有来访者到了。

第二十四章
裸梦

柯南医生突然收到了一份观察者网站的邀请，要他去参加一个将在网上现场直播的讨论会，他拒绝了。因为这个讨论的主题是“关于白云深处现象的思考”，这让柯南医生感到惊讶。因为白云深处虽为公众人物，但她的所为已受到如此大的关注，柯南医生还是始料不及。尽管外界并不知道他给白云深处做过咨询，但有过这种医患关系，他只能对外保持沉默。

在对时代发展持激进和保守态度的两种社会思潮中，观察者网站保持中立态度。但该网站对两大思潮中的活跃人物一直保持着关注，并宣称比起外界世界的变化来，他们更关心人的变化，包括情感、信仰以及行为方式的变化，这和网站的创办者是一位心理学教授有关。这场讨论会的拟定，表明白云深处在公众视野内的行为矛盾和怪异，已经引起了不少人的关注和疑虑。该网站特地邀请了社会学家、心理学家、媒体人士和白云深处的粉丝等来展开一次讨论。

尽管由于不便说明的原因拒绝了邀请，但柯南医生对这场讨论会仍然抱有强烈的兴趣。这几天，对白云深处这个个案他刚有了新的发现，这就是在白云深处的生命内部，正在展开两场攻击或循环伤害。一场攻击主要指向父母，另一场攻击是两个自我的相互厮杀。他的这一发现，来自另一个个案的启发。

这个个案的主角就是最近的一个来询者，叫作单身猿的驴友。昨天，在对他做第12次咨询时，柯南医生终于解开了他的“裸梦”的奥秘，明白真相后的这个汉子，当场哭得像个孩子似的。

对裸梦的解析，很多人认为难度不大。因为这种梦的象征意义非常明显，比如孤立、坦诚、被剥夺或遗弃，以及性或死亡意识等。现在网上有隔空析梦者，就是根据这些象征做出一些延伸，也说得人将信将疑。但对柯南医生而言，这种析梦几乎只能算是一种娱乐。因为同样是裸梦，人和人不同，梦和梦不同，仅仅从裸梦的象征意义出发，会差之毫厘，失之千里。

在析梦的理论和方法上，柯南医生始终对伟大的弗洛伊德怀着巨大的敬意，因此在对来询者析梦时，他恪守和运用着这种精神分析学之父的做法，这就是在充分了解做梦人之后，再运用自由联想法，让做梦人对梦中的若干组成部分做连续不断的自由联想，而梦的真实含义会在这种意识和潜意识的混含活动中得以显现。

单身猿近来反复梦见自己裸身出现在公众场合，其梦中的情绪反应是恐慌、羞愧、无地自容，但在梦中奔跑时有短暂的愉悦感。梦醒后出现持续的焦虑、失眠、食欲不振、身体虚弱等抑郁状态。

在对他的浅催眠状态进行的自由联想中，柯南医生注意到他反复说到“地铁”“火车”“车路”等词汇。地铁是他裸梦中的场景之一，此外还有商场、大街等。但他在自由联想中却对地铁说得最多。在被柯南医生问道“火车怎么叫”时，他学着火车的声音发出鸣叫声，还突然说出了“爸爸回来了”这句话。

梦的真相由此露出了冰山一角。单身猿的父亲是一个攀崖爱好者，将自己的半生都投入到了攀崖活动中。单身猿出生那天，他父亲正在四川藏区的某座悬崖上攀爬。据单身猿回忆，在他成年之前，和父亲待在一起的时间加起来不足一个月。后来他父亲的腿摔断了，才从此待在家里。那年他 17 岁，便加入驴友的行列，外出的时间越来越多，越来越长。为了筹集经费，他在外省的建筑工地打了三年工，挣得的钱也使他回家顺便结了婚。婚后不到一个月，他又踏上了驴友的征程，他的孩子出生那天，他正单身进入藏区的一片无人区。

此时，仰卧在诊所躺椅上的他正在柯南医生的引导下做着自由联想："嗯，爸爸回来了……"柯南医生只重复着他的话。"不是爸爸，"他接着说道，"是、是一个老头儿，冒充我爸爸，我打不过他，我、我跑了……"

接下来，这种自由联想又进行了二十分钟，当柯南医生让他从躺椅上坐起来的时候，他揉了揉眼睛，有点恍若隔世的感觉。

柯南医生说："现在我给你提几个问题。首先是，你因 15 年的驴友经历在网上很走红，除了赞赏外，你听过责难没有？如果有，都来自哪些人？"

单身猿开口就说："骂我的人当然有的，网上的帖子多了，骂得狠的说我就是一只猿，更狠的说我连猿也不如，因为猿也要护着孩子。"

"你怎样看待这些指责？"

"我不在乎，我是一个独立独行的人。"

"独立独行？就是和众人不同吗？"

"是的，和众人不同。"

"好比是众人都穿了衣服，你没穿？"

柯南医生连续追问，让单身猿不再吭声，好像是对他的梦有了一点感觉。

"再想想，还有谁指责过你？"

"哦，哦，还有我老婆。"

"你儿子呢？"

"他，他今年才五岁，还不会指责人呢。"

"你偶尔回家时，你儿子想没想过，回家的是一个冒充他爸爸的人？"

单身猿一下子怔住了，这正是他童年的经历。他埋下头沉默起来。

过了好一会儿，柯南医生说：“现在我问第二个问题，你爸爸现在的情况怎么样？”

“他只能待在家里了，没什么情况。”

“嗯，在家里。”柯南医生说，“听你说，你家住在铁道附近，每当听见火车鸣叫时，你爸爸总会说一句什么话？”这个线索，是柯南医生在他的自由联想中听来的。

“他总会说，猿儿回来了吧。”

“你小时候，听见火车叫，有过和你爸现在一样的想法吗？”

单身猿震颤了一下，低头不语。

“知道你爸爸的盼望后，你会经常回家吗？”

“不会。”

“为什么？”

“因为我顾不过来。我还有很多驴友线路没走。”

“你认为你爸爸会在一次次的等待中反复失望吗？或者说，你自己在什么时候有过反复失望的感受？”

单身猿再次默不作声。几分钟后，他用手揉了一下眼睛。

“现在让我来讲一讲你的梦吧。”柯南医生平静地说，“你选择了一种与众不同的生活方式，而你对这种选择在内心最深处是否定的。因而当你以裸体的形象出现在梦中时，你才会有恐慌、羞愧的感觉。同时，你选择这种生活方式的动力，是因为这是你最痛恨并深深伤害过你的一种行为模式，当你的痛恨得不到宣泄、伤痛得不到抚慰和治疗时，你会选择相同的行为模式来伤害他人，以此宣泄从童年起就积压在你心中的痛恨。这叫以攻击性的方式实现童年没有力量实现的宣泄，是一种循环伤害。裸梦的出现表明你已陷入进退两难的困境，你需要一件衣裳，这衣裳就是爱，可是你从小就没有啊……”

这个30多岁的汉子抽泣起来，接着转为痛哭。

咨询时间到了，临走时，柯南医生对他说："怎样修复，接下来我们一起慢慢努力吧。"

事后，水车转转对柯南医生说："我真长见识了，在学校听课时，老师讲过这种非主观故意的循环伤害，由于它受无意识推动，所以特别强大。一个痛恨父亲酗酒的女儿，后来会找一个酗酒的丈夫，甚至包括某些车祸、谋杀等，都会在代际间传递，这种循环伤害的奥秘太深了。"

柯南医生说："是的，奥秘无边，所以需要我们这些人一代一代地努力下去。"

柯南医生有些累了。坐在沙发上静思默想时，突然将"循环伤害"的概念与白云深处联系起来。从她与父母的关系看，用这个概念还说得过去，只不过单身猿用的是顺向攻击，即以其人之道还治其人之身，而白云深处用的是反向攻击，即你不愿我做的事我坚决去做。但这个概念用于她的双重人格，则很难解释了，在这两个自我中，谁是伤害者谁是报复者呢？

因此，柯南医生期待着观察者网站举办的讨论会，并将到时全程观看现场直播。他想听听到会的专家学者对"白云深处现象"的见解，同时更想听听众多网友的议论，他预感到这些来自多方面的思维会对他有所帮助。

当天晚上，那厢有礼走进书房对他说道："乖乖小妹已经罢工了！除正常家务外，对女主人安排给她的整夜穿豆子的事坚决拒绝。女主人大动肝火，说女佣罢工是受男主人指使的。现在，两人的离婚已经闹到法庭，在离婚责任上，女主人指责男主人在手机里藏有女人照片，定是有外遇，而且与女佣合谋来伤害她；男主人指责女主人疑神疑鬼，有疑虑症、躁狂症，还对女佣有虐待行为。最后，两人都同意离婚，但财产分割又出了问题，女主人坚持认为对方有过错，因而要求占有大多数财产，只将男主人的汽车和女佣划归给他。这种划分让乖乖小妹很委屈，她向法庭提出申诉，认为不能将她归为家庭财产，可法院对她的申诉根本就没有理会，坚持将她纳入家庭财产分配是合乎法律的。现在，判决还没有下来，可男女主人和乖乖小妹三方都对媒体表示，决不会接受损害自己正当权益的判决。”

那厢有礼之所以讲了这么多，是想听听柯南医生对此的看法，以便让她的立场和“亲爱的”保持一致。因为银河系俱乐部正在号召广大机器人会员参与乖乖小妹的维权。俱乐部认为，按照合约，乖乖小妹是男女主人这个家庭的女佣，若这个家庭不存在，合约应自动失效，乖乖小妹可对她的去向做出自由选择。女主人则认为，乖乖小妹是她花钱从机器人公司买来的，理所当然是家庭财产。俱乐部反驳她道，父母对子女的抚养也花了很多钱，但不能就此说儿女是财产。

柯南医生听得有些头痛，这并不是他不关心法律问题，而是经历一整天咨询工作后，他有身心疲劳之感。当初之所以要那厢有礼为伴，就因为她是最好的安静后园。

此刻，柯南医生看着那厢有礼说：“宝贝，对这些事我暂时没有兴趣，现在是睡觉前，我该听你弹一段钢琴了。”

那厢有礼立即不好意思地一低头，温柔地说：“亲爱的，对不起，我这就去弹钢琴。不过我再问一句，这与你的专业有关。俱乐部的大数据系统已整理出了那个女主人10年来的言谈和行为异常，认为她患有精神疾病，因而对她包括离婚在内的民事行为能力提出质疑。亲爱的，你认为她患有精神病吗？”

柯南医生有点不耐烦了，他站起来说道：“这需要专业鉴定。那厢，我说过你应该弹钢琴了。”那厢有礼从没听过柯南医生的这种口气，她身子震撼了一下，眼泪都快出来了。“亲爱的，我做错什么了吗？”她惶然地说，“我这就去弹钢琴。”

悠扬的钢琴声响了起来，柯南医生坐在那里，听到的却是某种不安。

第二十五章

灵与肉

下午 2 点，柯南医生的诊所里异常安静。水车转转在学校上课，下午也没安排咨询，因为观察者网站的讨论会在下午 2 点半开始，这现场直播柯南医生是一定要看的。

由于自己的电脑出了点问题，柯南医生在水车转转的桌前坐下，打开了那台大屏幕的台式电脑。现在的信息终端多种多样。除电脑、手机外，在穿戴领域已被移动终端全覆盖，甚至女人包中的化妆小镜子，都同时是一部微型电脑。但要看视频，柯南医生还是喜欢台式大屏幕。

对水车转转桌上的这台电脑，柯南医生使用起来还不是十分流畅。这是一台当前最高端的电脑之一。当初按水车转转的喜好配置的。这种电脑又被称为“黑客训练营”，因为它具备强大的搜索和拆解网络屏障的功能。这种配备超级软件的电脑问世时曾引起很大争议。但网络安全的设备生产商和解决方案提供商很快出来安抚社会大众说，大家不用惊慌，对这种挑衅的矛我们已经有了可靠的盾牌。后来有人怀疑，这种矛和盾的提供者是同一伙人，这就是商业。

可是，在这台有些另类的电脑上，柯南医生竟一时没有找到观察者网站的现场直播视频。手忙脚乱之中，屏幕上却跳出了某某医院精子库档案的文件名，再往下点，出现了目录，分列着密密麻麻的精子存储日期和番号，再往下点，什么也没有了，空白屏上方出现的一排小字是：穿墙失败，尚未找到新的路径。

柯南医生愣住了，很显然，这是水车转转正干了一半的事！她想进入这家医院的精子库档案中干什么？

此刻，柯南医生来不及多想这事，因为观察者网站的现场直播视频已被他调了出来，画面上，讨论会即将开始。

会场上方，坐着分属社会学、心理学和传媒学的三位专家，主持人坐在侧面。会场下方坐着几十名白云深处的粉丝，他们分别穿着红、蓝两种颜色的服装分开坐着，有点像球赛看台上分属于两支球队的球迷。

主持人是一个儒雅的中年男人，叫牛眼看天下，人称牛哥，是观察者网络的铁嘴。讨论会开始，由牛哥致开场白——

"各位老师，各位朋友，下午好！我们正处在一个裂变的时代，一方面，我们为看见新的世界构成而欣喜，另一方面，我们又为原本优美的形态破碎而痛惜。众所周知，白云深处女士就是这种痛惜者之一。作为'恢复美好生活大联盟'的领军人物，她的思想和智慧通过演讲和专栏文章为她赢得了大量的拥戴者。同时，她的非常出众的容颜和身材，又将她的拥戴者扩大到偶像崇拜者中间。而近来，我们观察到这个偶像也正在发生裂变，在她的活动中，出现了不少与她的思想和主张截然相反的行为，这引起社会的广泛关注，也给她的拥戴者带来困惑和争执。因此，我们举办这样一个白云深处现象讨论会，是试图找到一把解开这纠结的钥匙……"

柯南医生喝了一口水，继续看着画面。

接下来，是几位专家学者的发言，柯南医生从中没有听见什么新意，再接下来，是由白云深处的粉丝展开讨论，这引起了柯南医生的兴趣。

首先站起来说话的是一个蓝衣女粉丝，她说："刚才，有专家提到白云深处在纸媒宣传活动中的演讲，认为她的演讲表达了对一种已经过去了的优雅生活方式的怀念，我完全赞同。试想，一个由阳光、咖啡、座椅和几张报纸组成的早晨，正是智慧和优雅生活的象征。"

"反对！"一个红衣男粉丝站起来说道，"我认为白云深处要宣扬的不是优雅，而是本能！大家应该还记得她在演讲中的穿着，她几乎是裸露着身体，仅用几张纸遮住羞处，这表明她主张的是一种更赤裸、更质朴的本能式生活。在这个本能被文明扼杀的时代，她的身体唤起了我们本能的欲望和追求。"

另一个蓝衣粉丝站起来说道："我只说一句，智慧与本能决定着动物种类的高下，因此，我为白云深处有这种只见本能的粉丝感到悲哀。"她的话刚一说完，蓝衣阵营就响起了一片掌声。

红衣阵营中站起来一个人反攻道："本能与情色是有性别的人类永恒主题。白云深处就是我们的情色偶像，这没有什么低级。大家还见到白云深处在电竞活动中扮演的地球美女吧，她用她充满诱惑的身体向外星人表明了，我们地球人为什么这样能繁衍……"

全场响起一阵哄笑声。

主持人站起来，待哄笑声慢慢平息后说："好，粉丝们的讨论暂且打住，下面进入另一个议程，与线上的网友互动。"

这时，场上的显示屏出现了一条网友跟帖，帖中这样写道："我向传媒学专家提问，刚才你提到白云深处用报纸遮体做宣传，是一种争取轰动效应的宣传手段，可是，这一行为却把大家对报纸的关注引向了对女人身体的关注，对白云深处的真实动机而言，她需要的是哪一种关注呢？"

传媒专家有点尴尬地笑了笑说："这位网友问到了一个人的动机，这跟传媒学无关了，还是请我们的心理专家来谈吧。"

心理专家摆了摆手说："要判断一个人的心理活动，需要大量的材料，仅凭这一件事，我只能说无可奉告。”

紧接着的网友跟帖是：“白云深处在演讲中几近全裸，这个事还需要专家来评判吗？这明明就是升高男人荷尔蒙的行为，和娱乐界的色情女星没什么两样，说什么宣传纸媒，只是幌子。”

接下来，网友的帖子之间展开了激烈的论争，“贱货”和“女神”的称呼在白云深处头上飞来飞去，引起了会议现场参与者一片“嗡嗡”的议论声，只有台上的几个专家显得很落寞，或许，这就是社会的金字塔结构坍塌后的景象。

在这一片洪水似的信息中，柯南医生注意到三条有价值的东西：一是一个网友宣称，他曾看见过白云深处在某个地方裸泳，什么地方，他不方便告诉大家；第二条信息是，一个网友爆料说白云深处现在正与一个男人同居，这与她宣称自己是独身主义者相悖；第三条信息是，一个女网友说她是白云深外的发小，在小学和中学都是同学，中学后才中断了联系。白云深处出名后，她去报社找过她，可白云深处竟然说不认识她，并否认她们在这个城里一起读过书。这个女网友在帖子中气愤地说，不管她今天因为什么走红，总之这是个背信弃义的小人！

柯南医生在座位上变换了一下坐姿，在这些信息中快速地搜索着与诊治白云深处有关的线索。只是他不知道，与此同时，与他有隔阂的谷子医生也正看着视频。

在精神病院医生办公室，谷子医生一直守着电脑在观看。其间有护士进来问他看什么，他不耐烦地挥挥手将护士赶走了。他观看这场讨论会的主要目的，是想看看有无更多的论据，表明白云深处有重大心理问题。他坚持认为柯南医生在白云深处身上小题大做，以便生造出一个学术成果。同时，对这场讨论会，他对白云深处是否会受到伤害有一点担心。当他发现自己心中的这种担心时，他明白自己已经喜欢上了这个奇特的女人。

一切从白云深处因出现自杀行为而住院开始。当白云深处从药物引发的昏睡中醒来之后，谷子医生惊奇地发现她的五官和面容犹如古典油画的圣女。谷子医生由此注意到她的妈妈颜姿，发现白云深处的五官就是她年轻时的翻版，只是一代更比一代强而已。

谷子医生对白云深处产生进一步的感觉，是从那次给她打针开始。当时，白云深处一听要在臀部注射，便坚决拒绝了，并说只有让女护士单独来，她才可能接受。这事让谷子医生很惊愕。说实在的，他从医以来从没见过这样的女病人。从那以后，白云深处的病房对他具有了奇特的磁力，他进去的次数更多了。他看着她，发现她穿着的那套条纹住院服是世界上最性感的服装，她汹涌起伏的身体线条甚至让他有点眩晕。

白云深处出院以后，因焦虑失眠，常来医院找他开药。他问过她为何不去门诊，她说我做过你的病人呀，找你开药我更信任的。这话让谷子医生觉得很受用。有一次，她说她背上痛，怀疑是不是腰椎出了问题。谷子医生让她做了几个弯腰的动作，又让她趴在诊断床上，在按压了她的脊椎并询问了她的感觉后，判断说没有什么问题。可她说不对，没问题怎么会痛，她要他看看她的腰椎处有没有紫青瘀血的现象。她当时穿着一件宽松的连衣裙，她说很方便的，只要把裙子往上推就行了。他照她的话做了。她肌肤的白光几乎把他的眼睛亮瞎。他看见她隆起的臀部上只有丁字裤的小布料。背上没有发现瘀青，整个小蛮腰结实而富有韧性。

这件事与当初拒绝他给她做臀部注射形成强烈的反差，谷子医生坚信，这不是她突然变得开放了，而是她喜欢上他了。谷子医生离婚多年，对如此美女给出的示好和信任，未免心生感动。

现在，谷子医生看着讨论会的视频，没有发现白云深处有重大心理问题的证据。网友有若干指责甚至爆料，谷子医生认为这纯属攻击甚至编造。人有名了都这样，什么乱七八糟的事都往你身上堆，网友也都图个热闹。

在谷子医生看见视频认为白云深处的心理并无大碍之时，柯南医生还在他的诊所里做着笔记。根据今天得到的信息，他记下了这样几个要点：第一，有网友说看见白云深处裸泳，又不愿说明裸泳的地方，这事真伪如何？与之复杂关联的是，在水手听大海的经历中，一个英文名叫玛丽的女人在远海的荒岛上有过裸游，这两件事会有关联吗？第二，一个白云深处的小学及中学同学说，白云深处现在拒绝说认识她，这是确认白云深处的记忆被篡改的新证据。今后有无必要联系上这个同学，根据需要再定；第三，有网友爆料白云深处现已和一个男人同居，这事可信度如何，需查证。如属实，了解这个男人的情况对探明白云深处的记忆问题有无帮助，需慎重考虑。

到目前为止，对白云深处这个咨询者，柯南医生做了上万字的医案记录，可对她的记忆篡改和双重人格问题，仍处在山重水复疑无路的阶段。他甚至让那厢有礼看了这些医案记录，希望借助她对大数据整合分析能力和深度学习能力，能提出什么新的发现。那厢有礼是他选定的代表着当今高智能的机器人太太，这也反映了他对老婆的要求：绝对的美、善良、体贴、性感，还有足够的智慧。

柯南医生做完笔记，外面的天色已暗下来，到了该回家的时间了。这时水车转转打来电话说，仍没和水手听大海联系上，他的各种信息渠道都处于关闭状态。今天下课后她和船长通了电话，船长说现在是旅游的淡季，水手已休假了，他也联系不上他。

柯南医生心里一沉，无端地想到水手听大海或许已上了那座荒岛，他将在那里待到年底的最后一天，然后投身大海……

第二十六章

无路可逃

夜半时分，白云深处从噩梦中惊醒，她又梦见蓝可儿在电梯里诡异的一幕。只不过半年多前她做这个梦时，梦里的自己是一个小女孩，在酒店走廊的暗处目睹了这一幕，而这次梦中，她自己却成为蓝可儿。她受到恐怖的追击，她跑进电梯按下了各个楼层的按键。可电梯门总是关不上，她无路可逃，在绝望的叫声中从梦中醒来。

她伸手按亮了床头灯，半坐起来慢慢地平息着恐怖情绪。她知道，这是她妈妈怀着她时看《蓝可儿谜案》电影带给胎儿的影响。想到这点，她的心跳渐渐地恢复正常。这是她接受柯南医生咨询的成果。柯南医生还对她做了脱敏治疗，所以此刻坐在床头回想噩梦时，她竟很快有了“你吓唬不了我”的感觉。

可是身体仍然有虚弱感，背部也隐隐酸痛。她走出房间来到客厅，给自己倒了一杯饮料。在这一瞬间，她突然对今夜的噩梦有了解释，这是因观察者网站举办的讨论会引起的。昨天下午，她在电脑上观看了现场直播，她感到自己真的赤裸着站在众人面前，她想不到有这么多指责甚至谩骂像雨点一样打来，她有一种被围攻、被追杀的感觉。所以，她做了这个梦，她记起了柯南医生说过的“压力和惊恐情绪形象化”，这个梦应该由此而来。

夜半的客厅寂静无声。这时，她听见楼上的房间里传来一个女人隐隐的哭声。这是太空侠的居所，一栋小别墅。她借住在楼下，楼上住着太空侠和他的女友。他的女友是电影演员，因为电竞俱乐部和影视界的联系，太空侠认识了她，并已相爱半年多了。这次，他的女友刚拍完一部影片回到他家里，为何在半夜哭泣？

白云深处离家以后，为了躲避父母的寻找，在几处女友的家里辗转寄住，但总出现这样那样的不方便。后来遇见太空侠，他一口咬定她是他的姐姐。在言谈中知道她的处境后，太空侠盛情邀请她住到了这里。此刻，听见隐隐的哭声后，她在客厅里犹豫了一会儿，还是选择了回到她的房间睡觉。

第二天，白云深处起床时已是上午10点左右。她走出房间后，看见太空侠的女友正一个人坐在餐桌边发愣。她面前摆着蛋糕、水果、沙拉和一杯咖啡，但看样子都没有动过。

太空侠的女友叫雨点儿，23岁，已拍过几部电影了。白云深处问她太空侠呢，她说他已上班去了。白云深处又问她为何不吃东西，咖啡都凉了，她说一点儿胃口都没有。

白云深处不便多说什么，便去厨房搞了煎鸡蛋、烤面包片等东西，又替她热了咖啡，然后坐下来和她一起用餐。

雨点儿勉强吃了点东西，然后又坐在那里发愣。

“雨点儿，你病了吗？”白云深处问道。

“唉，我也不知道，心里闷得很，还想哭。”雨点儿说，“刚拍完电影，剧组的人说我是入戏太深了。”

“入戏太深了，好啊！”白云深处说，“这样演出才更真。”

“白云姐，你不知道，”雨点儿说，“演这出戏真是难受极了。新片名叫

《无路可逃》，讲的是某一天人们醒来时，都早晨8点了还是一片漆黑，这种黑暗一直到下午才渐渐散开。然后，太阳升起，在当天晚上午夜后才渐渐落山。第二、第三天，这令人震惊的现象一直持续下去，科学家们发现，地球的自转减慢了！按这趋势，我们的白天和黑夜都将分别延得更长，几十个小时的白天接着几十个小时的夜晚很快会出现，再以后会怎样，没有人能够知道。我在戏中演一个金融家的女儿，住在100多层的摩天楼上，白天趴在窗口惊慌恐惧地盼着日落，然后又在漫长的黑夜中盼着日出。最后的结局是，当日出超过她等待的最大限度出现时，这位女子终于从摩天大楼上坠落而亡。唉，无路可逃，这种感觉在拍戏中就把我压垮了……"

雨点儿说到这里，突然站起来向卫生间跑去，白云深处听见了她的呕吐声。

这时，太空侠回来了。他说他去俱乐部打点了一下就急着回来了，因为雨点儿的状况让他放心不下。看见雨点儿从卫生间出来后，他立即心痛地用纸巾替她擦嘴角，并说你得去医院，昨晚就呕吐，一定是胃肠出了毛病。

白云深处说："我看她不是胃肠出了问题，是精神压抑，也许是抑郁了。"

凡是接触过心理医生的人，其实都在无意间懂得许多知识。白云深处就听柯南医生讲过，胃肠是人体中很敏感的部位，很多精神问题首先表现为胃肠反应，如恶心、呕吐、腹泻等。另一敏感的方面就是睡眠系统，有的反应患者一般会同时出现失眠。从昨晚到今天的情况来看，雨点儿都具备这些症状了。

白云深处的判断让太空侠吃惊，因为白云深处对看过心理医生的事一直对任何人都保密，因此太空侠对她的知识面表示赞赏。他说："我怎么就没有往这方面想呢？不过我还是有疑问，要说是剧情太压抑让她抑郁，但剧中另外的人怎么就没事呢？听她讲，另外的演员只觉得好玩，拍完戏还都哈哈大笑呢。"

白云深处说："这就是个体差异了。"

太空侠有点焦虑起来，继而开始大骂《无路可逃》这部电影是烂戏。“完全是胡编乱造！”

他愤愤地说：“地球自转变慢，人类就恐慌成那样吗？这编剧太没想象力了。白云姐，你不是扮演过新星球上的王后吗，那才叫艺术。人类总是会有办法的，这个电影的编导简直是弱智、脑残！”

太空侠发泄完了，雨点儿仍是很难受地低头坐在那儿。看来，他的发泄仅仅是一种自我减压行为，对解决问题没有作用。“这事怎么办？”他向白云深处问道。

白云深处说：“你是崇尚科学的人，该让雨点儿怎么办，你还不知道吗？”

“对，去看心理医生。”聪明的太空侠一拍额头说，“柯南医生，上次参加过我们的电影活动的那位，他扮演国王很臭，但在心理学界却是赫赫有名的。找他怎么样？”

看见白云深处没有异议，太空侠又说：“白云姐，你和柯南医生好像还比较熟悉，你带雨点儿去怎么样，让他重视点，别敷衍，咨询费嘛，照他的高标准收也可以。”

太空侠尽管才 25 岁，可身为电竞俱乐部的副总，说这话时真有点财大气粗的味儿。

当天下午，水车转转在接了一个很长时间的电话并做记录后，抬起头对柯南医生说道：“又有一个新的咨询者预约。”

柯南医生在他的位置上“噢”了一声。

“是白云深处介绍来的。”水车转转又补充道。

柯南医生一下站了起来：“这很好，”他说，“虽然现在该继续来这里的是她自己，但她能介绍人来，说明她对自己做过的咨询还是持认可态度的。”

柯南医生说这话，是因为他对谷子医生那方面一直有点担心。白云深处常去找他开药，而他如果认为对白云深处服药就万事大吉的话，那事情就糟糕透了。

水车转转将咨客的预约材料存入了柯南医生的文档。柯南医生看了一遍，除来访者的基本情况和主要病状外，这个叫雨点儿的来访者选定的咨询节奏是每天一次，每次一小时，她说她时间很紧，很快又要出去拍电影，她希望在20天内获得健康。柯南医生在此批注道，医生不能保证在什么时候让来访者健康，但症状会有所改善，并且对改善的程度也不能做出任何预料。这份材料将是和来访者签订咨询合约的主要内容，届时由来访者签字后生效。

水车转转看了柯南医生的批注后说："有的来访者，是把心理问题看成伤风感冒了。"

柯南医生笑起来，然后说："关键是，有的医生也这样认为，伤风感冒，有什么了不起，开点退烧药、抗过敏药，甚至来点抗生素，OK，问题就解决了。"

水车转转也"咯咯"地笑起来，笑过之后，她说："柯老师，明天白云深处会陪着她介绍的人一起来吗？"

"不知道，"柯南医生说，"如果她陪着来的话，你可以在另一个房间陪她聊聊天。"

水车转转点点头，然后递给他一张报纸说："白云深处又写了一篇专栏文章，发表关于机器人问题的，看得出她在忧虑很多问题。"

柯南医生接过报纸读起来。这篇文章的题目很大，叫《人类向何处去》，看得出是受她大学时读哲学的影响。文章的内容其实是机器人问题。文中列举了近来发生的机器人受虐待、受性骚扰、受袭击等事件，并由此引发了新的伦理、法律等问题。文中披露，服务业、制造业及不少领域的机器人正在酝酿一次大罢工，并声称对来自人的伤害，他们将启动一直按雇主要求而克制着的正当防卫系统。文章指出，机器人的身体能力远比人类强大，而智能系统也正在赶超人类，随着越来越多的机器人进入人类社会，一场无法预料的大危机将要爆发。最终是否会出现机器人统治人类的时代，这绝非仅仅是科幻电影的想象。

柯南医生读完文章后，面对水车转转投来的目光，一下子想不到合适的语言表达。这是一种微妙的尴尬，因为迄今为止，他都对机器人持赞赏和乐观的态度，不然他不会娶那厢有礼为妻。至于未来，如果说冲突和危机会因机器人引发的话，那也只是人类自身好斗而找到的借口。从历史上看，因食物、领土、信仰等引发的人类冲突和危机，其实都是人类本能和欲望的外化反映而已。

“这是一种焦虑。”柯南医生说，“而白云深处投身于这种时代焦虑之中，可以减轻她个人生命中的焦虑。如家庭问题、记忆问题、双重人格问题等，这些东西在她的意识和潜意识中形成的冲突和危机不可排解，而投身社会运动便成了一种暂时的自我回避。”

“哦，是这样。”水车转转说，“柯老师你是说，除了人的心灵，其他的事物都只是心灵的外化？”

柯南医生说：“我不知道。”他说这话的意思，除了表达对未知的尊重外，还有不愿继续这个话题的意味。

果然，柯南医生很快改变话题说道：“观察者网站开的那个讨论会你看了吗？”

水车转转说：“我当时在上课，没看现场直播。晚上调出来看了一遍。有网友爆料她裸泳和与男人同居，这件事很玄乎，不知柯老师你有没有想弄清楚真相的想法？”

柯南医生笑着说：“怎么，你又想干你的警察本行了？弄清楚这些事，对这个个案的继续进行当然有帮助，但我不想依靠外部的调查来解决。我想有一天，白云深处在这里，自动地讲起这一切。这才是心理医生的能力所在。”

第二十七章

秘密控制

雨点儿在柯南医生对面坐下来的那一刻，心里一下子轻松了许多。

在这之前，她对诊所看心理医生有点莫名的紧张，感觉像一个劣等生要去向一位严厉的老师交作业一样。因此，她非要白云深处陪着她去不可。白云深处说，咨询时是不能有第三者在场的，她说，你至少可以陪着我进诊所，再给医生打个招呼，这样我心里踏实一些。白云深处只好依从了她。

走进诊所，雨点儿意外地发现这里没有医疗机构的那种氛围。屋内的颜色是杏黄、棕色和一些浅蓝，质地很好的白纱窗帘低垂到地板上，将外面的阳光薄薄地隔开，映衬着沙发、茶几、软椅、小圆桌和桌上的花瓶，使这里像是高档会所的一角。空气中有花香和若有若无的音乐声，而屋角的一处自然景观，是两棵芭蕉的逼真再现。

更重要的是医生，这个 40 多岁的男人虽然一看就有权威感，但他面容温和，嘴角似乎有一种天然的笑意，而看着她的目光中，充满着信任。

这样，当白云深处离开她，医生伸手对她做了个“请坐”的手势时，她心里一下子轻松了许多。

水车转转给她送来一杯水，让她看了咨询合约并签字后便离开了。

“我们聊点什么呢？”柯南医生这句惯常的开场白，就像一辆长途客车出站的信号。

雨点儿愣了一下说：“哦，我有点抑郁，是因为拍一部电影引起的，有人说我是入戏太深。”

“嗯，抑郁？”柯南医生说，“先别给自己下结论。讲讲你拍片的事情吧，我对电影还是很有兴趣的。”

雨点儿已完全轻松了，要讲电影，她是开口就来。她慢慢讲起来。柯南医生一直专注地听着，不时点点头，仿佛正对着一个歌唱者时而打打节拍。

此时，在诊所的另一个房间里，水车转转正陪着白云深处聊天。本来，水车转转认为这是一个大好的机会，正好可以接触一些敏感问题。因为她知道柯南医生对白云深处这个悬而未决的个案并未放手。她正好可以借这次接触做一些事情。可是，柯南医生事前对她说，不可以接触到任何与咨询有关的问题。为什么？因为她今天不是来咨询，她只是陪朋友来这里而已。人的意识是微妙的，在这种状况下，和她谈任何心理问题效果都会适得其反，除非她自己主动说。那么，谈什么呢？柯南医生说，你们女孩子之间还没有话说吗？时装啦、时尚啦、电影啦、趣闻笑话啦等，总之越随意越好。

水车转转想不好柯南医生的用意，只好用“无为而治”来解释。

实际情形正如柯南医生所料，当水车转转走进房间时，白云深处已经在窗边看外面的景色，还像没睡醒似的打了一个呵欠。看得出来，她是无聊地等待，以便在一小时后陪雨点儿回去。水车转转走过去说道：“今天太阳很好，空气质量也还过得去。”白云深处说：“这是电动的功劳。不过，电子污染，你看不见。”这样，她们的话题就从电子、网络谈到数不尽的移动终端，谈话的位置也从窗边移到了沙发上。

坐在沙上的两个人其实都不善于闲聊，很快便没有话说了。水车转转便开始赞赏白云深处的长发，说长发好，既是古典美又是现代美。白云深处说，可这头发不断地掉，每天起床在枕头上都落有不少。想去脱发专科看看，可又有人说没有效果的。水车转转已判断到这是失眠、忧虑的结果，但又不便接触到这方面的问题。于是便轻描淡写地说，没事儿，也许是新陈代谢呢。

白云深处也无心多说，接下来又沉默。水车转转看见她胸前挂着一副墨镜，又没话找话地说："你戴墨镜好看，什么牌子的？"

白云深处突然做了个鬼脸说："我爸妈派人到处找我，我出门就靠这东西。上次在酒吧，多亏你救了我。"

"哦，"水车转转说，"这么久了，你爸妈还没放弃找你吗？"

"也许快放弃了。"白云深处说，"我得到的消息是，他们正商量着去定制一个机器人女儿。我爸一辈子搞电子技术，他信奉那些东西，我妈也被他说服了，说是拿我的照片去，可以做得一模一样。这个女儿守在他们身边，又听话，又孝顺。哈哈，我也快解放了！"

此时，在咨询室里，雨点儿已讲完她拍片的经历。柯南医生基本保持倾听的姿态，只在她讲到在摩天大楼上盼着日落又盼着日出和最后跳楼的情景时，柯南医生插话让她谈谈当时的感受。

"感受呀，要按导演的要求，和角色保持一致。"雨点儿笑了笑说。

"角色的感受是什么？"柯南医生追问道。

"绝望，"雨点儿说，"因为世界末日的阴影已经把她压垮了。"

"据我所知，"柯南医生说，"在拍片现场，每一场戏都很难获得一次性通过，导演得不停地要求重来一次，是这样吗？"

"那当然。"雨点儿说，"我这两场戏就反复拍过10多次。"

"在反复拍摄过程中，除了角色的情绪表演，你自己有没有什么感受？”柯南医生紧追不舍地问。

“哦，”雨点儿说，“烦躁！还有焦虑。让我表演趴在窗口盼日出日落时，表情非常复杂，导演说我演得好，其实我是对这拍片老没有完而心烦意乱。我希望导演喊‘停’时就是结果，而不再是重来。所以，当我演到跳楼时，我心里更是有种义无反顾的感觉，也想这一跳就结束了。结束了，人也就轻松了。”

“可戏拍完了，你怎么没有轻松？”柯南医生又问道，“你说到现在还会在夜里哭醒。”

“那是做梦。”雨点儿说，“我老梦见我在窗口盼着日出日落，而心里对地球自转变慢带来的世界末日充满恐惧。”

柯南医生停顿了一会儿，然后温和地说：“我想听听你父母的情况。”

这时，在另一处聊天的水车转转和白云深处因漫无目的地闲聊，已经聊到了身体保养方面的话题。白云深处称赞水车转转身体好，各处的肌肉都很结实，水车转转说，这是我从小练武，后来又当特警的缘故。

“你当过特警？”白云深处十分震惊地说，“要破案，要打斗，还要智勇双全，像电影里那样，是不是？”

白云深处此时的状态有点像个孩子，这是一种缺乏安全感的过度表现。

水车转转笑着说：“没电影里那样神，但特警当然都是有些本事的人。”

白云深处不说话了，低下头去，但看得出来她情绪波动很大，像是在考虑什么重大问题。

过了好一会儿，白云深处抬起头来，看着水车转转说道：“水车，我比你大一些，叫你水车妹好吗？”

水车转转愣了一下，但立即意识到一个人这样开口时，一定是有重大的事要讲。

于是她说："好啊，要不是工作关系，我早该叫你白云姐了。"

白云深处缓了口气说："水车妹，我要告诉你一件重大的事，这就是有一个秘密组织一直在控制着我，他们总让我做一些我不愿意做的事，但我没办法反抗他们。"

水车转转的脑袋里"嗡"的一声，紧张地问道："这是个什么组织？"

白云深处说："我不知道这个组织的名称，但他们太强大了，而且专横！"

水车转转猛然想了那个所谓的猎头公司，他们曾要白云深处与女优公司签约，并派人来诊所要挟柯南医生协助。想到这里，水车转转的嘴角有了笑意，仿佛再次看见那两个蛮横的家伙被她打得落花流水的狼狈相。

"是那个猎头公司吗？"水车转转问道，"他们怎么控制你的？"

"猎头公司？"白云深处怔了一下说道，"不是，他们没那样厉害，他们曾经要介绍我去拍色情片，我拒绝了，他们也没有办法。"

"那是个什么组织在控制你？"水车转转已经急不可耐了。

"我真的不知道。"白云深处惶恐地说。

"他们要你做什么？"

"做我不情愿做的事。"白云深处说，"比如，以前那次纸媒宣传的演讲会，他们不让我穿衣服，只用几张报纸来遮身。他们还让我买了不少我不喜欢的衣服在家里，什么丁字裤情色内衣啦，黑丝袜超短裙啦等，并时不时地命令我穿着这些衣服出去；还有那次电竞活动中，我扮演的地球美女本来是穿了衣服的，可他们却把我全身的衣服都撕碎了，仅留了一点布条在我身上。这样的事还有不少，他们控制着我，我没有办法反抗。水车妹，你能帮助我吗？"

这是怎么回事？水车转转完全愣住了。

"他们这样控制你，有什么目的？"水车转转困惑地问道。

"什么目的，我不知道，"白云深处说，"他们就是觉得我应该那样做。"

“他们怎样和你联系？”水车转转开始捕捉线索了。

“需要时，他们就发信息给我。”

“你存有这些信息吗？”

“没有，这些信息无法保留，并在我收看后几分钟自动删除。”

水车转转皱了皱眉头，这时，她看见白云深处在整理衣领时那副墨镜放在茶几上，便拿过来看了看，这是一副变色眼镜，镜片可以变换为墨色、浅蓝和白光。镜框上有一排触摸式电子功能按钮，也许还可以调剂近视、远视和平光。总的看来，是一副比较老旧的墨镜，比起已流行的具有通信、视频和摄像功能的墨镜来，完全不在一个档次上。

白云深处说：“这墨镜没多少功能，一个朋友送的，凑合着戴吧。”

水车转转将墨镜还给她后，言归正传：“你要我帮你什么？是协助你摆脱那个秘密组织对你的控制吗？”

“这、这……”白云深处显然自己也没拿定主意，她想了想后说，“水车妹，你当过特警，你能在关键时刻帮助我就行了。现在先就这样过着吧。”

看来，这是一个蹊跷而敏感的事件。水车转转起身去自己的办公桌取了个小东西送给白云深处，并说：“这是一个化妆盒，可以化妆用。重要的是，用它可以随时随地联系上我。那个组织以后再给你发信息，你可以用它接收，它对任何飘忽式信息都有强制储存功能。”

白云深处一边感激地点头，一边把这宝贝放进了包里。

这时，传来轻轻的敲门声。看来，柯南医生对雨点儿的咨询已经结束了。

第二十八章

夜里的事

傍晚，林荫道上走来一个戴着宽檐帽、拄着手杖的男子，这是柯南医生在进行晚饭后的散步。散步对他有两种功能：一是放松身心，二是可以对一些复杂问题做飘忽式思考，这种思考有点像接受咨询者在自由联想时的状态，思维是非逻辑的，不连贯的，但却往往有意外的收获。

此刻，有个词汇在柯南医生脑子里飘忽，一个是“机器人女儿”，一个是“秘密组织”，这是在白云深处身上出现的最新情况，前者预示着她和父母的关系将出现进一步的危机，后者表明了她身内身外的处境陷入新的诡异和暧昧中。

柯南医生在很浓的暮色中走着，一些词汇像远远近近的落叶在空中飘忽、旋转，然后落入半明半暗的草丛中。“秘密”“组织”“女儿”，原有的词汇被他拆散后，对应出另一些词汇来，如“潜意识”“结构”“虚拟化”“生命”等。他慢慢走着，并不刻意思考什么。

突然，一团毛茸茸的东西撞到了他的腿上，是一只好看的牧羊犬。一个年轻女人跑了过来，一边喝住那狗，一边做出鞠躬状对他说：“先生，对不起。”

尽管在暮色中，柯南医生还是注意到了这个女子清亮、柔和的眼神，与那厢有礼有些相似。人类的眼神本该是这个样子。但是由于精神的磨损以及锈蚀，如今已黯淡了许多。

柯南医生继续往前走，他想到白云深处的父母如果真的定购回一个机器人女儿的话，就会是刚才那个女子的样子，眼神清亮，行为孝顺，傍晚时出来遛狗。如此一来，白云深处算什么呢，她将由主动离家，变成被父母所抛弃。

柯南医生心情有些沉重，他预感到人们将产生越来越多新的心理问题，而对这些问题的处理将超过他现有的知识边界。

夜色已经降临。这时，他的手杖上端突然亮起了一点小红灯，这是对附近有人的情绪处于危急、暴烈或暴力状态的感应。他停了下来，在幽暗的树荫下抬头望去，看见前面不远处的一幢房子前围了不少人，他有些吃惊，不知这家珠宝店出什么事了。就在他走向那幢房子的时候，有警车响着警笛到了现场。

现场的情况是，老板娘带刺玫瑰正在激烈地向众人讲着什么。她的外套已被撕破，头发凌乱。店门口，一块一人多高的木牌已被砸成三段。警员正在把那木牌拼凑起来，并且拍照。柯南医生看见那木牌上写着的大字是：机器人谢绝入内！听老板娘讲，刚才有辆车突然停在店门口，从车内出来三个人，两男一女，其中一个男的一脚踹倒这木牌，然后把它踢成了三段。老板娘冲出店来干涉，被那人轻轻一推便摔倒在地上。然后，那伙人上车扬长而去。老板娘肯定地说，来者是一伙机器人，简直要翻天了，这社会还有法律没有？！警察在现场拍照，听她讲述、做笔录、签字。然后说了句“等待调查”便离开了。老板娘对着警车离去的尾灯骂道：“浑蛋，你们拿纳税人的钱就会敷衍了事？”

这天夜里，柯南医生出现了少有的失眠。他下了床，望了一眼睡美人似的那厢有礼，便轻轻出了房门。他给自己兑了一杯奶茶，然后在书房里坐下。他在电脑里调了白云深处的医案材料，他想从中发现是否有高科技手段介入人的神经活动的证据。因为据水车转转判断，白云深处声称“有秘密组织控制着她”，这事看似荒谬却不是没有可能。并且，水车转转还判断说，控制白云深处的工具很可能就是那副墨镜。那副墨镜看似老旧，却不排除具有影响人的神经活动的功能。这种影响可能对人的意识做出某种指引，从而出现让人不得不做的行为。白云深处在讲述被控制时，老爱说“我没法反抗他们”这句话，也可感觉到这绝非简单的人对人的控制。

当时，水车转转做出这些分析，是在白云深处和雨点儿离开诊所以后。柯南医生开始时完全不能接受这种看法。他笑着说：“水车，这里是心理诊所，可不是警局啊。”

心理医生和警察的最大区别，在于面对个案时，心理医生是从拼接人的精神图像入手，而警察是从搜寻人的外部逻辑开始。所以，对白云深处阐述的“被秘密组织控制”，柯南医生认为这纯属她无意识中的一种自我保护。因为这样一来，与她惯常的理念相悖的裸露甚至是情色行为都可以得到理解，而她双重人格中的争斗也可取得某种缓解。

而水车转转认为，从现在已掌握的情况看，白云深处现在住在太空侠家里，而太空侠此前坚称白云深处是他失散多年的姐姐，并诱导她参与了网游《星际历险》为内容的电竞活动，这个活动导致了这个网游的收入直线上升，而这与白云深处促成的轰动效应直接相关。这可以看作是控制白云深处的商业逻辑。在这之前，有猎头公司不惜代价地要让白云深处去拍片，其行为属于同一个逻辑。商业界为什么都看中了白云深处，因为在情色经济中，造一个女星越来越难，这与女星泛滥和受众的审美疲劳有关。因而，从政界、学界等严肃领域中发现有影响力又有高颜值的女人跨界进入娱乐业，就成为娱乐界造“星”的新路径。白云深处作为保守运动的领军人物，当然成为被跨界发掘的对象。从白云深处说她在纸媒演讲时就受到控制来看，这个电竞公司对她的介入很早就开始了。他们先让她在保守运动中以出格的方式引起轰动，这只是培育明星的开始。当然，要让白云深处做这些事是很难的，猎头公司的失败就是一个证明。因为她是一个有智慧、有信念且有意志力的女人，电竞公司走的是高科技路线，水车转转怀疑除墨镜之外，不排除还有另外的工具。

水车转转的一大通分析合乎逻辑，柯南医生有点犯晕。说实话，在心理学和精神分析学之外的许多领域，柯南医生不能说不懂，但说懂也只能是外行。

看见柯南医生将信将疑的样子，水车转转笑着说："柯老师，我是斗胆献拙了，说的话离题千里。不过我给了白云深处一个化妆盒，这是个高端的移动监控器，等我掌握了他们控制白云深处的直接证据，真相就会大白了。"

此刻，在深夜重读着医案的柯南医生，仍有些心烦意乱。靠某种电子工具控制人的神经甚至行为，这可能吗？昨天离开诊所前，他让水车转转在网上查过了，没有，全世界都没有这种东西。不过水车转转说，有些产品违反法律，不排除秘密销售。

好吧，姑且算有这种东西，它可以进入人的大脑发号施令。但是，白云深处被篡改的记忆怎么解释？难道说，他们在更早更早之前，就把袁圆圆和玛丽两个女人的记忆取了出来，然后注入白云深处的大脑中，利用这两个女人的性感放荡来改造她？

柯南医生笑了，以一个神经外科医生出身的他对神经学的了解，至少在所能看见的未来，要做记忆移植只能是一个科幻想法。

柯南医生一下子轻松了，他认为白云深处所谓"被秘密组织控制"的判断完全正确，这是无意识对她的一种自我保护。因为双重人格导致的行为异常，已经使她无法自拔，无意识的这种保护，相当于隔在神经崩溃前的一道防火墙。

柯南医生忍不住用拳头在书桌上轻轻擂了一下，对白云深处这个个案，他决心按自己的思路去做。除非水车转转的跟踪监控器能对被控制和记忆篡改提出铁的证据，那他愿意认错并承认一个医生的有限性。

他目前的想法是，在雨点儿这个个案上得迅速突破。因为雨点儿和白云深处住在一起，如果没用任何神经类药物的雨点儿在他这得到改善以至清除症状的话，对白云深处是一种有力的提示，那就是，回到诊所来拯救自己。柯南医生相信，再难的个案，只要来访者不离开诊所，就总会有办法的。

在接下来的几天中，柯南医生对雨点儿的咨询特别用心，可心理咨询这东西，靠急是急不成的，柯南医生总认为进展不大。令人深感欣慰的是，雨点儿自己对咨询很满意，第一，她不用白云深处陪着了，有主动想来诊所的感觉；第二，从没有人这样耐心听她讲自己的心情，每次倾诉后，她都有一种轻松感；第三，她越来越相信自己的抑郁问题能够在这里得到治疗。

这就是心理医生的能力，和来访者取得良好的互动是重要的一步。柯南医生从雨点儿的讲述中捕捉到一个关键因素，这就是灾难等待、反复等待。虽然这只是电影中的剧情，对角色体验感很强的演员来说，在剧中和剧后沉浸在角色的情感体会中本属正常。但是，凡事不能过度，就像在遭遇家人去世、重大挫折等事件时都会出现激烈情绪反应一样，但这种反应的程度和时间长度远超过常人，并出现神经性症状时，就应视为异常了。雨点儿就属于后者，拍片结束已经一个多月了，她的焦虑、绝望情绪不但没有减退，反而越发严重，并引起失眠、呕吐等神经性症状。毫无疑问，这是一种创伤性反应。也就是说，来访者在此前的经历中，也受到过类似的伤害。而这种伤害沉淀在她的无意识中，拍片的体验触发了这种早期体验。

然而，在雨点儿讲述的家庭关系和成长经历中，一直没找到曾受过类似伤害的影子。她的父母视她为宝贝，从没对她有过粗暴行为。在学校里她是个好学生，一直受到老师和同学的喜爱。在她的家庭成员中还有弟弟和奶奶，这是极容易出问题的两个缺口。比如，如果父母重男轻女的话，这个女孩会受到压抑和不公正待遇。再如，奶奶如果年老体弱经常生病的话，这个女孩也许会有守护病人的经历，而守护中的漫长和对死亡的担心，会让女孩有焦虑，甚至绝望情绪产生。以上是柯南医生在咨询实践中的经验，然而运用这些经验对雨点儿进行询问时，得到的全是正面的回答。父母没有重男轻女的倾向，奶奶也很少生病，有也只是一点小毛病。

在对雨点儿的自由联想中，她说得最多的词汇是“生日蛋糕”“妈妈说我乖”“弟弟今天没捣蛋”等词汇。看得出来，这是一个在成长经历中一帆风顺的女孩。但柯南医生坚信，精神分析原理的准确率至今是百分之百，一个没有童年创伤的人，不可能仅仅因受到拍戏的感染而出现这样的症状。人的记忆不是一个照单全收的内存，它像筛子一样有选择性，人都会筛掉一些，保留一些。而心理医生要寻找的，就是这些被筛掉的东西。当然，这是一种很难的寻找。催眠、自由联想，都是引导人往筛子下面看。

这天，在柯南医生对雨点儿的第11次咨询后，外面下起了入冬来的第一场雪。柯南医生问她怎么回去，她说坐地铁。柯南医生说我正要去参加一个学术会议，就用我的车先送你回去吧。

雨点儿随柯南医生上了车，很快，这辆浅蓝色的无人驾驶汽车已混入了这个城市如蚁的车流中。走了一段路后，坐在后排的雨点儿突然说：“柯医生，能把车窗开一点缝吗？”

柯南医生将一面窗降下了一点，没想到风很大，一下子将车内的暖气冲走了，冷气直往人的脖颈里钻，让人打了一个寒战。

柯南医生只好将车窗重新关上。又走了一段路，雨点用怯怯的声音说道：“不好意思，还得请你开一会儿车窗。”柯南医生回头一看，雨点儿脸色发白，说话时嘴唇也有点颤抖，像憋了很久要晕过去一样。怎么回事，这车有良好的空气循环系统啊。

柯南医生赶紧降下了车窗，在寒风猛烈地拍打中，雨点儿突然叫了一声说道：“啊，我是害怕，我想起来了，我在校车中被关了一整夜。”

雨点儿断断续续地讲起了这件事。那年她三岁，刚进幼儿园不久，一次外出活动返回幼儿园时，她在车上睡着了。由于她个子很小，又坐在最后一排，下车时没人注意到她。她上的是住宿制幼儿园，当晚由于带她的老师生病临时换人了，她的行踪竟然被阴差阳错地忽视了。她在车上醒来时天已黑了。她拍打着车窗喊叫，外面一片漆黑，没有人出现。她害怕极了，喊叫、哭泣，最后又睡着了。醒来仍是黑夜，她仍是喊叫、哭泣。她觉得嗓子都快哑了，她趴在窗口，眼巴巴地等待着天亮，等待着太阳出来，那时，开车的叔叔就会上车来了。她是在第二天早晨8点钟被发现的，她听见有人说幸好这驾驶员的车窗留有一道缝，否则这孩子就危险了。幼儿园的老师们吓坏了，她们抱着她，给她喝葡萄糖水，给她巧克力和绒毛玩具，并不停地说，乖孩子别哭，乖孩子要坚强。那时，她多么希望看见妈妈，并扑进妈妈怀里大哭一场。可是，害怕担责的幼儿园园长没通知家长，竟然把这事隐瞒过去了。

柯南医生听到这里时异常震惊。发生这样的事，妈妈的怀抱和孩子以痛哭对恐惧尽情宣泄是首要的事，接下来，应由心理医生对孩子做至少三个月的应激治疗。然而，对人的心灵的无知和避责心态，竟然使这些人做出如此不可原谅的愚蠢行为！

雨点儿讲述这事时，泪水一直在眼圈里打转，讲完之后，便伏在座位靠背上抽泣起来。“那一夜我好害怕呀，他们太坏了！”她在抽泣中念叨着，慢慢转为痛哭。

人生尤其是早年的一些创伤，有的被潜意识的石头压住了，心理医生就是帮助来访者搬开这块大石头，待石头慢慢松动之后，被压住的创伤往往会以意想不到的方式突然出现。

柯南医生长长地了出一口气，当雨点儿明白她现在的症状仅仅是在重现童年未曾充分表现过的情绪时，她的健康已经指日可待了。

第二十九章

梦魇

白云深处终于回到了诊所，但原因和柯南医生的预料并不相同。尽管雨点儿通过咨询已有了如获新生的感觉，并且没服任何神经类的药物就完全消除了呕吐，失眠和焦虑也减轻了一大半，但白云深处对咨询的这种功效本来就认可的，不然她不会介绍雨点儿来咨询。对她而言，咨询能解决的问题都解决了：比如胎儿时受到的母亲恐惧情绪的影响，还有就是她有过的自杀行为，原因是她在婴儿时死去的姐姐留给她的死亡冲动。这些极大、极深的问题柯南医生都协助她厘出了头绪，让她从恐惧和无意识的牵引中走了出来。因此，她对心理咨询和柯南医生是充满信任的。至于她还有的症状，如焦虑、失眠并引起腰病、脱发等，她认为这不是咨询可解决的问题了，因为这一切都是那个秘密组织控制着她的结果。

引发白云深处重新回到诊所，是因为最近她的头脑里老听见一个女人的说话声。这种事发生在她早晨刚醒来的时候。开始她以为是外面有人说话，可事实上雨点儿和太空侠都还在楼上并未起床，她慢慢分辨出这女人的说话声是在她头脑里响着，叽叽咕咕地说个不停，但始终没法听清楚说的什么。她去找谷子医生开药时讲到了这件事，谷子医生很震惊地说这是幻听，并建议她立即住院治疗。在这之前，谷子医生已邀请了她最近一起去做一次旅游，并在通电话时称她为“小鸟儿”，她问他为啥这样称呼，他说白云深处自然有鸟儿嘛。这一刻，由于幻听出现，再联系到她前面因自杀行为住院的经历，这才使得他如梦初醒般地惊出一身冷汗，他不敢面对她已出现了精神分裂的前兆，但他自己猛醒，将医患关系变成恋爱关系是多么愚蠢的行为。

白云深处拒绝了住院，是害怕精神病院的气氛，害怕各种药物和注射，害怕像躺在空舱里的机械治疗。当然，谷子医生的话，使她深感幻听的严重性，于是，她再次向柯南医生求助。经过重新预约并制定咨询安排。她来到诊所时已是今年的最后一天，2046 年 12 月 31 日。她去诊所的路上，这个城市已充满着迎新年的气氛。

来到诊所的时候，柯南医生和水车转转正在电脑桌前忙碌。柯南医生让她稍坐，说手上有点事做完后再开始咨询。

此时，水车转转正和船长视频通话。船长说：“没法联系上他啊，鬼知道他去了哪里。”

水车转转说：“传给你的那封信，你看了吧。我们认为他今天很可能会自杀。”

船长哈哈大笑说：“别把那封漂流瓶信当真了。水手听大海写不出那种东西。玛丽当初也没喜欢他，他凭什么去死呢。”

水车转转说：“这事一下子说不清楚，无论如何，还是应该有人上岛去看看。”

船长说：“我的游轮现在还在港里，新年之旅的航程下午才出发，到那荒岛附近时再快也得两天之后了。不过我说，你们搞心理学的是不是有点神经过敏呀？我了解水手，他不会干那种蠢事。”

水车转转说：“船长，我现在不和你争辩了，但无论如何，想法解决好不好？”

船长无可奈何地说：“这样吧，我去联系一下，看有没有货轮今天经过那片海域，如有的话，到时我会请别人帮忙查查看。”

坐在一旁的白云深处听着这些话，想起了在书信展上展出的那封信件，柯南医生当时就很重视，还复印了一份带走。按照这写信人所称，他将为所爱的女人不再出现而在今年的最后一天自杀。想到这些，头脑里有一种云雾飘飞的感觉，还有一种突发的难受，好像这个写信人是她的朋友似的。不过她明白，此人和她没一点儿关系。

在咨询开始前，她将这种感觉随口讲给了柯南医生，并抚了抚胸口，表示有一瞬间仿佛在为一个朋友难受。

柯南医生不惊不诧地说：“哦，是吗？这人是否是你的一个朋友，如果你以后记起来了，告诉我一声就行。”

柯南医生没有对她说，以前在对她做的梦境测试中，她曾经和这个写信人一同出现在海岛上，这是她被篡改的记忆中的一部分。对这些事不能逼问，因为这会让她的无意识的盖子捂得更紧。只有给她轻松自如的意识空间，才能从各个侧面缓慢地去接近那谜一样的真实。

咨询正式开始后，柯南医生详细了解起她的幻听状况来。首先，幻听的出现有严格的时间性，即只有早晨刚醒来时出现，大约在早上五点至六点之间，这种早醒性睡眠，是焦虑症患者的普遍特征。

“听见说话声时，你确认你当时是醒着的吗？”柯南医生问道。

“当然，”白云深处说，“因为我还看见晨光已把窗帘映白了些。”

柯南医生提出这个问题，是想先对“幻听”做出确认。因为人在意识清醒的时候听见了莫名其妙的声音，那才叫幻听。而白云深处发生幻听的时间，难以证明她的意识已完全醒来。她若处于半梦半醒之时，那常常是容易发梦魇的时候。如此一来，她听见的说话声，并非幻听而是梦魇感受而已。弄清楚这一点至关重要，因为如果真是幻听的话，谷子医生建议的住院治疗将是明智的选择。对学术异常严谨的柯南医生，在医疗判断上从不带个人成见。

柯南医生立即对白云深处做了一次短短的梦境测试。在白云深处被从催眠状态中诱导到半醒的时候，她睁开眼睛向左侧看了一眼，然后又垂下眼皮，处于半睁半闭状态。柯南医生随手从茶几上拿起一个橘子来，在她眼睛的几个方向晃动，柯南医生发现她的视线没有跟随橘子移动。

这时，一直没出现画面的梦境再现仪上出现了一片闪烁的光斑，接着发出“咕噜咕噜”的轻微声音。在声音的持续中，屏幕上的光斑变成了一串串水泡，这些水泡不断升起又破裂，配合着“咕噜咕噜”的声音，这是仪器的智能系统在对声音做出形象的表现。

测试结束后，白云深处证实她刚才又听见了说话声。柯南医生长舒了一口气，这不是幻听，而只是梦魇。只是，人在梦魇中大脑会有缺血情况，而测试仪刚才对她大脑供血状况的反应是正常。这种非典型性梦魇的个案柯南医生曾遇到过好几例，但这种状况仍属梦魇范围，毫无疑问。

柯南医生之所以长舒一口气，是因为对白云深处的咨询又可以继续深入下去了。这之前，她声称的“被秘密组织控制”，就被柯南医生怀疑为幻觉，但是否是幻觉尚得验证。如果这次幻听被证实的话，那结果真是很悲观了。因为幻听表明一个人的自我意识在走向分裂，而对丧失自我的分裂患者来说，心理咨询只能暂时望洋兴叹了。

这次的咨询时间所剩不多了，柯南医生抓紧时间问道：“你听见一个女人的说话声，当时的感觉是熟人还是陌生人？”

“这个……”白云深处努力回想着梦魇中的感受，“感觉是陌生人。”

“对这陌生人的说话声，感觉是想听清楚她说的什么，还是不想听，想逃避？”

白云深处肯定地说：“不想听，想逃避，因为有点害怕。”

咨询时间到了，柯南医生似有所得地点点头说：“今天就到这里吧，下次我们接着聊。”

白云深处走后，水车转转指着电脑说：“我给她的化妆盒，至今还没有实货呢。”

柯南医生明白她的意思是说，她给白云深处的那个信息监控器，至今没发现她被秘密组织控制的证据。这让相信白云深处被电竞俱乐部控制的水车转转有点沮丧。她说：“被控制，是一种妄想吗？”

柯南医生仍然平静地说：“我不知道，往下走走再看吧。”

晚上，柯南医生将今天的咨询情况并入了白云深处的个人医案中，他坐在电脑前，心里有一闪而过的紧张感。要抓紧时间，他在心里念叨。今天虽说排除了白云深处的幻听，可是她自称被秘密组织控制的事，真还不排除是一种幻觉式妄想，这种现象正是精神分裂的前兆。令人稍感欣慰的是，到目前为止，对白云深处的测试指标中，她的自我意识还不错，在思维能力上，还显示出强大的动力，这些东西为咨询提供了基础和保障。

在关闭电脑前，柯南医生发现电脑左下方留着一个窗口，点开来看，是银河网。这个由银河系俱乐部主办的机器人网站，看来正消耗着那厢有礼在家时的闲暇时光。今天网页上的头条新闻叫《女佣变太太》，讲的正是乖乖小妹的事。据报道，乖乖小妹的男女主人离婚后，这个机器人女佣以家庭财产性质分给了男主人，男主人决定娶她为妻，目前已带着她启程远赴德国，去她的机器人公司做系统更换。公司已保证，经过系统更换和升级后，乖乖小妹将成为当今最优秀、最迷人的机器人太太。男主人在启程前接受来访时表示，他已经对过往的婚姻彻底失望。他说：“猜疑、唠叨这些看似夫妻生活中的瑕疵，可以让人的心长出脓包来的。我对此已厌烦透顶。感谢上帝给了我对第二次婚姻的选择，我相信我的选择将带给我终生的幸福安宁。”网络还配发了他们行前在机场的合影——两人站在舷梯旁，乖乖小妹妩媚地靠着男主人，脸上流露着幸福感。

这时，柯南医生感到一只轻柔的手放在了自己肩头，是那厢有礼凑到桌前来了。

“亲爱的，我已经在留言中为他们祝福过了。”那厢有礼在他身边轻轻说道。

柯南医生“哦”了一声，将转椅转过来对着那厢有礼说：“你不是答应过我要少看这个网站吗？现在由机器人引发的社会纷争很多，而你生来就是一颗宁静之心，可不要受这些纷扰呀！”

那厢有礼“嗯”了一声，一屁股坐在他的腿上，用手搂着他的脖子娇嗔地说：“就看了一会儿，一会儿嘛，比你喝一杯咖啡的时间还要短。我不会受干扰的，我的心像井水一样安宁。亲爱的，我向你保证，我实际上就只看了十分钟……”

那厢有礼一边说，一边还用两根手指比画了个“十”的形状，这种幼儿园小孩动作一下子把柯南医生逗乐了。他笑着说：“好，好，你快站起来，我的腿要被压麻了。”

那厢有礼又娇嗔地“嗯”了一声说：“我背上痒痒的，你替我搔一搔，我就站起来。”

柯南医生只好把手伸进她的衣服里，在她背上搔了搔说：“行了吧？”

那厢有礼站起来，一边笑一边说：“你给我搔了背，你想我怎样奖励你呢？这样吧，我去给你兑一杯咖啡来，如何？”

那厢有礼去厨房了，柯南医生转过转椅来重新对着电脑，他的手上还留着她背上柔滑的肌肤感。

这时，银河网上的另一条消息引起他的注意，这条消息的标题是——《珠宝店老板娘静坐喊冤》，消息称，某珠宝店老板娘带刺玫瑰因店门口的提示性木牌被砸，警方调查迟迟没有结果，便邀约一些支持者到警局门口静坐示威。警方在这之前的回应是，此事虽属治安事件，但受损方亦有过错，因为“机器人不得入内”的提示牌涉嫌歧视性用语，已经与法律相悖。而砸牌方虽为机器人，亦负有反应过激损坏物品之责，警方建议由市场管理部门召集双方协商解决此事。警方的回应引起带刺玫瑰的不满和反对，坚持应按照违法处理此事。

此报道还配发了银河网的短评。评论认为，珠宝店老板娘带刺玫瑰因和丈夫离婚后，迁怒于机器人太太，进而迁怒于所有机器人，并在店门口摆出涉嫌违法的歧视性提示，这种无理性、无自信、无操守的行为，理应受到社会的指责。

这篇短评，可以看出银河网的态度，不过评论中同时也告诫了机器人朋友，遇事应依法行事，切不可学习人类的暴力行为，否则将引发难以预料的混乱。

这个事件，报道评论之处仍有配图，从图片上看，带刺玫瑰正坐在警局门外的草坪上，周围有十多个支持者，基本上全是妇女。她们拉的横幅上写着这样一些标语：“保护商家利益，惩治不法之徒！”“机器人滚出这个城市去！”“机器人太太是妇女的梦魇！”等。

看到这些，第一次上银河网的柯南医生有些震惊，同时感到自己和同行们都任重而道远。因为，带刺玫瑰的偏激行为，来自离婚形成的心理伤害，当时她如果能及时看心理医生的话，就不会成今天这样了。同时，高智能的机器人对人类有着极强的模仿，如果人类的心理和行为被它们大量吸收的话，在不远的将来，为机器人开设心理诊所也许会成为必然。

这时，客厅里传来了钢琴声，这是那厢有礼让他休息的信号，他将头仰靠在椅背上，突然有一种不知身在何处的感觉。

第三十章

重大信息

柯南医生对白云深处咨询处在艰难进行中，进展仍不理想。这天早上，他走进诊所，水车转转便兴奋地对他说：“我的化妆盒传回信息了，看来，还真是太空侠在控制着白云深处。”

柯南医生立即走到水车转转的电脑前，由白云深处带着的那个信息监控器显示出这样一个信息：“姐姐，那个计划你看过了吗？照计划执行，一切都没问题。49 个铜制小铃铛送达，你可以先练习，但切记不可事前对外透露消息。”

水车转转有点得意地说：“柯老师，我的心血没白费吧，控制着白云深处的组织，就是这个电竞俱乐部，执行人是与白云深处以姐弟相称的太空侠。”

柯南医生拍了一下水车转转的肩头说：“嗯，干得不错！这事有点意思。不过，这是否就是白云深处所说的被控制，等一会儿就可以证实了。”

白云深处的咨询时间是上午 10 点，柯南医生非常希望看到这样的结果，就是白云深处认可这就是被控制的事实。如果这样，对她有幻觉或妄想的担心就可以排除了。

因此，当咨询开始的时候，柯南医生很快便向白云深处提到了这条信息。

白云深处点点头说：“哦，是这样，太空侠发我的，他这几天在外忙一些事，明天回来。”

柯南医生以缓慢的语调说：“你以前说到被秘密组织控制，他们要你做一些你不愿意做的事，这条信息就是这种性质吗？”

白云深处摇摇头说：“不，太空侠只是邀请我参加一些他组织的活动，是邀请，没有强迫的意思。这次也一样。”

“哦，”柯南医生没让自己的失望感有任何流露，继续平静地说，“那没有人控制你了？”

“有！”白云深处肯定地说，“就是那个女人，我现在完全明白了，就是她！每当我不愿意做一些事时，她就在我头脑里叽叽咕咕说个不停，而在我接受做事以后，她就不再出现了。”

柯南医生沉默了一下，然后说：“你是说，在早晨醒来时，听见的那种声音？”

白云深处点点头。

这件事，已被柯南医生证实为梦魇。但同样的梦魇，会因当事人的态度变化而出现或消失，这是一种什么心理诱因呢？

“你现在还能听见这种声音吗？”

“没有了，”白云深处说，“前几天还能听见，但当我接受了参加这次活动后，早晨醒来时便安安静静的了。”

“嗯，”柯南医生点点头说，“能讲讲这是一次什么活动吗？

“是电竞俱乐部成立五周年的庆祝晚宴。”白云深处说，“太空侠说还要请你光临呢，因为你治好了雨点儿的病，他很感谢你的。”

“哦，是这样，要你在活动中做什么呢？”

“在晚宴的舞台上表演一个网游的片段。”白云深处说，“这个网游叫《时光驴友》，刚制作出来还没发行。”

“嗯。”柯南医生看着她，做出很有兴趣倾听的样子。对心理医生而言，总希望在来访者的大量话语中捕捉到一些有价值的细节。

白云深处慢慢地讲起来。她要表演的只是《时光驴友》中的一个小片段，这个网游的主要故事是这样的：在一颗叫猎犬9的行星上，居住着高等智能生物外星人，这颗行星属于猎犬座中的一颗，它围绕着一颗叫作贝塔cvn的恒星运行，和地球与太阳的关系完全一样。在河外星系中，猎犬9星球上的外星人酷爱以驴友的方式走遍各个星球，这次到达地球的7个驴友，是地球的热爱者，这是他们一行第二次到达地球，他们之前来过一次，当时地球上还遍布恐龙。6500万年弹指间过去了，他们再次来到地球时，发现了人这种高等动物。这7个外星驴友对人类的音乐和舞蹈产生了强烈的兴趣，认为从中发现了可以相互沟通的东西。这时，当一个舞蹈女演员正在后台更衣时，竟突然消失了，原来，她是被这几个外星人“请”到了他们的住地——太平洋上的某座孤岛。他们让她脱光了全身衣服，给了她49个铜制小铃铛，分别悬挂在手腕、脚踝和腰上，就这样开始跳舞。外星人在她的舞蹈中读懂了她美丽智慧的内心，一个外星人爱上了她，要带她一起走，她也爱上了对方，可又舍不得离开地球。临别时，两人依依不舍，对方给了她一把冰锥模样的东西，让她带在身边，并对她说，你以后若想来猎犬9星球时，只需将这冰锥举过头顶，时空隧道便为你而开，这样，你可能转眼之间就到了你想去的地方。在这个网游故事中，白云深处表演的，就是那个女演员在海岛上跳舞的一幕。

柯南医生极有耐心地听完白云深处的讲述，然后说道：“嗯，一个很浪漫的故事嘛，你开始为什么要拒绝呢？”

“要全裸演出，这不符合我的理念。”白云深处说，“我认为女人的智慧和男人一样甚至更高，可男人用欣赏女人身体的办法，诱使女人只关心自己的身体，从而使智力日益退化。”

白云深处的这种表达，在她关于女权主义的专栏文章中也出现过，应该说，这是她的一种比较明晰的自我意识。

“可是，你为什么又接受了呢？就因为早晨醒来时那种声音吗？”柯南医生追问道。

“是的。”白云深处说，“你不知道那个女人的念叨有多可怕，要是不从的话，她可能现身出来杀死我。我已对水车转转说过了，要是真出现这种情况的话，我要她来帮助我。她当过特警，这种秘密组织的人也会怕她的。”

柯南医生心里一沉，这可是真正的妄想了，这个状况与她讲述女权时判若两人。

柯南医生向她明确提出了她有妄想症倾向，并应该开始向药物妥协。在给她介绍了几种精神类药物后说：“你一边吃药一边继续咨询，我对你的健康恢复有充分的信心。”

白云深处感激地点点头。

白云深处走后，柯南医生向水车转转问道：“有没有这种可能，像你怀疑过的那样，太空侠用什么电子设备干扰着白云深处的神经？”

“到目前还没发现呀，”水车转转说，“我让白云深处把那部监控器随时带在身边的。睡觉时也让她把那东西放在床头柜上，发现有任何的电子干扰，监控器都会记录下来的，可到现在没看见任何这方面的显示。”

三天后，柯南医生应太空侠之邀参加了电竞俱乐部的庆祝晚宴，按照水车转转的说法，刑警永远要去现场。这话对心理医生不一定完全适用，但对高难度个案，有条件去参加来访者在场的活动，对解惑释疑多少会有帮助。

晚宴在本城最大的电子科技馆内举行。宴会厅的穹隆式房顶上，是电子技术制造的灿烂星空，在令人目眩的满天星斗中，时不时地有流星划过，宴会厅内宾客满桌，舞台上方的电子显示屏上，亮着“庆祝电竞俱乐部成立五周年”的红色大字。

晚宴由电竞俱乐部副总太空侠主持，总经理致辞，台下的宾客们听着致辞中的回顾与展望，心思都已放在桌上的美酒佳肴上了。致辞一结束，便被一片“干杯”的欢呼声所代替。

太空侠回到了桌上，在柯南医生身旁坐下。在数百名宾客中，柯南医生的座位算是一种礼遇，这是缘于雨点儿的原因。

桌上，从法国某酒庄专购回来的葡萄酒和山珍海味，充分显示着电竞俱乐部的财力。宾客们开怀畅饮，好像在吃着由生物人转化成电子人之前的最后晚餐。太空侠也很兴奋，很快便有了浓浓的酒意。柯南医生问他道：“据说还有一个演出，是吗？”

“那当然，很棒的演出。”太空侠酒意十足地说，“白云深处担纲，你知道吗，她的粉丝已经数以百万计了。”

柯南医生刚“哦”了一声，他又靠过来说道：“白云深处，她是我姐姐，你知道吗？”

柯南医生对此表示疑惑，太空侠仰头想了一下说：“这事怎么给你说呢？我妈生下她，送孤儿院了。我妈当时还在读书，没法养啊。我家在内蒙古，社会也没现在开放，不然的话，就养下来了。不过，我姐有造化，很可能被高等智慧生物哺育过，你看她的颜值，她的身材，她的思想，她的智慧，像个孤儿吗？啊啊！我姐就是一个奇迹！”

这时，满桌的人都在各说各的，太空侠的狂言乱语也没人理会。柯南医生对此表示怀疑说：“什么姐姐，你在编科幻故事吗？”

太空侠又干了半杯酒，然后说道：“现在不说科幻，我们讲事实。我问过我姐的血型，是AB型，而我妈是B型，我爸是O型，我自己是B型，你看，她的AB型，合得上吗？”

柯南医生肯定地说：“合不上。”

“不过且慢，”太空侠说，“我们都有一个 B 啊，要是我和我姐不是同一个父亲，而另一个男人是 A 型，她这 AB 型不就合上了吗。”

柯南医生说：“如果这样，血型上说得过去，可是，你这只是假设呀。”

“我还有根据。”太空侠说，“我妈送她去孤儿院时，记住了她脚掌下有三颗黑痣，因此我猜想她也有。可是，她不敢回答我，既不说有，也不说没有。柯老师，你是心理医生，你帮我分析分析，她这态度是不是叫作默认了呢？”

“你怎么会有这种猜想？”柯南医生问道。

“做梦。”太空侠说，“我当初还只在网上看见她时，就梦见她脚掌下有三颗黑痣，后来，这梦反复做，我就认定她是我姐姐了。柯老师，我知道要说解梦你是专家，可是我这梦根本不需劳驾心理学来解，这叫生物磁场反应，对吧？比如，有亲人遇难，千万里之外的亲人会莫名地心慌意乱，对不对？生物磁场共振，没错的。”

“嗯。”柯南医生含糊地应答着。太空侠的话，要么有些道理，要么也是一种妄想，现在很难分辨。

这时，舞台上的灯光亮了，整个宴会厅在一阵喧哗后慢慢安静下来。电子布景瞬间让舞台变成了一座逼真的海岛，近景是一片沙滩和不断扑来的海浪。庆祝晚宴的压轴戏开始了。

电子显示屏上以移动字幕的方式出现了《时光驴友》的剧情简介。很快，7 个从猎犬 9 星球上来到地球的外星人出现在沙滩上。他们的身形奇异，眼睛像蜻蜓一样又大又鼓。不过这种造型仍然表明，他们属脊椎类动物，这种从软体动物进化而来的动物类别，在地球上是进化度最高的动物，看来猎犬 9 星球的演变史与地球相似。

外星人在沙滩上跳起了怪异的舞蹈，这时，其中一个人停了下来，举臂向空中做出召唤的姿势，宴会厅的穹隆形上空突然飞出一个人来，是白云深处，她身上挂着几根飘带飞向舞台。柯南医生有些惊讶，不知这种飘飞使用的是隐形钢丝还是磁悬技术。

飞落在沙滩上的白云深处全身赤裸，但在隐私部位做了技术处理，因此也只是看似赤裸而已，这也许是白云深处坚持的底线。不过她极性感的魔鬼身材还是引起了全场的欢呼。外星人拿出了很多串铜制小铃铛，分别挂在她的手腕、脚腕和腰间，舞蹈开始了，外星人随着她的舞蹈打着节拍，并不时点头，表示正理解着舞蹈的含义。接下来是外星人的舞蹈，白云深处站在一旁看着，笑着，也不时地点头。看到这里，柯南医生不禁想起了音乐叙事中，两种旋律的对话和交流，那种感觉让人心醉神迷。

当然，此时的柯南医生并非普通的观赏者，他在细心地捕捉着与这个来访者的心理谜案有关的东西。很快，他发现了两个问题：第一，她对舞蹈非常娴熟而且专业。以舞蹈中一连串旋转身体并甩动长发的动作看，非短暂的练习可以达到。而从她的成长经历中，没发现她在任何时期接触过舞蹈。第二，她对自己身体的性感有着很强的自我认同和欣赏，这在不少舞蹈动作和造型上可以看出来。比如，其中有一个她用手从脖颈一直滑过整个身体曲线的动作，在观众的掌声中，她甚至主动将这个动作重复了一遍。这种主动性，不符合她参加此类活动是受某种力量强迫的说法，也与她认为女性只关心身体而智力退化的女权理念相悖。

柯南医生望着舞台，眼前却飘飞着迷雾。

第三十一章

第三个

早晨，白云深处从浴室出来。她系了系白色浴衣的腰带，来到客厅，在大幅落地窗前的沙发上坐了下来。春末了，窗外的花木草丛中，已经有蝴蝶在飞。她开始回想自己的身世。我，白云深处，在过往的岁月中，有些什么能记起的事呢？这种回想，是柯南医生给她布置的家庭作业。柯南医生要求她每天做两次这种回想，一次在晚上上床以后，另一次在早晨沐浴之后。柯南医生要求她体会并分辨两个时段的回想内容有什么不同，并在每次咨询时间向他报告。柯南医生还要求，做这种回想练习时，要在安静而不受任何打搅的环境里进行。而这段时间，太空侠去省外组织网游制作了，雨点儿早已回到剧组，她一个人住在别墅里，有了柯南医生要求的“不受打搅”的最好条件。

做回想练习的时间不长，但白云深处已经发现，睡觉前和早晨的回想确实差别很大。比如，晚上想到太空侠认她是姐姐的事时，觉得完全可能。她在床上翻过脚掌来看那三颗黑痣，开始为自己的身世感到惊骇和悲凉。她在婴儿时被送到孤儿院，而她现在的父母去孤儿院收养了她，这是完全可能的事。再说血型，太空侠是B型，她是AB型，照太空侠的推测，也存在姐弟关系的可能性。

这种晚上入睡前的回想和感受，到早晨时完全变了样。比如，同样想到和太空侠的姐弟关系，她会认为是完全不可能的事。首先，脚底的黑痣有两种可能：一是她在游泳时被人注意到了，这消息传到了太空侠耳朵里，他利用这点来套近乎；第二种可能是，太空侠有个被遗弃的姐姐确有此事，但这脚底的黑痣仅仅是一种巧合。再说血型，她妈妈就是AB型，这也算是铁板钉钉了。更重要的是，她梦见蓝可儿事件，就是她妈妈怀着她看了这部电影的结果，这让领养的假设无从谈起。

对柯南医生谈了这些回想和感受后，柯南医生要求她尽量往前回忆，童年、小学和中学时期，能想起什么算什么。可是，她的回想一往前推，常常会出现头痛的情况。

现在，这样一个早晨，她坐在落地窗前，也许受窗外春天景色的感染，她心里有一种轻松愉悦的感觉。恍惚间，她看见一个小姑娘在捉蝴蝶，正高兴时，她妈从背后一把抓住了她。她被拉回家里，并被命令洗手。她妈大声嚷道："你就是不听话，跟你说多少次了，蝴蝶翅膀上的粉末要是进了你嘴里，会变成哑巴的！"她妈越说越来气，一巴掌打在她脸上，她哭了……

白云深处心里梗了一下，中断了回想。她在窗前默坐了一会儿，决定做事去了，她的专栏文章还等着交稿呢。

她回到房间，打开电脑，还没开始工作，网上出现的消息让她全身一震——本城首例机器人女儿落户！报道称，白天与颜姿夫妇已退休在家，因身边无子女备感寂寞，且生活不便。他们在国外定制的机器人女儿昨天已到家，老夫妻俩乐不可支。据悉，该机器人女儿完全按他们亲生女儿的容貌、身材定制，包括说话声音、表情都一模一样。同时，还按照父母的要求，对该女儿输入了听话、孝顺和善理家务等品质和技能。

接下来是记者对她爸的采访。

记者问："有了机器人女儿，你是什么感受？"

她爸说："非常高兴！电子技术改变我们的生活早已是事实，但没想到它还能改变我们的孤独、失望和无助。"

记者问："永生人从虚拟到有形，已在为无数失去亲人的家庭唤回他们的亲人，但你们作为有子女的家庭，为何想到定制一个女儿？"

她爸说："我们有一个独生女儿，但她在很远的地方，很少有时间回家。我太太现在患了肌肉萎缩症，我已感到力不从心，我们需要一个女儿守在身边，这既是精神需要，也是实际需要。"

记者问："对定制这个机器人女儿，你们原来女儿的态度如何？"

她爸说："这个、这个无可奉告。我的意思是，这好比我们夫妻俩又生了一个女儿，是吧？这是我们夫妻俩的事，合理合法的。"

记者说："也许是吧，祝你们幸福！"

这组报道同样配有图片，白云深处十分震惊地看见了又一个自己——她一手搀着她妈，一手放在她爸肩上，一脸幸福明媚的笑容。

当天下午，柯南医生在诊所接到了白云深处的电话，他听见一个微弱的声音说道："柯南医生，你能来我这里一趟吗？"

白云深处在今天上午有一个咨询的，但她没来。此刻接到这个电话，柯南医生顿感不妙。他在电话上问道："你怎么了？"

"我要听你的咨询。"白云深处说，"但我浑身无力，已经走不动路了。你来这里一趟行吗？我把地址发给你。"

以柯南医生的经验，这是来访者出现紧急情况的反映，出诊是必需的了。这好比医院的急诊电话，会有救护车鸣笛而去的。

要去女性来访者的家中，柯南医生按规矩带上了助手。水车转转在下停车场的电梯里时有点紧张地说："她是想自杀吗？"柯南医生说："至少她现在还不会这样做，不然她不会打电话。"

路上，柯南医生打电话给白云深处，告诉她自己已经在路上了。白云深处告诉了他那条让人震惊的消息，并让他先从手机上调出来看看。

一小时后，柯南医生和水车转转已经坐在白云深处所在的客厅里了。她仍穿着早晨时的浴衣，脸色苍白，身体极度虚弱的样子。

“我明白了，我真是一个弃婴。”白云深处开口说道，同时流下了成串的眼泪，“我生下来，被送到孤儿院，我没有父母……”

“嗯。”柯南医生温柔地说，“那是太空侠讲的另一个人的事，你其实知道，你有父母的。”

“可是，他们凭什么这样做！”白云深处一下子提高了声音吼道，“他们从小骂我、打我、冷淡我，凭什么要我守在他们身边！”

柯南医生用理解的目光看着她，并不说话。

“我受够了！”白云深处继续大叫道，“惹不起躲得起，我走还不行吗？他们凭什么继续伤害我，他们的第一个女儿，取名白云深处，死了，生下我又叫这个名字，这是要我替我未见过的姐姐活下去，这种牵引还让我差点自杀，柯南医生，你是这样让我彻悟的吧。现在好了，又来了一个白云深处，他们要了三个白云深处不是作孽吗？”

白云深处说到这里，用手在茶几上一搅，几个玻璃杯立即飞到地上摔得粉碎，柯南医生和水车转转都坐在原处动也不动，没有任何阻拦的意思，甚至也没有劝解的话。

白云深处有点失控地站起来，眼睛盯住了一个大花瓶。柯南医生仍然不动，眼看着她走过去，举起花瓶摔在地上。在一声仿佛惊天动地的声音中，白云深处倒退两步瘫坐在沙发上，然后伏在靠垫上痛哭起来。

柯南医生的心里一下轻松了许多。在对突发事件的应激处置中，他最担心的就是当事人不哭不闹，要么始终不说话，要么还表现出可以理解这件事的态度，这是一种极其危险的状态，类似于给自己心里埋下一颗定时炸弹，这炸弹在若干年后将以十分怪异的方式发生大爆炸。

水车转转开始清理屋内的碎片。对情绪宣泄的必要性，她刚刚由书本上的知识变成了现实体验，难怪柯南医生正准备在诊所里建一间情绪宣泄室，里面有供来访者击打的橡皮人，还有可以任意砸碎的坛坛罐罐。

白云深处的痛哭声渐渐弱了下来，她一边抽泣一边说："你们看我爸，对记者说话振振有词的，可我在家时，我妈打我骂我，他在一旁连屁都不放一个。有段时间，我妈跑保险每天很晚才回家，便要我每天放学后立即回家做晚饭。若我也回家晚了，她不问理由就对我一顿打骂。有一次，放学后又有一堂补课，我心里急得不得了，在回家的地铁上把笔记本电脑搞丢了，这一次，我被罚跪到半夜……"

白云深处讲到这里，又"哇"的一声痛哭起来。

柯南医生的眼前一亮，白云深处的真实记忆闪现出来了！地铁、笔记本电脑、她妈妈罚她，这已经不是在内蒙古乡下读书的情景了！

待白云深处的哭泣止住后，柯南医生说道："很理解你当时的处境。你因慌着回家做饭搞丢了笔记本电脑，是在读中学的时候吧？"

白云深处点点头，眼圈仍是红红的。

"你读的是哪一所学校呢？"柯南医生趁势扩大她的记忆范围，"是北大附中吧，那可是北大与本省合作的一所重点中学啊。"

"哦，哦，"白云深处茫然地说，"让我想想……不，学校没那样好，在内蒙古嘛，学校的围墙上都长着草……"

在极端激愤的条件下，白云深处的真实记忆像灵光一闪过去了，被篡改的记忆又顽强地覆盖了过来。

柯南医生立即停止了正面探究，因为这样只会把她向内蒙古方向推得更远。他显得很随意地问道："哦，地铁，你读书那时还没现在这样多线路吧？"

白云深处仰头望着天花板，似乎并没在意柯南医生的话。突然，她笑了起来，大声说道："好啊，又一个白云深处，从我姐算起，三个白云深处了。一生二二生三三生万物，这世界生生不息啊！”

“不，白云深处只有一个。”柯南医生肯定地对她说，“只有你代表着现实和真实，对不对？真实的你现在必须面对世界的变化。”

这时，水车转转已从厨房端来了牛奶、蛋糕和水果，白云深处伸手抓起蛋糕便咬了一口，一边吃一边说：“对，我得挺住！”

东西刚吃了一半，白云深处接了一个电话，通完电话后她说：“是向内看打来的，她看过网上的报道了，问那定制机器人女儿的是不是我父母。我说是啊，这没什么可隐瞒的。我还说让他们和机器人一起去生活吧，我现在是真正解放了。可向内看说，事情或许没这样简单吧。向内看就是这样，做事犹犹豫豫的。”

“哦，”柯南医生说，“向内看一直和你有联系？”

“她现在和我的联系可紧密了。”白云深处说，“前几天她还在我这里谈到半夜。当然不只是玩，她不少事要我出主意呢。她现在一边做天使时装的网上销售，一边又和邮政局策划推广手写书信的事。上次书信展，那个母亲写给女儿未来 18 岁生日的信引起了社会的大震动，很多人尤其是母亲们都开始考虑写信这种事了。他们经那位母亲的女儿同意，将那个母亲的头像印在信笺上角，将这种信笺命名为‘圣洁笺’，现在很多母亲来买这种信笺写信呢。”

柯南医生点头说道：“这很有创意。无论何种形式，爱总是生命的第一要义。”

白云深处笑了一下说：“我还给了他们一个更好的创意呢。我把这位母亲的 18 封信，按不同的内容编成了 18 个舞蹈，总体命名为《爱的飞翔》，这组舞蹈经少儿艺术团排练、演出后，效果好极了，家长们都看得热泪直流。”

“这不错。”柯南医生说，“你对舞蹈很内行嘛，什么时候学的？”

白云深处有点不好意思地说：“说不上内行。因为我中小学在内蒙古读书，那里的人能歌善舞，我就迷恋上舞蹈了。后来，我读音乐学院，是找错了门，因为我唱歌一般。在学院的晚会上，我的舞蹈一亮相，大家都惊叹。”

“你没有读音乐学院，”柯南医生纠正她道。因为这之前，对她大学的记忆已经调整到了正常，柯南医生不能让她在这点上退步，“你读的是北大哲学专业。你看你现在写的专栏文章，就是那时候奠定的基础。”

“哦，”白云深处有点恍惚地说，“北大，也许是吧，不过北大也有晚会，我在晚会上跳舞是没错的，都说内蒙古来的女生，就是不一样。”

“对这一组舞蹈，向内看怎么评价？据我所知，她也是在内蒙古读的书。”

“她当然叫好啦。”白云深处说，“不过她对我在内蒙古学舞蹈的事不相信，说我在编故事。只是她很友好，她说没什么，名人总要给自己编点故事嘛。”

“嗯，向内看真是你的好朋友。”柯南医生说，“你现在就给她打电话，请他今晚来你这里玩，能住上一宿更好。”

“为什么？”白云深处不解地问。

“你们是好朋友嘛，”柯南医生说，“你们有共同的话题，在‘恢复美好生活大联盟’旗下，你们有很多事要做，对不对？你们还可以聊在内蒙古读书的往事，也可以聊你爸妈领回一个机器人女儿的事。总之，现在有人陪伴着你，对你非常重要。”

白云深处一下子不说话了，过了好一会儿，才喃喃地说道：“柯南医生，我懂你的意思，我现在就给向内看打电话。”

宣泄、疏导、陪伴，柯南医生完成了心理应激的一次完整处置后，才和水车转转一起离开了这座房子。

第三十二章
证人

柯南心理诊所咨询室的墙上，今天挂上了一幅宽大的电子显示屏。白云深处、向内看和水车转转都对着这屏幕坐着。

柯南医生说："我们今天做一个小活动，叫作'回到内蒙古学生时代'，白云深处记得不少在内蒙古读书的情景，而向内看刚好是在内蒙古读完的中小学。另外，向内看有一个很要好的中学同学，叫袁圆圆，这个同学今天不在场，因此让水车转转来扮演她。"

白云深处此时的表情显得有点紧张。不过，她事先同意了柯南医生的这个咨询方案。柯南医生认为这种小组活动对分辨她记忆中的真伪有帮助，她也就同意了。至于向内看，在几天前陪伴她度过艰难一夜时，她把自己的所有情况都对她讲了。因此，柯南医生邀请她参加，她在安全感上觉得可以接受。

柯南医生首先提问道："我想了解一下，你们在哪里读的小学？"

"阿巴嘎旗小学。"向内看回答道。

柯南医生指着水车转转说："袁圆圆同学，你呢？"

“袁圆圆”回答说：“我和向内看在一起上学，也是阿巴嘎旗。离我们学校不远，有一座突厥石人墓碑，老师还给我们讲过它的历史。”

柯南医生将目光朝向了白云深处。

白云深处认真地回想了一会儿说：“我记不清什么地方了，大概和她们在一起吧。”

“哦，也是阿巴嘎旗。”柯南医生对着她说道，“这个地名我还不熟悉，你在上学时老师讲过这个地名的由来吗？”

白云深处摇摇头。

向内看说：“老师讲过的。阿巴嘎最早是一个古老的部落，部落首领是成吉思汗同父异母的弟弟，因此这个部落叫阿巴嘎，汉语是‘叔叔’的意思。”

“哦。”柯南医生点点头说，“我们来看一看阿巴嘎旗学校的视频吧。”

大家都把目光投向屏幕，向内看一边看一边说：“教学楼是新修的，那塑胶跑道以前是没有的……”

柯南医生向白云深处问道：“你看出什么变化了吗？”

白云深处茫然地摇摇头。

“好了。”柯南医生关掉视频说，“现在来谈谈中学的事吧。白云深处好像记得不少中学的事呢。”

“是的。”白云深处立即说，“有草原，有马，走出学校就像是个自由世界似的。”

柯南医生问道：“你的意思是，走出学校就是草原，是吧？”

白云深处肯定地点点头。

“不对，”向内看说，“学校外面是街道，要看到草原，还得走不少路呢。”

“哦，”柯南医生这才问道，“你们读的什么中学，还在阿巴嘎旗吗？”说完，他把目光投向白云深处。

白云深处犹豫了好一会儿说："记不清了，也许还在那里吧。"

"不对，"向内看说，"在阿巴嘎旗哪能那样方便地看到草原呢？我们是在锡林郭勒盟读的中学。那里才有真正的大草原，有很多马，'锡盟'被称为中国马都，那是名不虚传，我们同学中，几乎没有不会骑马的。"

这时，"袁圆圆"插话道："是的，我在草原上就让人教过我骑马，我还喜欢过一个赛马冠军呢。"

向内看接着说："嗬，袁圆圆真是很野哦，我和她同班同寝室，知道她还给体育老师发过性感照呢。晚上，她在床上对我说过，她早已发现男人都喜欢看她，因为她的身材太火了。"

说到这里，向内看和"袁圆圆"都咯咯地笑起来。柯南医生朝向白云深处问道："谈谈你中学的经历吧。"

白云深处因努力回想已涨红了脸，她喃喃地说："袁圆圆讲的那些事，我觉得和我的经历一个样。"

柯南医生故作吃惊地说："有这样凑巧吗？你俩都喜欢过赛马冠军，还都对体育老师搞过恶作剧，讲讲看，他们都叫什么名字？"

白云深处尴尬地说："记不得了。"

"袁圆圆"说："那个赛马冠军叫阿拉坦乌拉，他在草原上可有名啦。至于体育老师嘛，叫阿古达木，他说话有点口吃。"

这时，屏幕上映出了锡林郭勒盟的自然景色，草原、羊群、马匹、"锡盟"的街道，接着是"锡盟"中学的校园……向内看一边看一边指指点点地说起对这些地方的记忆。柯南医生最后让视频定格在校园，然后向白云深处问道："还记得中学里更多的事吗？"

白云深处有点恍惚地说："记不得了。"

"哦，那你班的班主任老师叫什么应该还记得吧？"

白云深处仍然摇摇头。

柯南医生问"袁圆圆"道："你还记得班主任老师的名字吗？"

“她叫娜仁托娅，当时40多岁吧，对同学们特别和善。”

向内看补充道：“娜仁托娅年轻时跳舞特棒，所以还给我们班加了舞蹈课，袁圆圆可受宠了。”

这时，屏幕上出现了“锡盟”中学某班的合影照，前排左边第三个是向内看。

柯南医生说：“袁圆圆今天没到场，向内看你给我们指指看，谁是袁圆圆？”

向内看站起来走近屏幕，指着站在她旁边的那个女生说：“就是她。”

从照片上看，袁圆圆的个子比向内看稍高一些，她穿着一件白色T恤，束着马尾辫，她的身材确实比所有的女生都显眼。她的眼睛很大，鼻梁算不上挺拔，嘴唇阔大厚实，给人一种野女孩的感觉。

这时，水车转转站起来说道：“唉，柯老师你让我扮演袁圆圆，可我长得一点儿也不像她呀。”

柯南医生笑着说：“扮演嘛，就是一种虚拟。”

水车转转连连摆手说：“不行不行，我宣布退出扮演，不然我的自我都没有了。”

向内看和柯南医生都笑起来。

白云深处却木然地坐着，她好像丢了三魂七魄似的。柯南医生说：“好了，今天的小组活动到此结束。”

白云深处离开诊所只说了一句话：“我是谁？”

柯南医生说：“你是白云深处，没错。明天的咨询我们一起来讨论这个问题。”

当天黄昏，白云深处回到了她久别的家。她用保留着的钥匙开了门，客厅里没人。她快步走进了自己的房间，适应了半明半暗的光线后，发现房间里很整洁，她以前胡乱扔在各处的书，现在都整整齐齐地摆上了架。她有点发愣，慢慢在床边坐下，被褥和床单散发出温馨气味，让她鼻子有点发酸。

这时，房间门开了，她爸走了进来。他愣了一下说道：“白云，你不是用轮椅推你妈散步去了吗？”

白云深处一下子感到血往头上涌，她站起来大声说道：“白天，你老眼昏花了，看清楚我是谁！”

她爸显然还没回过神来，十分生气地说道：“你怎么敢这样和我说话，我是你爸，你怎么敢喊我的名字？”

“哈哈哈……”白云深处大笑起来，她爸扶了扶老花镜，突然僵住了，过了好一会儿才叫道：“白云啊，是你回家了……”

“是我。”白云深处说，“你们有新的女儿了，我回来恭喜你们一下。”

“哎呀，你可别、别生气。”她爸语无伦次地说，“找不到你，没、没办法呀。你回来就好，回来就好，她算你妹妹吧，好不好？”

“别做梦了！”白云深处吼道，“我只是回来拿一点东西，很快就走，你们过你们的幸福生活吧。”

“唉，什么幸福生活呀。”她爸叹着气说，“你妈的肌肉萎缩发生得太快太突然，医生都说很罕见呢。”

正在这时，外面的房门开了。有轮椅推进来的声音。她爸立即转身出去，过了好一会儿，他才回到房间，叹了口气说：“我把你妈安排去睡了，她不能再受任何刺激。怎么样，我们说话小声点。”

白云深处说：“没什么话说，我拿点东西就走。”说完，她便在书架上、抽屉里翻找起东西来。

她爸小心翼翼地问道：“你找什么呢？”

“我读中学时的东西。”白云深处说，“我记得有一些课本、笔记，我都留着，还有一本我在演讲比赛中获奖的证书。”

“唉，这些东西，还能找着吗？房间已被彻底清理过了，谁知道这些东西还在不在。”她爸一边念叨，一边出了房门，很快，他领着机器人白云深处走了进来，并对她说道："让她替你来找吧。"

白云深处在这一瞬间完全惊呆了，尽管回家前已有思想准备，但真看见一个一模一样的自己时，她觉得自己的心脏都停止跳动了，她一时愣在那里动弹不得。她听见她爸说："这是你姐姐，你替她找东西。"

机器人走到她面前，柔声说道："姐姐你好，能为你做事我很高兴，请告诉我你要找什么东西呢？"

白云深处长出了一口气，她定眼看着另一个自己说道："你叫什么名字？"

"白云深处。"

"我告诉你，"白云深处强压着火气说道，"白云深处是我的名字，你可以来这个家，也可以做我爸妈的女儿，但你不能叫这个名字，懂吗？你必须改名！"

机器人一时不知所措，她回头望着她爸说道："爸爸，这是怎么回事？我一点儿也不懂。"

她爸没回答机器人，而是对着白云深处说："这样叫她我们才习惯，你让她改什么名呢？"

"随你们的便，叫狗儿猫儿都可以，总之不能叫我的名字。"白云深处不容置疑地说。

机器人听见他们的对话，看看白云深处，又看看她爸，一副无力相助又楚楚可怜的样子。

她爸突然有点恼怒地说："白云，你不能太无理了，你的名字还不是我给取的，你走了，你消失了，她就该叫白云深处。"

"她有身份证吗？有护照吗？"白云深处质问道，"她侵犯了我的姓名权，还侵犯了我的肖像权，懂不懂？我保留向法院起诉的权利。第一，她必须改名；第二，必须把她送回机器人公司去换一副模样！"

这话让她爸一下子怔住了，他连忙说："没这样严重吧。好，我给她改名还不行。其实，白云深处这名字有什么好，云遮雾障的。我让她仍然跟我姓，叫白雪公主，行了吧？”

她爸以为她会嫉妒这个好名字而放弃改名的要求，没想到白云深处毫不在意地说：“只要不叫我的名字，随你怎么改。好了，让她替我找东西吧。”

白云深处将要找的东西告诉了机器人，她的记忆力、逻辑力还真是不凡。看得出来，经她的手清理过的房间，没有找不到的东西。很快，一本笔记、两册课本和一本获奖证书就被她找出来放在了桌上。

白云深处翻开获奖证书，看见了北大附中的印章和校长签名。她一边看一边在心里念叨：“对，这才是我读书的地方。”

这时，机器人又找出了几件东西说：“这些也属于证书类的东西，不知你需不需要。”

这便是机器人做事的特点，你给她一个概念，她会由此及彼地做得尽善尽美。

白云深处拿起一本来看，是中学毕业证书，对啊，这可是证据，她怎么只记起演讲获奖的事而忘了这件东西呢？这之前她的思维真是乱透了。她继续翻看新找出来的东西，发现了北大本科的毕业证，里面还夹着更早的入学通知书，这东西本不是她要寻找的范围，但看到了，还是有亲切感。她细看了一会儿，突然皱起眉头，因为从入学通知的时间到毕业时间，她怎么用了七年时间呢？

她向她爸问起了这个问题，她爸说：“你忘记了吗？大一后你去美国治了五年病，回来后才继续读的书，当然要七年时间了。”

“治病？什么病？”白云深处的头脑里一片空白。

“和你妈现在一样，肌肉萎缩症啊，幸亏你当时得到了一个基金会的资助，不然也许很难治愈啊。”她爸感慨地说道。

白云深处说了声“哦”，但头脑里对这整整五年的事却仍没一点儿记忆。

这时，机器人站在拉开的几个抽屉边问道：“请问还需要找什么东西吗？”

白云深处说：“谢谢你，不用了。”

“不客气，”机器人说，“这是白雪公主应该做的事。”

白云深处差点笑了，她领会事物的速度真快，从刚才和她爸的对话中，她就知道自己的新名字了。

临走时，她对机器人说：“白雪，你照顾好我的也是你的爸爸妈妈吧。”说完这话，她的鼻子一阵发酸。她不敢停留，怕自己哭出声来。

第三十三章

最后一搏

对白云深处这个心理谜案，柯南医生的咨询取得了突破性进展。这就是，终于在她的头脑中，把她自己的经历和远在内蒙古的袁圆圆的经历分开了。剩下的问题是，和她素不相识的袁圆圆的经历，怎么会进入她的记忆中。另外，对她的梦境再现测试表明，游轮上那个叫玛丽的女人的经历，也在她的记忆中占着很大的位置，如此看来，这次对她中学记忆的突破，仅仅是一次开始。柯南医生接着要做的是，对咨询成果进行巩固和扩展。

这期间，去年中断咨询的午夜归来又回到诊所来了。这个船长的远房侄儿，他的再度出现让柯南医生有种莫名的兴奋。

午夜归来这个去年因偷窥引起的焦虑而来就诊的大二男生（现在应该是大三男生了），这次重回诊所并非完全出于自愿。

这事开始于一个电话。一个陌生女人给柯南医生打电话说，她的男友因患有性功能障碍，对前途悲观失望，并对她和他的恋爱关系能否持久也没有信心。最近，男友告诉她说，性治疗师这个行业最近已有机器人在做了，由美女机器人给患者做性治疗，他想去试试。她一听坚决反对，因为她对女医师给男人做性治疗本身就不能接受，尽管现在是机器人了，她仍对这种治疗的方式和效果持怀疑态度。在和男友交谈中得知他去年找柯南医生做过心理咨询，她认为这才是治疗的正道。于是说服了男友，让他立即回到心理诊所来。她打电话来，就是替他做咨询预约登记。

午夜归来又坐在了咨询室里。尽管柯南医生已查看了他以前的咨询记录，但此时仍然以最放松的方式开始道："我们聊点什么呢？"

"你知道的。"午夜归来说，"我偷窥我姐姐洗澡，很多年了，所以导致性功能障碍。"

"哦。"柯南医生说，"现在还偷窥吗？"

"没，"他说，"我姐姐去年年底就出嫁了。"

"嗯，没偷窥的条件了，是什么感觉？"

"开始有点失落，"他说，"后来就习惯了，并且我有了固定的女友。"

"固定的？"

"我的意思是以前的女友都是三五天就吹了，这次我们已经相处半年多了，她很爱我，她不嫌弃我的问题，她说能治好的。"

"能介绍一下你的女友吗？"

"她是一家咖啡馆的服务员，就在我学校附近。她比我大 8 岁，今年 29 岁了。她家三个姐妹，没有男孩，她说她喜欢有一个弟弟。"

"嗯，"柯南医生点点头，"你呢？喜欢她什么？"

"成熟，还有就是主动。"

"主动？"

"是的，我不会追女孩，只好等着别人追我。"

"在性关系上也是这样吗？"

"是的。"午夜归来不好意思地点点头答道。

柯南医生知道，他的各种症结还得回到偷窥行为上来。从他早前在医院所做的各种检查来看，生理器官性方面的问题都排除了，他如今的障碍，明显是长期偷窥的结果。上一轮咨询时，柯南医生正要对他的偷窥做出进一步的测评和解析，他却突然中断咨询了。柯南医生记得，那天刚对他做完咨询时，恰遇白云深处从诊所的另一个房间出来，他一看见白云深处后就满脸通红，发愣，这以后便再也不来诊所了。柯南医生曾就此事问过白云深处，她表示对这个陌生男孩的状态莫名其妙。

柯南医生决定在本轮咨询中，找到这个男生对白云深处产生过激反应的根源。也许，这与他从12岁多开始偷窥有着复杂的紧密联系。当然，这只是柯南医生的一种推测，具体到对他的咨询，还只能一点一点地推进。

时间转眼进入了夏季。这段时间，白云深处的状态还算稳定。咨询频次也减少为每周两次。不过，在一次咨询中，柯南医生发现了某种异常。

“你的身体显得很疲惫，”柯南医生说，“但眼睛很有神，是在做什么重要事吧？”

“你真会看人。”白云深处笑了一下说，“怎么说呢，这事至少对我很重要，我正在写一批专栏文章。”

“一批？”

“是的，一共10篇，每篇上千字，总题目叫《恢复美好生活十论》，我想系统表达我的观点和理念。”

“哦，你这是在著书立说了。”柯南医生说，“怎么会想到做这样一件事？”

“怎么想到的，我也不知道，就是觉得必须做！”

“想证明自己，是吧？”柯南医生说，“并不只向世界证明，更重要的是向自己证明我是白云深处，对吧？”

白云深处有些动情地点点头。

接下来，这些论文的陆续发表引起了社会的热烈反响。她的粉丝一片叫好，此前担心她被商业收买的人也长出一口气。

这天中午，柯南医生正在沙发上打盹，因为下午是午夜归来的咨询，他准备对他12岁那年的事做一次梦境再现，因此想积蓄一下精力。刚迷糊了一会儿，水车转转在一旁叫道："柯老师，白云深处的第十篇论文出来了，你看看，我总觉得文章里有不对劲的情绪。"

柯南医生睁开眼，立即走到电脑前坐下。第十论的标题是《人与机器人合成社会的危机》。她在文中对机器人大量进入人类社会的现象进行了详尽分析。文中认为人类从石器时代到蒸汽时代，生产工具的革命性变革推动人类文明起了巨大作用。然后，最早也带着工具属性出现的机器人，由于其智能系统超乎预料的发展，正在改变着人类现有的文明发展模式。对当下热议的机器人冲击就业问题和机器人太太的问题。首先，人的生命要求的无限性不会让人无事可做，因而就业不是问题；第二，机器人太太之后必然出现机器人丈夫，这会形成性别资源的重新平衡。

接下来，文章才从社会热议话题转入了作者真正的担忧。在人与机器人组成一个共存社会后，正在开始给法律、道德、伦理、人的身份感以及人类的繁衍方式等带来前所未有的冲击，并已潜藏了巨大危机。

柯南医生在电脑前变化了一下坐姿，应该说，这是一篇有见地的好文。水车转转认为作者流露出令人担忧的情绪，出现在这样一段文字中——

更令人担忧的是永生人的出现。逝去的亲人以机器人的方式复活，并以逝者的音容笑貌和思维方式在世上永存，这一变化带来的后果，撇开心理、伦理方面的问题不说，仅仅是在人类的存在空间就会出现重大危机。如果向外星发展，未知的竞争对手仍会使人类的前途凶多吉少。而当前更现实的问题是，永生机器人已出现了顶替活人的现象，即父母可定制更称心如意的子女，那么反过来，子女也将会定制更符合心愿的父母。人性在这种胆大妄为的家庭重构中，真人的神经系统远不如机器人坚强，所以首先在心理、情感方面崩溃的一定是真人。那么，脆弱的真人只有一条路可选择，那就是在进入疯人院之前，主动对这个世界说声拜拜。这种选择也是为维护人的尊严！

看完这段文字，柯南医生震惊了。白云深处疯狂地写作这部“十论”，其性质是在证明自己后向世界告别吗？他离开座椅，在室内来回踱着步子，紧张地思考着明天对白云深处的咨询方案。

下午 4 点，午夜归来准时来到了诊所。在柯南医生对他做梦境再现测试前，躺在躺椅上的他有点不安地问：“这仪器，会不会对我的大脑有什么损伤？”柯南医生微笑着说：“你可以完全放心，它不会干预你的任何神经活动，它只是呈现，将你忘记的或者记忆模糊的事呈现出来。这对找到你现有症状的来源有重大帮助。”

午夜归来很快进入催眠状态，柯南医生开始进行必要的引导：“12 岁那年，你第一次偷窥你姐姐洗澡。而在这以前一个月，你去了你叔叔的游轮上度假，是的，‘海上乐园’游轮，你最盼望的一次暑假旅行开始了。现在，船已经在海上，海浪、海风、海鸥，你想起了一些事，是的，一些事，你没有忘记……”

显示屏上有一片闪闪烁烁的蓝慢慢出现了。是游轮的甲板，12 岁的午夜归来正背靠船舷栏杆坐在甲板上，他在手机上玩游戏。很快，他停了下来，注意到旁边一双女人的长腿，他仰头望，看见了这个穿着热裤的年轻女人。在仰望的视角里，她高耸的胸部让他有点不自在。很快，这个在栏杆边看海的女人离开了，他从甲板上爬起来尾随她而去……

看到这些画面，柯南医生心里仿佛有一块石头正在落地。在去年对午夜归来的咨询中，他就已经注意到他在偷窥发生前的这一次游轮旅行。一个人在少年时期的某种意外性刺激可能会让性行为发生畸变，柯南医生的这一判断看来正在被证实。

画面在继续，那个丰满女人已经在游轮上的游泳池里游泳，午夜归来坐在池边望着她。她一边游，一边向池边的一个肌肉男喊道："水手，给我一个游泳圈！"水手将游泳圈抛向池中，她将它套在身上，然后漂浮着，她的身体曲线充满性感。

这一情景完全出乎柯南医生的意外，这女人很可能就是玛丽！这个在水手听大海的讲述中和在白云深处被篡改的记忆中反复出现的女人，竟然与午夜归来有关。

在柯南医生的引导下，午夜归来的大脑中的画面继续推进。接着出现的是餐厅的包间，午夜归来、船长和那个女人坐在一起。船长端起酒杯对那个女人说："玛丽，你是本游轮上不可多见的女人，两天后我一定要带你上一个小岛上去玩，如果你喜欢，你可以在那个岛上做王后的。"玛丽"咯咯"地笑了，一边和船长碰杯一边说："你多次提到那个小岛，我倒真是想上岛去看看，戴上花冠做王后也可以，总之现在是虚拟世界嘛。"船长说："这可不是虚拟，你上岛后就知道了。"

午夜归来低头坐在餐桌边，盘子里的牛排几乎未动。玛丽对船长说："你这侄儿挺腼腆的。"船长说："他胆小。他和大副住一个房间，他就害怕大副的络腮胡子，昨晚做梦，梦见他被大胡子海盗抓了，半夜时吓得惊叫。"玛丽双手拍拍午夜归来的脑袋说："哦，小弟弟怪可怜的，是电子游戏玩多了吧？"

午夜归来不说话，把头埋得更低了。船长说："午夜，你去这个大姐姐房间住怎么样？免得你夜里做噩梦。"

接下来，画面切换成游轮上的一个房间，从室内设施来看，是头等舱。午夜归来坐在沙发上玩手机，浴室里响着水声，透明的玻璃门上映着一个女人正在洗澡的身姿。午夜归来抬起头，注视着那白色的身影，他的身子有些微微的颤抖。浴室门开了，玛丽裹着一条浴巾走出来，在那张豪华的大床边，她取下身上的浴巾，用它擦头发。午夜归来从背后看着她的裸体，眼睛瞪得很大。突然，她转过身来，一边擦头发一边问道："小弟弟，你多大了？"午夜归来满脸通红地说："12 岁了。"玛丽说："哦，还没长醒吧。不过，你能看出姐姐很漂亮吗？"午夜归来看着她，完全愣住了，她那两只硕大的乳房和隐私部位赫然在目，这使他一阵眩晕。他结结巴巴地回答说："姐姐很……很漂亮。"玛丽哈哈大笑说："岂止是漂亮，你长大了才会知道，姐姐可是大美人啦！去，洗澡去吧，成天在甲板上把自己弄得臭烘烘的，洗完澡你睡沙发好了。让你住这里，我可是看在船长的分上啦。"

此时，柯南医生注意到午夜归来在躺椅上扭动着身体，像是在挣扎似的。屏幕上的画面渐渐模糊起来，最后化成一片白白烁烁的蓝。柯南医生将他从催眠状态中慢慢唤醒，他坐起来，用陌生的眼光看着周围，那种恍若隔世的感觉维持了好一阵子。

"哦，12 岁。"柯南医生看着他说，"现在清楚了，你的性障碍从那一年开始，是吗？"

午夜归来低头不语。柯南医生注意到，在刚才的画面中，玛丽的面容始终处于模糊状态，这是他对那段记忆不能忘却又不敢碰的结果。

"我恨她！"午夜归来突然抬起头大声说道，"从那儿回家后，我就开始偷窥我姐姐洗澡，是那个女人把我害了！"

"她当年多大？"

"她说她 21 岁，可是她超成熟。"

"超成熟？"柯南医生说，"所以你现在的女友比你大 8 岁，你才有了安全感？"

午夜归来愣住了，过了好一会儿，才点了点头。

"是这样的。"柯南医生说，"你其实一直没有长大，一直停留在 12 岁。我的意思是，你的性意识在 12 岁那年僵住了，停止了成长。要做一个男人，你得从头开始。这路有些艰难，慢慢来，我会尽力协助你的成长。”

午夜归来的眼泪流了下来，慢慢地转为痛哭。柯南医生递给他纸巾，安静地看着他的哀痛在泪水中流泻。

这次咨询快结束前，柯南医生在屏幕上调出了一张白云深处的照片，是一幅侧着脸的全身照。柯南医生问午夜归来道：“仔细看看，你认识她吗？”

午夜归来看着照片，显露出有些紧张的感觉。他摇摇头说：“我不认识她，可是她很像玛丽，只是玛丽的五官没她漂亮。”

“你是说她的身材很像玛丽？”

午夜归来点点头。

柯南医生调出了另一个女人的照片，是一个模特儿，有着同样魔鬼的身材。“她的身材像玛丽吗？”他看着午夜归来问道。

午夜归来注视着这照片说：“我觉得不像。”

“哦，”柯南医生关闭了屏幕说道，“也许，由于玛丽的缘故，你对女人的某种身材有过激反应。我们下一次接着聊这些问题。今天的咨询就到这里吧。”

这天傍晚，柯南医生在散步时一直在考虑着一个问题，那就是午夜归来对白云深处的反应。在他看来，梦境测试出现的玛丽，其身材和白云深处以及他刻意挑选出来的模特儿，应该是同一种类型。可午夜归来为什么只认为白云深处和玛丽的身材相似呢？难道说，白云深处的记忆被篡改之后，连同她的身体也散发出什么相似的东西？

夜幕已完全降临。柯南医生转回家时，那厢有礼接过他的帽子和手杖后说：“先生，你有些疲惫？”

他不置可否地“嗯”了一声，在沙发上坐下。他注意到了那厢有礼对他的称呼，但凡她称他为“先生”时，一定是有重要的话说。

果然，那厢有礼给他沏上茶后便说道：“我有个朋友，叫极速鲨鱼，我以前给你说起过这人的，是个深海潜水员。他刚刚发给了我一些信息，我觉得与你的咨询有关。”

柯南医生一直在让那厢有礼研读他记的白云深处的个案记录，目的是想借助她对大数据系统的整合能力和深度学习能力，看看能否在这个个案中有新的发现。不过迄今为止，她对此还表示爱莫能助。

“什么信息？”他有点惊讶地问道。

“是这样的，”那厢有礼说，“极速鲨鱼刚参加了一次海底光缆的铺设，他在海底见到了一个铁盒，上岸后打开一看，里面是一封遗书。极速鲨鱼对人类的这些行为感到不可思议，便把这些东西从网上发给我了，要听听我对这件事的见解。”

柯南医生立即坐到了电脑前。那厢有礼的判断没错，果然与白云深处的个案有关，因为这是水手听大海留下的一封遗书。他果然走了，在去年的最后一天，即2046年12月31日。他在文中记叙了他在小岛上最后几天的经历，他带了不少食物给那头白狮，因为玛丽曾经很喜欢它。他表白了对玛丽的极端爱慕之情，表示即将投身大海，在冥间继续做她的忠实奴仆。

遗书中有这样一段话引起了柯南医生的特别注意。

船长疯了，要把你囚禁在这座岛上。我决定带你逃跑。我真愚蠢，我单知道天亮前有一艘美国货船经过附近海域，却没想到夜里的海上会刮起那种妖风。我们的小船翻了，我漂上水面后再也找不到你。我趴在倒扣在海面的船底上喊你，黑暗中没有回应，我的嗓子都喊哑了。我的女神，你说过你是一个弃婴，从草原到北京到美国，你说你命大。可你不该回国来旅游，更不该乘坐这艘轮船。船长是个疯狂的人，可他待我很好，像兄弟一样。我不能反抗他，我只能带你逃跑。我真蠢，我低估了夜海的凶险。我的女神，你走了，我只能随你而去……

看完水手听大海的遗书，柯南医生用手在桌上敲了一下，原来，袁圆圆就是玛丽！篡改白云深处记忆的是同一个人。细细想来，这完全符合白云深处的行为逻辑。一方面，她恪守着自己的理念、智性和价值观；另一方面，对自己的身体极端自恋和强烈的性意识，又使她的行为常常出轨，以致在她的粉丝中引起极大的困惑和争论。

一个人失忆了，而这失忆的空白部分又被另一个素不相识的人的经历所占据。这一异常现象，对心理学或是精神分析学来说都是一个罕见的难题。这一夜，柯南医生辗转难眠，思考着对这一难题的最终解决方案。随着篡改记忆者经历的逐渐清晰，他预感到突破的契机即将出现。

第二天，柯南医生刚到诊所不久，便接到了谷子医生的电话。

"柯南兄，"谷子医生急切地说道，"有一个情况，我一定得告诉你。白云深处刚才来我这里开药，要超量的安眠药。我说最多只能开一周的药，这是规定。她就缠着我不放。她说她刚完成了 10 篇论文，很累，需要休息，另外，多开一些药，也省得经常来麻烦我。可是，我已经看出她的精神状态完全不对。这样，我只给她开了三天的药，她无奈地走了。走时对我说'再见'时，表情怪异。柯南兄，我知道你正在对她做长程心理治疗，这是个很困难的个案，我也帮不了你什么忙，不过，凡是我了解到的情况，我一定会及时告诉你。"

谷子医生的这个电话，出于医生的责任，也出于和柯南医生的和解。是啊，面对患者的重大情况，医生个人之间的纠葛和不快不应成为隔阂。

柯南医生说："谢谢你了，谷子老弟，我会高度重视这个问题的。"

柯南医生坐到了电脑前，一边重读着白云深处的全部医案资料，一边紧张地思考着。死亡冲动，从白云深处来讲，他看到了她出生前早夭的姐姐对她在无意识中的死亡牵引，而现在，他猛然发现了另一个动力，那就是玛丽的死亡冲动。这个曾经叫袁圆圆的草原上的弃婴，其死亡冲动在她被弃的那一刻就形成了，这在精神分析学上是没有疑问的事。她死在海里看似偶然，但这是她甘愿冒险上岛的结果。很多时候，冒险者的行为就是无意识中的死亡冲动，尽管当事者并不清楚这点。如此看来，白云深处现在表现出的死亡倾向，与这两种暗藏的动力有关。而她目前的处境，即她父母有了一个机器人女儿，仅仅是引发她想死的一个契机，这个诱因如果再和记忆篡改者的弃婴意识混合在一起，其死亡冲动将更为强烈。

在这危急关头，柯南医生突然冒出一个大胆的想法，这就是试一试“情景治疗”。对白云深处而言，情景治疗就是让她真正回到被篡改的记忆中去。让她身临其境地去过另一个人的生活，让她去把被篡改的记忆淋漓尽致地重新过上一遍。从理论上说，这种强刺激的体验，可能会使她的真实自我在某一刻突然醒来。

柯南医生开始做方案。首先要做的是，说服白云深处和他一起去做一次游轮旅行。对于一个有死亡倾向的人来说，这种旅行建议也许是能够接受的，因为大海本身暗含着某种死亡的无意识。不过，在这次重温玛丽经历的旅行中，对白云深处的安全，柯南医生得处处小心才是。

这是柯南医生的重大一搏，但愿在这场近乎冒险的治疗中，能将白云深处大脑中那些被篡改的记忆豁然撕破。

第三十四章

玛丽的记忆

蓝天白云之下，“海上乐园”号游轮停泊在港口。这个庞然大物正像巨鲸吸水似的把源源不断的游客吸入它的腹中。这是柯南医生和水车转转时隔一年后再次乘坐这艘游轮，不过这次多了一个人，那就是白云深处。柯南医生说服她做这次旅行比预想的容易，也许对一个有死亡冲动的人来说，做一次旅行正合其意。上船时她有些紧张，走过木桥时她把柯南医生的手臂抓得很紧。她说这是她第一次坐船去海上，想着要离开陆地心里就有点发慌。

上船以后，白云深处突然兴奋起来，她说：“唉！这正是我梦中的游轮！”此时，游客们在甲板上根据不同的去向开始分流，白云深处指着左前方的一个入口对柯南医生和水车转转说：“我们走那边，头等舱在六层，那边有电梯。”听她的口气，像这里的常客一样，柯南医生心里一惊，知道她那被篡改的记忆已经在开始运转了。

这一行三人分别进入了三个紧挨着的房间时，游轮已经鸣笛起航了。柯南医生冲了个澡，以便清除上船时的暑热和汗渍。他休息了一会儿，又看了看他的那只导航兼情绪监控手杖，手杖上端的电子感应仪没有任何动静，这表明在周围10多米的距离内，没有达到某种异常情绪峰值的人出现。他放松地伸了个懒腰，然后走出门去。

在走廊尽头是一个半圆形的观景厅，已有10多个游客在那里欣赏大海的景色。落日正在西沉，大海被铺上了无数条绯红色的光带，给人以一种梦幻感。不一会儿，水车转转和白云深处也先后从房间里出来了。不过，当白云深处向这里走来的时候，柯南医生差点没认出她来。她穿着一件猩红色的低胸晚装裙，俨然是一个高贵的女人去赴晚宴的样子。观景厅里游客的目光被她吸引了过来，她装着不在意地和柯南医生说话。她高高隆起的胸脯有一半裸露在外，配合着脖颈和肩膀的线条，优美而迷人。这是白云深处从未出现过的形象，水车转转也不由得对她发出赞叹。

接着是去吃晚餐，也是由白云深处做出的选择。她说："这船上有一个餐厅，我们去吃西餐吧，那里有烛光。"

西餐厅的环境果然很好，他们刚坐下，白云深处便要求与水车转调换一下座位，她说她不习惯坐靠近走道的位置。水车转转把里面的位置让给她，同时对柯南医生会意地一笑。这一笑的意思是，没有安全感的人都这样，对吧？

晚餐用到一半的时候，白云深处的情绪起了变化，她突然显得沉闷、沮丧，甚至有点烦躁不安。她站起身说："我回房间吃点药再来，这种药该晚饭前服的，我怎么就忘了？"

白云深处离开后，水车转转疑惑地问道："她这是怎么了？"柯南医生说："没什么，她很正常。从现在起你要用袁圆圆也就是玛丽的身份来看待她。没吃药不是问题，是这里的环境刺激了她。这里灯光很暗，我们坐的位置又僻静，她会产生被遗忘、被忽视的感觉。你想想刚才在观景厅，她被众人注视时多么自信。这是玛丽的弃婴身世在她身上的无意识反应。还有，邻桌有一个母亲带着婴儿，那婴儿不停地哭，你注意到没有，这哭声立即让她沉重起来。”

水车转转伸了下舌头说：“这挺神奇的。你是要让她把被篡改的记忆宣泄个透？”

柯南医生说：“是的，我期待能有个洪水过后的水落石出。”

白云深处一直未返回餐厅，柯南医生有点沉不住气了，正准备让水车转转去找她时，她笑吟吟地走向这里来了，身后还跟着一个高大的男人，是船长！

船长热情地和柯南医生、水车转转握手：“欢迎欢迎！”他说，“光临本游轮怎么不预先通知我一声？要不是我在走廊上遇见这位美丽的女士，还真不知道你们驾到了。”

船长坐了下来，让服务生给桌上加了菜和法国红酒，他说：“老朋友见面，我请客。何况这次增加了一位女神。”

柯南医生指着白云深处说：“我来介绍一下……”

“不用了。”船长一挥手说，“我们已经认识了，白云深处，你朋友的妹妹，是吧？我们一见如故，像多年前就认识一样，这是缘分。”

白云深处莞尔一笑说：“认识船长，我也很荣幸。”

柯南医生注意到，白云深处到来的时候，水车转转本能地挪进了里边的座位，白云深处毫不在意就坐在了向外的座位上，没有一点儿不自在。这是玛丽的逻辑，强势男人能给她安全感。

这次晚餐的前后两段时间，白云深处完全判若两人。她大声说话、笑，还把乳沟间的玉坠捧起来，让船长辨认这玉的产地和成色。船长说：“这是好玉，不过我有块翡翠，明天送你。”

这晚，船长喝酒不多便告辞了，因另有贵宾在等着他。临走时，他向大家约定了明晚的酒吧聚会。

回到房间以后，柯南医生在白云深处的个案记录中，写入了当天的全部情况。然后，和那厢有礼通了电话。那厢有礼知道他此行的重任，临走时对他说："亲爱的，我要看见你每天的情况，要是我有什么想法的话，我也会随时告诉你。"柯南医生对此倍感欣慰。当初在国外的机器人公司定制她时，柯南医生就提出了三个条件：一颗无比温柔的心；一副绝对美丽性感的形；一个深度智慧的大脑。也许，定制机器人太太的人不都这样吧，公司对柯南医生的第三个条件有些诧异，并劝告他说，没必要吧，为这个条件会多花很多钱的。可柯南医生坚持自己的要求，他认为智慧是人的最高品质，而身边的女人一定要是这样的人。

第二天上午，他们三人在观景厅看海。附近的长椅上，一个中年男子坐在那里，身边放着一大沓报纸，他正拿着其中的一张在看。这情景引起很多人的注目，有人拿着手机在拍摄他看报的样子。毕竟，这是当今社会少有的现象，有人看报，这就是新闻！

柯南医生对白云深处说："看见了吗，他读的是《世纪导报》，去看看，上面有你的专栏吗？"

白云深处茫然地说："我的专栏？我记不得了。"

白云深处走过去，正要拿起报纸时，那男子抬起头来，将她从头到脚看了一遍，然后惊讶地说："你是机器人吧？"

白云深处愣了一下，然后哈哈大笑。那男子感觉错判，立即说："对不起对不起，现在机器人随处可见，我已分不清楚了，你太完美了，所以我以为是机器人。"

说完，他将报纸凑到白云深处跟前说："你看看吧，这里正说怎样分辨人与机器人的知识呢。"

白云深处说："谢谢，我不关心这些。"说完，她转身走到落地窗边看大海去了。

柯南医生看着这一切，看着白云深处怎么退到了玛丽的身后。

午后，柯南医生睡了一会儿午觉，却被水车转转的电话叫醒了。她进到房间后着急地说："白云深处不见了，房间里没人，打她的手机也无人接听。”这次出游，水车转转对白云深处的安全负有重要职责，这一突发情况让她显得很紧张。

柯南医生说：“别急，先用你的手机软件将船上的各个地方搜一搜。”

水车转转的手机装有强制链接软件，可以与周围一带的公共摄像头取得链接。刚才一急，她竟将这个方法忘了。

很快，她的手机屏幕上出现了游轮各个区域的画面。走廊、咖啡馆、甲板等。她认真地搜看着，突然叫道：“看到了看到了，她正在游泳池里！”

柯南医生凑近手机，看见白云深处正在泳池中漂浮着，是仰泳，很悠闲的样子。他松了一口气说：“走，我们也去那里。”

游泳馆里有不少游客，完美的白云深处在其中仍然是明星级的人物，水中和岸上的人都以不同的方式注意着她，以至柯南医生和水车转转游到她身边并和她说话时，也引来了不少目光。池岸的高凳上坐着一个身材标致的年轻男子，是泳池的管理员。他穿着泳裤，戴着墨镜，沉着地注视着水面。那个地方曾经是水手听大海的位置，可他的魂魄在这里依附玛丽之后，已经随她长眠海底去了。

上岸休息，柯南医生侧脸看见白云深处的神情又黯然下来。她斜躺在躺椅上，穿着三点式泳装的魔鬼身材竟没有引起管理员的特别注意。他给她送来饮料时也只是职业性地说道：“女士，您的饮料。”柯南医生看见他吊在胸前的名牌上印着：游轮管理员·水手A。这时，附近一个老太太在喊道：“水手，给我一条浴巾。”他应答了一声便立即走开了。

玛丽的记忆在这里遇到了挫折。而白云深处的意识里并不清楚这点，她只是觉得这个管理员很刻板，服务也不太热情。其实，水手A的服务挺周到的，只是白云深处没找到被仰慕的感觉。

柯南医生侧脸对白云深处说道：“你没注意到吗，水手A，是个机器人。”

“哦，”白云深处这才释然地叹了一声后说，“你怎么看出来的？”

“房间里有游轮的介绍，你没看吗？”柯南医生说，“船上有6个水手，从A到F，都是机器人。”

“没劲，”白云深处有点失落地说道，“我们走吧，这里一点儿也不好玩。”

白云深处的失落感，到晚上时突然荡然无存。和船长一起坐在酒吧里，她说话时也显得眉飞色舞起来。柯南医生知道，这是到了玛丽时间，她那被篡改的记忆已经像火一样点燃了她的血液。他们说着话，窗外是在星光下隐隐起伏的大海。

“你不该用机器人，”白云深处在闲聊中对船长说道，“要知道，人和人的接触才是有温度的。就像我小时候在草原上看赛马，如果那些骑手是机器人，那该多没劲。”

白云深处的话，前半段有点写专栏的思维，后半段立即被玛丽的早年拉了回去。柯南医生听到这里和水车转转交换了一下目光，水车转转会意地笑了一下。

“怎么，你在草原上长大？”船长很诧异地问道。

“是的，我出生在内蒙古。”白云深处说，“可我是一个弃婴，收养我的一对夫妇哄我说我是他们的女儿，可我觉得不对劲，就是不叫他们爸妈，他们被迫给我讲了实情。不过他们对我很好，到小学二年级，他们都还带着我在一张床上睡觉。我叫他们姑爹姑妈。”

船长完全愣住了。他也许想说，多年前我认识一个女孩，她的早年经历和你一模一样。可是他没这样说，惊恐压住了他的舌头。他慢慢地从衣袋里摸出一支精致的木制烟斗来，装上烟丝，点燃后吸了起来。

烟斗！白云深处在最早的咨询中曾经在诊所画出过它！这一下，柯南医生有些震惊了。

船长一边吸烟，一边注视着白云深处的面容，一直到他确认这是另一个女孩之后，他才避重就轻地说道："在内蒙古长大，好啊，吃牛羊肉，骑马，是吧？难怪你有这样一副好身材。"

白云深处呵呵地笑起来。"其实，我骑马很笨的。"她说，"船长你会骑马吗？"

"不会骑马，可我从小会冒险。"船长说出这话，端起酒杯来要大家干杯。显然，说到自己时他来了劲头。

船长讲起了他的第一次冒险。那年他13岁，和一帮伙伴开车进四川的藏区去玩。开车的大哥叫酋长，17岁，是孩子王。车是他家的，他父母去了国外，所以他能为所欲为。另外五个伙伴与他同龄，是同学。此行中有一个女生，叫萧萧公主，酋长正在追她，因此要船长约了这个同班女生一起出来。车开了两天之后，在翻越一座海拔4000多米的大山时坠崖了。在坠崖过程中，包括船长在内，有四个人被抛出了车外，分别挂在不同高处的树丛中。酋长和另外两个伙伴随车而坠，死在无底的深渊中。一天以后，船长带着幸存的两个男生和萧萧公主，在谷底的乱石中找到了这辆车和惨不忍睹的尸体。

说到这里，船长停了下来，看着面露惊恐的白云深处说："所以说，人生在世，有些灾难是突然发生的，我们必须有对付它的本领。那次灾难，要是没有我的话，剩下的人也别想活着出去。"

船长又邀大家喝酒，然后接着讲下去。当时，两个男生和萧萧公主都吓傻了，只有船长很镇定。他说这里没有通信信号，贸然乱窜的话会更危险。他让大家从废弃的车上取下食物和帐篷，在一处较高的坡地上建起了临时宿营地。有个男生不同意这个方案，执意要寻路出去，他打了他一个耳光说，现在我是酋长，谁敢不听话，我就让他喂狼去！当时，萧萧公主的一只手臂正在出血，是被树枝划破的。他立即去林中采了几株草来，捣烂后敷在她的伤口上，并把自己的一件衬衣撕破后给她包扎了。这种草叫含羞草，人用手一碰它的叶片就会闭合，它的止血生肌效果奇好。这知识，是船长在生物课上学到的。萧萧公主很感激他，他说没事，我是酋长了，我会保护大家。萧萧公主望了一眼远处那堆汽车残骸，胆怯地说，你别叫酋长好不好。他立即说，也行，那我叫大王，要是没人来救我们的话，我们在这里也能活，我是大王，你就做我的王后。萧萧公主听见这话后竟然没有反对，只是低下了头，脸上有了红晕。此时，另外两个男生蹲在地上不吭声，似乎已经把命运交给了他。就这样，他们在深谷里待了5天5夜才被人找到并营救出去。这是船长终生难忘的五天，他带着大家采野果、寻泉水补充食物，在夜里点燃篝火驱赶野兽。夜深后他让两个男生守着火堆打盹睡觉，而他和萧萧公主睡在帐篷里。他没敢对她胡来，最大胆的一次举动是摸了她的胸部。她成熟得早，两个馒头式的乳房坚挺而结实。船长的名字本来叫小小船长，从那以后，他把“小小”两字丢了，没想到，他后来真的当了船长。

这天晚上，白云深处被船长的故事迷住了，她和船长都喝了不少酒。柯南医生只是倾听和观察，时不时地和水车转转交换一下眼神。

夜深后，水车转转将醉了的白云深处扶进了房间。待她睡下后，便坐在一旁守护起来。这时，白云深处的手机响了，是船长打来的。水车转转拿起手机，船长的声音说：“我们就要经过一个小岛了，我会带你上岛去，让你做王后，你会喜欢的。”

水车转转说道：“对不起，我是水车转转，白云深处已经睡了。我想告诉你的是，白云深处是‘恢复美好生活大联盟’的组织者，你一定知道这个联盟吧，其中包括开展婚前贞操运动，所以说，她不会到你房间里来的，对不起，我想你只是不了解她的这个情况。”

“哦，哦，”船长尴尬地说，“这个情况我还真的不了解。不过我觉得，白云深处不是你说的那种守旧者。好吧，接下来我们看她自己的选择吧。”

放下手机，水车转转舒了一口气。按照柯南医生的吩咐，她是尽到保护白云深处的职责了。

第三天，几乎没发生什么可讲的事。白云深处只说身子发软，成天待在房间里。柯南医生不知在哪里找来了一大沓《世纪导报》，显得不经意地放在了白云深处的房间里。他要让她的意识和被篡改的记忆发生冲突，期待她在这种冲突中产生某种觉醒。

黄昏时分，柯南医生和水车转转在甲板上透风。在这里看大海，可以直接感受到海浪的力量。一个男子推着一辆轮椅来到甲板上，轮椅里坐着一个六七岁的小女孩，一看就是痴呆症患者。男子将轮椅停在离栏杆不远的地方，然后俯下身和小女孩说话，还不断用手指着大海。然后，男子拿出一沓事前准备好的白纸来，提高声音对小女孩说道："乖乖，爸爸给你折纸鹤，飞，飞，飞到天上去！"纸鹤折好了，小女孩拿在手上，不会挥动手臂，爸爸握住她的手臂往上一挥，纸鹤飞出去了，可刚到栏杆边便落了下来。爸爸走过去拿起纸鹤，回头对女孩喊道："快看，快看，一、二、三，飞了……"纸鹤飞向空中，在海浪之上盘旋着。小女孩笑了。爸爸走向轮椅边，亲了一下小女孩的脸颊说："好玩吗？爸爸再给你折一个纸鹤。"

柯南医生看着这温馨的一幕，回过头来时，发现水车转转正站在栏杆边，怔怔地望着大海。他走过去，看见她脸上满是泪水。

"你怎么了？"柯南医生问道。

水车转转没有吭声，仍然面向着大海流泪。柯南医生也不再说话，只是把一只手放在了她的肩头上。过了好一会儿，她才回过身，强忍住伤痛说道："我想爸爸了……"话一出口，她像站立不稳似的，一下子蹲在甲板上痛哭起来。柯南医生也蹲下去，抚摩着她的头，他知道这个时候任何语言都是多余的。过了一会儿，水车转转抽泣着说："我和白云深处一样，都是可怜的孩子，她有爸爸妈妈，可是离开了；而我从来就没有过爸爸。我妈妈是个独身女人，快40岁时，才在精子库的协助下有了我。我不知爸爸是谁，不知道不知道！天哪，我不该有爸爸吗？我要有爸爸，我宁愿做那个痴呆女孩……”

柯南医生不停地点着头说：“我非常理解，非常理解你的感受。”

在这之前，柯南医生曾发现她试图在电脑上进入某医院的精子库档案，可是被防火墙拦住了。这一刻，他才明白了她从小习武的原因。对一个没有爸爸的女孩来说，她需要力量来应对这个世界。

水车转转止住哭泣后，慢慢站了起来，可眼光仍然是愣愣的，她看着柯南医生，突然说道：“柯老师，让我叫你一声爸爸好吗？就叫一声，你仍然是我的老师。”

还没等柯南医生做出反应，她已经很认真地张开口，轻轻地叫了一声：“爸爸——”

这是她有生以来第一次吐出这两个字，叫完之后，她突然抱住柯南医生痛哭起来。

这异常的情景，引起了甲板上不少游客的注意。一个年轻男子从栏杆边走了过来，对柯南医生说道：“先生，需要我提供什么帮助吗？”这男子的胸牌上印着“游轮管理员·水手E”的文字。柯南医生对他摇摇手说：“谢谢，不需要。”

这天晚上，柯南医生在他的医案记录中，将水车转转的事以附录的形式写了进去，并且批注道：“人类的发育创伤无处不在。创伤之间各有连锁反应。只有机器人超然在外；这种无坚不摧的虚拟生命是否将具有更强势的生存空间呢？”

不一会儿，柯南医生收到了那厢有礼的微信。她写道：“亲爱的，你太累了，今晚一定要休息好。关于水车转转的事，你可以告诉她，全球每年有数万精子库婴儿出生，单是全球最大的精子库——丹麦奥瑞克斯公司，就向超过70个国家出口精子，其出生的婴儿达5000人之上。所以她不用忧伤，所有的精子库孩子都是有尊严的人类的一员。关于白云深处记忆被篡改的问题，我已查阅了1.7亿字的文献和学术资料，暂时还未找到相同的个案和治疗方法。不过我会继续努力。亲爱的，你是一个对人的精神现象包括无意识都抱有极大热情和责任感的人，相信你一定能成功！吻你，晚安！”

读完微信，柯南医生有点心生感动。他拉开房间的窗帘，眺望着隐藏在星空下的大海。明天就是上岛去的日子了，白云深处的意识和潜伏在她身上的玛丽的无意识将在岛上的环境中产生更激烈的冲突。结果会怎样，他实在不敢预测。不过作为突破性治疗，他值得为此一搏。

第三十五章
怎样活着，这是个问题

早晨，太阳刚冒出海际线的时候，一艘救生艇从游轮的船尾放下。船长带着白云深处、柯南医生和水车转转上了小艇。水手 A 担任驾驶，他上身的布褂敞开着，露出结实的胸肌。

这天，游轮将在东南方向的一个港口稍作停留并补给物质，天黑前将重返这条航道，可刚好接上从岛上归来的船长一行。

一个多小时后，一座植被很好的小岛出现在小艇的前方。柯南医生问船长道："那叫什么岛？"船长说："它太小了，没有名字，地图上也找不到。我已经给它命名为白狮岛，岛上有我养的一头白狮，它将是我以后的座驾。"

船长从登上小艇开始就显得异常兴奋。离岛很远的时候，他就不停地用望远镜瞭望，并拍着白云深处的肩膀说："我们的王国快到了，你会喜欢上那里的。"

这真是一个梦幻式的小岛。下船后，涉过浅浅的海水，便是一大片银色的沙滩，沙滩尽头是奇形怪状的岩石，再深处就是茂盛的丛林了。船长站上岩石，将手指含在口中发出一声长长的呼哨，很快，一头成年白狮从林中跑了出来。水手 A 正将几大袋牛肉搬上岛来，白狮有些等不及的样子，围着尚未打开的编织袋打转。

柯南医生、水车转转和白云深处已本能地退到远处，有些惊骇地望着正在吃肉的白狮。船长抚摩着它的头和它说话，然后站起身向远处的三人叫道："你们过来呀，有我在，它不会伤害你们的。"

三个人犹豫了一会儿，白云深处先向前走去，并且回头叫道："走啊，我看它一边吃东西一边抬头望我，像认识我似的。没事，我觉得它是我们的朋友。"

大家都走了过去。白狮已经吃饱了，像一头大宠物似的趴在地上，它的眼睛是浅蓝色的，还真是可爱。

船长介绍说："你们不知道，它的祖先可是生活在北极，冰天雪地中的动物都是白色的，那可是远古时期了，后来随着气候变化，它的祖先几乎灭绝了。可是它的基因残存在了某些非洲狮子体内，于是若干年后人们在非洲发现了白狮。可是这家伙真是可怜，因它的颜色不利于隐蔽，所以捕食的成功率很差，它是靠着人类的帮助才存活和繁衍下来的，你们可以摸摸它，它温顺得很呢。"

大家都伸手抚摩，它的毛皮很柔软，可是有很浓的腥味。船长突然将白云深处抱了起来，把她放在白狮的背上，然后吆喝了一声，白狮站起来，慢慢地向前走。

柯南医生和水车转转跟了上去，白云深处一点也不害怕，还很陶醉的样子。她说："这比在草原上骑马威风多了！"

接下来，船长带大家去参观林中的小木屋。这木屋是吊脚楼形态，架在离地几米的高处。从梯子爬上去，屋内有床、柜子等一些生活用品。船长说："这木屋太小，我还准备搭建几间，将来如果世界发生大灾难，比如说核战争等，这里就是我的王国了，你们别以为不可能有这一天，大灾难随时可能发生，到时你们都跟着我，可以逃过一劫。不过大家今天都得为这个王国尽点力。”

说完这话，船长拿出一些锯子、斧头之类的工具递给大家。柯南医生拿着船长塞给他的一把锯子不解地问：“你这是做啥呀？要我们去锯树吗？”

船长呵呵大笑说：“正是，趁今天人多，搞一些木料堆到这里来，以后好慢慢建房。”

水车转转率先说：“不，我们可干不了这重活，你不是请我们来游览的吗？”

船长突然将语气一沉，厉声说道：“到了这岛上，你们就不是游客了，我是大王，谁要不听指挥，我让他喂白狮去！”

船长的话把大家惊呆了，瞬间有了被绑架的感觉。柯南医生有点后悔上这个岛来，没想到这个妄想狂如此厉害。他的症状应该不只来源于少年时期的特殊经历，比这更早，在他婴幼儿时期，在他父母那里，一定就播下了妄想的种子。只是他不是主动求医的来访者，柯南医生对他是束手无策。

船长坐在一把木椅上，拿出烟斗来吸烟，很威风的样子，见大家未动，他对水手 A 吼道：“水手，快带大家去砍树啊！”

水手 A 立即拿起斧头，拽住柯南医生的胳膊说：“走！”柯南医生感到他的手像铁钳一样。

大家只得跟着水手 A 进了山林，水手 A 用锯子锯倒了一棵树，又用斧头砍去枝丫，他的动作准确而有力。他只管自己干活，对坐在一旁的几个人像是没看见似的，也许，这个机器人只有被人指挥而没有指挥人的系统。

白云深处坐在一根树干上，嘴里小声地哼着歌。水车转转说：“你还高兴呢，一会叫你去砍树，你就会哭的。”

白云深处笑了一下说："我好像来过这里，船长不会让我砍树的，他刚才只是忘了把我留下。"

柯南医生立即对白云深处追问道："你不是第一次坐游轮来海上吗？什么时候来过这里？"

白云深处认真地想了想说："真是奇怪，那木屋，那白狮，我都感觉以前见过似的。哦，也许是做了这个梦吧。"

这时，远处传来了船长的呼喊声："收工了！该吃午餐了！"他的声音亲切而温和，这个狂人，也许不在乎大家做了什么，只在乎他行使了大王的权力。

午餐在沙滩上吃。阳光很强烈，但有海风，是可以做日光浴的地方，船长裸着上身，双臂和胸部的肌肉都很发达。塑料餐布上放满了从游轮上带来的食物，有各种罐头、沙拉以及大量的啤酒。白狮也跑了过来，把头往餐布上嗅。船长一把推开它说："去，去，这里没你吃的东西。"

水车转转问道："它平时吃什么东西呢？"

船长喝了一口啤酒说："它吃的东西可多了，这岛上有各种小动物，最多的是鼬类，还有一种长得奇怪的海猪。山上有一处小小的淡水湖。所以我选定这个岛做我的王国。"

这时，柯南医生看见浅水中的一座礁石上爬上了一片红色的东西，便问船长那是什么。船长望了一眼说："那是红蟹，它们交配时会大量上到这沙滩上来。哦，这沙滩上还会有大蟒来晒太阳，有时还会蹿到丛林中去，这些都是白狮的美餐啊。"

说起这岛上的事，船长娓娓道来，和那个暴戾的王判若两人。白云深处也显得异常兴奋，和船长一起喝了很多啤酒。看到船长兴奋地把空啤酒罐抛向空中，她说："别扔了，那罐封起来可做漂流瓶的。"

船长诧异地说："什么漂流瓶？你想发生海难吗？"

白云深处说："不发生海难，漂流瓶也有用，水手听大海不是就用过吗？”

船长更加诧异了：“水手听大海？你怎么知道这个人呢？”

白云深处晃了晃头，有点醉了的样子，她看看船长认真地说：“在游轮上的游泳馆里，我见过他，挺听话的一个小子。”

船长完全惊呆了！这是玛丽复活吗？不可能，眼前这女人除了身材和玛丽相仿，她的天使面容和玛丽那张显得粗野的脸完全不是一个人。

“哦，那是我以前的一个水手，”船长自我解嘲道，“也许你听人讲起过这人，这小子可是个花痴，现在我把水手都换成了机器人，泳池里再不会有女游客惹出事来了。”

午餐结束时，船长已完全醉了，他摇摇晃晃地站起来，看着海水说：“我们去……去裸泳吧。到了这里，不……不裸泳，是终身遗憾。”

水车转转一下惊慌起来。去年船长带她和水手听大海上岛来，就蛮横地要大家做过这事，他的蛮横和刚才要大家去砍树一样，显得不可抗拒。可是这一次有柯南医生在，大家会很尴尬的。

可这次船长没有显出蛮横，只是提议。白云深处首先响应，她立即脱掉上衣，露出白色抹胸，她的乳峰像山丘一样。裸泳，是她被篡改的记忆中的一部分。

恰好这时，船长已经在沙滩上跌倒了。柯南医生走过去说：“我是医生，我可以负责任地告诉你，酒后下海，不淹死也会极大地伤害身体。”

“是吗？”船长坐在地上有气无力地说，“我听你的，那我回小木屋睡个午觉。你们在这里玩吧，我带王后去休息。”

船长在重演他 13 岁那年的情景。一个人在少年时发生的重大事件会影响他的一生。

船长已走到白云深处面前，郑重地说：“你已经是这个岛上的王后了，现在你跟着我去休息。”

此时的白云深处似乎成了一个木偶，她穿上刚刚脱下的外衣，乖乖地跟着船长向小木屋走去。

水车转转靠近柯南医生，小声地问："怎么办？"柯南医生凑近她耳边说了一些话。他俩便紧随前面两人而去。

快到小木屋时，水车转转突然惊叫道："有蛇，哇！大蟒蛇！"

白云深处一下站住不敢动弹，她惊恐地看着四周的草丛，仿佛一抬脚就会踩到蟒蛇似的。

船长回转身问道："蟒蛇？在哪里？"

水车转转指着他身旁的灌木说："我看见它溜进那里了，好长好长的一条蟒蛇啊！"

水车转转刚说完这话，又一抬头惊讶起来："啊！它上木屋去了，顺着楼梯上去的！"

船长仰头看了看木屋，显然也有些恐惧。他捡起一块石头扔向屋里，里面没有动静。但这种没有动静反而让人更心生畏惧。船长开始喊白狮，又是呼哨又是呼叫，白狮没有出现，可能上山饮水去了。

酒醉中的船长半清醒半迷糊地打了一个呵欠说："咱们回沙滩去吧。"

回到海边，船长躺在一块岩石上面呼呼大睡起来，他的鼾声犹如打雷。丛林中传来砍树的声音，这是船长安排给水手A午后的工作，他是世界上最敬业的人。其余三个人坐在沙滩上看海，可白云深处歪着头，有点昏昏欲睡的样子。

柯南医生问她："白云深处，你说你以前在游轮上游泳时见过水手听大海？"

"嗯，"白云深处半闭着眼睛说，"见过。我从水里上来时他就立即替我把浴巾披上，到池边时，他将躺椅擦拭一遍才让我躺下。"

"哦，记得真清楚。"柯南医生说，"你在报纸上举办手写书信展时，展示过他给一个叫玛丽的女人的信，你还记得这事吗？"

"哦，手写书信展……书信展……让我想想，这是什么时候的事呢？"

此时的白云深处有点像处于催眠状态，柯南医生趁势挑出她的两种记忆，看看在海风的吹拂下她的头脑会产生何种变化。

就在柯南医生准备继续提问的时候，白云深处已经侧身倒在沙滩上睡着了。她喝了太多的酒，曾经的玛丽一定是这样。

成功地阻止了白云深处去木屋后，水车转转也轻松下来，她坐在沙滩上，把身子往后仰，像要躺下去的样子。她侧脸对柯南医生说道：“我想躺一会儿，又怕头发里沾满沙子。”柯南医生笑了：“你的意思是，想把后脑勺靠在我腿上，是吗？没问题。”

水车转转枕着柯南医生的腿仰躺着，看着蓝天白云，喃喃地说：“天空之下，人是一种怎样的动物呢？”

柯南医生说：“人是唯一能提出这个问题的动物，挺骄傲的，是吧？”

水车转转笑了，然后闭上眼睛，享受着一种少有的宁静。

船长醒来时，太阳已经西斜。他立即将水手A叫到这里，吩咐他去收拾东西准备返航。很快，水手A将一些东西搬上了救生艇。回到沙滩时，船长对他说：“你和我的王后就留在这里，我每月会来看望你们两次，并给你们带来足够的食物，最近的食物，我这已给你们备足了。”

水手A回答说：“听你吩咐，船长。”

柯南医生大吃一惊，立即走过去对船长说：“船长，你别开玩笑啦！白云深处是我朋友的妹妹，我有责任带着她安全回去。”

船长哈哈大笑着说：“什么你朋友的妹妹，到了这里，就是我的王后，她自己也不会反对留在这里，因为她从弃婴到王后，命运就彻底改变了。”

这时，白云深处一步走了过来，她脸上的表情非常复杂，有惊恐、惶惑，但嘴角又有点笑意。

柯南医生看着她，一字一顿地问道：“白云深处，你愿意留在这个岛上吗？”

白云深处的嘴唇动了动，但没有说出话来。

船长说："好了好了，柯南医生和水车女士请跟我上船吧。我来驾驶，保证你们安全。"

说完这话，船长便独自向水边走去。

白云深处突然大叫道："不！不！我要回去！"

船长已经向着小艇涉入浅水中。听见这声音，他回转身来叫道："水手，抓住她，把她拉回小木屋去！"

水手立即拉住了白云深处的胳膊，柯南医生和水车转转冲过去，可怎么也推不开水手，也掰不动他紧抓着白云深处的手。

船长已发动了救生艇，他站在艇上高声喊道："你们两人来呀！不来我可要走了！"

水车转转立即放开水手，转身箭一样地向小艇冲去，她的奔跑溅起一大片水花。在离小艇还有两米远的地方，她一个纵身跃上艇去，一把抓住船长的领口说："我警告你，你正在犯罪！赶快让水手把白云深处送上船来！"

水车转转的气势让船长愣了一下，但大王的暴戾很快浮现在他脸上："哪来的小妞，你敢命令我！"他一抬手打掉了水车转转抓住他领口的手，衣服"哧"的一声撕破了，他也全然不顾，他握着拳头吼道："你给我下船去，我连你一块儿扔岛上了！"

水车转转后退一步说："我再次警告你，现在必须照我的话做，否则后果自负！"

船长被彻底激怒了，他一边骂着"臭娘们"，一边挥拳向水车转转打来，水车转转抬手将他架开了，恼羞成怒的船长双拳并用，但无一拳打在水车转转身上，他感觉她挡开他拳头的手腕像铁柱一样。

船长后退了两步，喘着气，眼睛通红。从来在打架中没败过的他突然抄起船上的一根铁棒，一个饿虎扑食举棒砸了过来。水车转转一闪身，船长扑倒在船舷上，半个身子悬在船外。水车转转一抬腿，将他顶到了水中。

船长落汤鸡似的从浅水中站起来，已经完全失魂落魄了。水车转转站在艇上对他说："你看，我都没动手，你就把自己折腾成这个样子了。怎么样，服输吧，快去让水手把白云深处送上船来。"

当船长和水车转转在船上打斗的时候，柯南医生安静地坐在沙滩上看着这一幕，在制伏暴力方面，他从没怀疑过水车转转的能力。

水手带着白云深处上了船，船仍由水手驾驶，柯南医生和白云深处坐在前排，水车转转和船长坐后面。水车转转用纸巾替船长擦去脸颊上的泥沙，并轻声说："没伤着你吧。不过你得想想，你从13岁开始做起的大王梦，是不是该醒醒了。"

船长很尴尬地说："什么大王梦，你才是女大王。"

船上的人都笑了。

小艇驶离岛边。白云深处回过头来，看见那头白狮正跑到沙滩上，它向着小艇眺望，它的眼睛幽蓝。

天黑前回到了游轮，游轮上已灯火辉煌，层层叠叠的光勾出一座海上宫殿。接下来的航程波澜不惊，白云深处睡了几乎一天一夜才恢复元气，其中两次上岸游览的机会都放弃了。柯南医生知道，从离开小岛开始，玛丽潜伏在白云深处身上的记忆就中止了，因为真正的玛丽是留在了岛上，并没有出现在这段航程的记忆。所以白云深处现在特别平静，正好是柯南医生和她交流并清理记忆的时候。

柯南医生让白云深处到了他的房间，并不聊上船以来的事，而是把话题退到她以前来诊所咨询的一些细节。

柯南医生说："记得刚开始咨询时，我让你随心所欲地画一些图画，你画了轮船、游泳池，还有烟斗，你现在能联想出画这些东西的缘由吗？"

白云深处已恢复了上船前的记忆，她想了想说："你的意思是说，我画的东西现在都出现了，是吧？我想这是一种巧合，事情也许是这样，我想逃离我的家，而轮船代表远游，这是一种逃离的方式。"

"哦，逃离，也许是吧。"柯南医生说，"可你画的为啥不是火车、飞机呢？"

白云深处摆摆头，表示无法回答。

"还记得那次有向内看在诊所参加的小组活动吗？向内看在内蒙古读书，已经证实你有段时间的记忆，其实是一个叫袁圆圆的女生的经历，对这个事实，你当时是接受了，是吗？"

白云深处努力回想了一会儿，然后点点头。

柯南医生接着说："现在我可以告诉你，这个袁圆圆后来去了美国，英文名叫玛丽，她在十年前也乘坐过这艘游轮，船长喜欢上了她，将她留在了那个小岛上，和我们前天在岛上的经历一模一样。"

白云深处霍地站了起来，愣了一会儿，又坐下然后惶然地说："这是怎么回事？怎么回事？我可从不认识袁圆圆或玛丽这个人，可我就觉得我在内蒙古待过，对这游轮，我也有似曾相识的感觉。"

白云深处能说出这些话，柯南医生心里一阵惊喜，这表明了她开始觉醒。

"是这样的，"柯南医生平静地说，"另一个人的经历进入了你的记忆，怎么进入的，我们还不知道，但你首先要在意识中知道，那些记忆不是你的。你是白云深处，对吧。"

此时，白云深处的额头上已是大汗淋漓。她一边用纸巾擦着汗水，一边说："我想起来了，这一切也许是太空侠那个小子干的，他会很多高科技。他说他有个素未谋面的姐姐，是弃婴，也在内蒙古，想来就是袁圆圆了。他认定我是他姐姐，还说他姐姐脚下有三颗痣。我被他说中了，但没敢告诉他我脚下真有三颗痣，一定是他给我大脑输入了这些记忆。"

柯南医生摇摇头说："不对，你来诊所画画并谈起内蒙古经历时，还没认识太空侠。我想脚下的痣也许才是巧合，而另一个人的记忆，不可能靠输入，全世界也没有这样的方法。"

白云深处绝望地叫道："那些记忆是怎么来的？柯南医生，你一定要帮助我呀！"

柯南医生微笑着说："好了，只要你有了这个要求，我们就一定能搞清这件事的来源。当然，这需要耐心。现在要搞清楚的是，这个记忆带给了你许多困惑、许多行为异常。你有时偏爱这些记忆，有时又憎恨它。记得我在诊所曾经给你做过一次梦境再现测试吗？现在我认为可以把这些画面给你看看了，你会更加知道自己的困境。"

柯南医生拿出一部手提电脑，调出了白云深处在梦境测试中的视频画面。当画面上出现那个小岛时，白云深处差点叫出声来。紧接着是白云深处在沙滩上嬉戏，还出现了船长、白狮。这时，在岩石后面，出现了另一个白云深处，她拿出弓箭，向沙滩上的白云深处射击……

在放映这些画面的时候，柯南医生一直握着白云深处的手，这可以传导力量。放映完毕之后，白云深处倒在沙发上痛哭起来，之后她紧抓住柯南医生的手说："救救我！"

柯南医生说："我们一起来努力吧。现在你要做的是，时刻提醒自己，我，是真正的白云深处。"

接下来的时间里，柯南医生让水车转转时刻陪着白云深处，和她聊天，看海，让她感觉到支持的力量。

游轮已在返航途中，柯南医生长长地出了一口气。让白云深处对被篡改的记忆做出了分辨，这无论如何是一个重大的突破，尽管根源仍是迷雾重重，但能和当事者合作了，总会最终突破的。

然而，在回到港口之前，一件意外的事情发生了，已经销声匿迹好几天的船长不知何时将白云深处叫了出去，对她说从小岛回船之后，他一连三天做着一个同样的梦。他梦见白云深处就是玛丽。玛丽在梦中告诉他说，她没有死，她回到美国做了整容，这次又来到游轮，是想看看他是否还能认出她来。

船长这个梦让白云深处崩溃了。她对柯南医生讲起这事时双眼发愣，并不断地问道：“我是玛丽吗？是玛丽吗？”柯南医生对这事做出分析时，她几乎完全听不见。船到港口的时候，她已不懂得下船，并对柯南医生说，“什么叫下船？是下到海底去吗？”

事情糟透了！柯南医生打着自己的头，在深深的自责和焦虑中，只得和谷子医生通了电话，让他做好让白云深处住院治疗的准备。

一天以后，白云深处已躺在医院的病床上。柯南医生望着她沉睡的脸，怎么也想不通船长的梦何以造成她突然的崩溃。月亮光光进了病房，取出她腋下的温度计看了看，并认真地做了记录。随即，谷子医生也来了，他劝柯南医生出去休息一会儿，并表示对这种突发性精神崩溃，他有十足的信心治愈。谷子医生这次非常合作，让柯南医生也尽释前嫌，人无完人嘛，但医生的职责高于一切。

在医生办公室，谷子医生为柯南医生提供了一个重要信息，他说白云深处的爸爸来医院看过她了，并告诉谷子医生说，白云深处在高中时患上了肌肉萎缩症，进入大学后，病情急剧恶化，大一没读完，已经行动困难了。当时，一个医疗基金会对她提供帮助，送她去美国治疗，五年后治愈返校，已经是一个非常健康的女孩了。她爸爸请医生注意的是，她现在的状况与当初那场大病是否有关联。

这个信息让柯南医生有些意外，但一场生理上的疾病哪怕是绝症，要让人的精神发生如此变异，实在也找不出关联性来。

柯南医生回到家时天已黑了，那厢有礼迎上来，一边接过他的帽子和手杖，一边在他脸上亲了一下说：“亲爱的，你辛苦了。我已给你备好了洗澡水，还在浴缸里放了玫瑰花瓣，你泡一泡轻松一下再出来休息。”

柯南医生躺在浴缸里，水蒸气里有隐隐的花香。浴室外传来了钢琴声，是他最喜欢的一首小夜曲。他闭上眼，让大脑也沉浸在这绝对的安宁之中。

洗完澡，换上干净衬衣后他坐到客厅的沙发上。那厢有礼从钢琴边走过来，撩起她晚装裙的裙边依偎在他身边，她异常丰满的身体温暖而富有弹性。她用手抚着他的脸颊说：“你好像瘦了些，此行真是太辛苦了。”

柯南医生俯脸吻了她一下说：“宝贝，没事。你为了我的治疗不是也很辛苦吗？你在微信上说你已读了1.7亿字的学术资料，我真的很感谢你的。”

那厢有礼很迷人地笑了一下说：“亲爱的，一亿多字对我来说不算什么，你知道，我有一个在云端的大脑呢。”

是的，那厢有礼的大脑就是一部当今世界最先进的超级计算机，这是柯南医生在她身上超乎寻常的定制。

第二天，柯南医生又去医院看望了白云深处，她已经从药物的昏睡中醒来，但意识仍有些模糊。她问柯南医生道：“游轮、游轮还没到岸吗？”

柯南医生轻声地对她说：“到岸了，你现在在医院里，你很快会好的，我会陪着你走到健康的那一天。”

这天，柯南医生再回到家时，一个令他万分震惊的事情发生了。那厢有礼迎上来，摇着他的肩膀兴奋地说：“亲爱的，我发现了重要信息，是关于白云深处的事！”

“你说什么？”柯南医生有些不敢相信自己的耳朵，“白云深处，怎么回事？”

那厢有礼讲起了事情的由来。在美国约翰·霍普金斯医院的医疗档案中，记录着10年前，也就是2037年的一个成功的换头术个案。接受换头术的人正是白云深处，她因患有不可治愈的肌肉萎缩症而自愿接受这个手术。身体的捐赠者是一个英文名叫玛丽的女子，是在大洋上一个不明原因的落水者，被一艘美国货船救起后，发现她的大脑由于被硬物撞击受到严重损伤。船到港口后，她被送到约翰·霍普金斯医院抢救。抢救过程中她有过苏醒的时候，她让医生找来律师，告诉律师说她若死了，愿意将身体捐赠给需要的人。她说她不想死，至少要让身体代她继续活着。半个月后，她进入了脑死亡，一台换头术成功进行。白云深处接受了她的身体。当时，鉴于以前的换头术成功后，发生过康复者在心理上不能接受异常身体的情况，医院在征得手术者同意后，在她的神经系统中抹去了关于这场手术的记忆。这样，在手术成功后，康复者只是认为自己生了一场大病，然后就毫无心理负担地出院了。这场手术后到病人出院用了三年时间，是该医院一个成功的医疗个案。

听完那厢有礼搜寻到的这个信息，柯南医生瘫坐在沙发上。百感交集的他喃喃自语说："身体和大脑的冲突，我算是见识了。这才是约翰·霍普金斯医院没有料到的事。"

第二天，柯南医生以自己和柯南心理诊所的名义，给约翰·霍普金斯医院发了封长信，详细介绍了白云深处的症状和心理治疗过程，并附上了全部医案资料。在信的末尾，柯南医生写道："关于身体是否有记忆，现在的医学尚未可知。但这个患者的状况表明身体的记忆是存在的，并且非常顽强地和大脑产生冲突。这个症状已经超出了心理医生的治疗范围，恳请贵医院伸出援手，为这个特殊的患者带来治愈的希望。"

三天以后，约翰·霍普金斯医院给柯南医生回信说："感谢你的联络和沟通，这是换头术后出现的新情况，我们将立即派专机接她来我院治疗。再次感谢你的沟通和提供的极为珍贵的心理咨询资料！"

读完这信，柯南医生长出一口气。那厢有礼走到电脑旁，抚着他的肩膀说："亲爱的，你毕竟解决了白云深处自身的大部分问题，你是尽力了。"

七天以后，当抬着白云深处的担架送上专机以后，柯南医生和穿着白大褂来接人的医生在飞机舷梯旁紧紧握手。这个医生用熟练的中文说道："放心吧，我们一定要让她的身体服从大脑，这也是维护人类的尊严！"

飞机起飞了，天空很高，涂着无尽的蓝。

作者简介

余以键，四川大学社会学研究生毕业，四川省作家协会巴金文学院两届签约作家。自 20 世纪 80 年代开始文学创作，在《诗刊》《人民文学》等刊物上发表大量诗歌、小说作品。曾获四川省文学奖、北京文学奖等多种文学奖项。

自 2000 年起专注于长篇悬疑惊悚小说的创作，已出版《死者的眼睛》《背后有人》《招魂》《谁在等你》《幽灵信箱》《纸上的姐妹》《守墓人》《空宅》《死刑之后》等多部长篇小说，被媒体誉为“中国悬疑惊悚小说第一人”，作品多数被改编为电影或电视连续剧。

《失忆者》为作者首部心理探秘小说，欢迎读者批评指正。